Coleção LESTE

Fiódor Dostoiévski

NIÉTOTCHKA NIEZVÂNOVA

Tradução, posfácio e notas
Boris Schnaiderman

editora 34

EDITORA 34

Editora 34 Ltda.
Rua Hungria, 592 Jardim Europa CEP 01455-000
São Paulo - SP Brasil Tel/Fax (11) 3811-6777 www.editora34.com.br

Copyright © Editora 34 Ltda., 2002
Tradução © Boris Schnaiderman, 2002

A FOTOCÓPIA DE QUALQUER FOLHA DESTE LIVRO É ILEGAL E CONFIGURA UMA
APROPRIAÇÃO INDEVIDA DOS DIREITOS INTELECTUAIS E PATRIMONIAIS DO AUTOR.

Edição conforme o Acordo Ortográfico da Língua Portuguesa.

Imagem da capa:
A partir de desenho a bico de pena de Oswaldo Goeldi, c. 1947
(autorizada sua reprodução pela Associação Artística Cultural
Oswaldo Goeldi - www.oswaldogoeldi.com.br)

Capa, projeto gráfico e editoração eletrônica:
Bracher & Malta Produção Gráfica

Revisão:
Alexandre Barbosa de Souza
Cide Piquet

1ª Edição - 1961 (José Olympio, Rio de Janeiro),
2ª Edição - 2002, 3ª Edição - 2003 (1 Reimpressão), 4ª Edição - 2007,
5ª Edição - 2009 (5ª Reimpressão - 2025)

Catalogação na Fonte do Departamento Nacional do Livro
(Fundação Biblioteca Nacional, RJ, Brasil)

	Dostoiévski, Fiódor, 1821-1881
D724n	Niétotchka Niezvânova / Fiódor Dostoiévski; tradução, posfácio e notas de Boris Schnaiderman. — São Paulo: Editora 34, 2009 (5ª Edição). 224 p. (Coleção Leste)
	ISBN 978-85-7326-252-0
	Tradução de: Niétotchka Niezvânova
	1. Literatura russa. I. Schnaiderman, Boris. II. Título. III. Série.

CDD - 891.73

NIÉTOTCHKA NIEZVÂNOVA

Um 9
Dois 35
Três 59
Quatro 85
Cinco 99
Seis 145
Sete 169

Posfácio do tradutor 215

A tradução deste livro baseia-se nas seguintes edições russas: *Obras reunidas* (*Sobránie sotchiniénii*), em dez tomos, de Dostoiévski, Editora Estatal de Literatura (Goslitzdat), Moscou, 1956-1958, e *Obras completas* (*Pólnoie sobránie sotchiniénii*), em trinta tomos, publicada pela Academia de Ciências da U.R.S.S., Leningrado, Ed. Naúka, 1972-1990.

NIÉTOTCHKA NIEZVÂNOVA[1]

[1] Conforme explicação do autor às pp. 43-4, Niétotchka era um diminutivo carinhoso de Ana inventado pela mãe da personagem. Niezvânova dá ideia de criatura sem nome. Visto que Niétotchka também se pode relacionar, pelo sentido, com *niet* (não), o nome de Niétotchka Niezvânova certamente simbolizava, para o autor, as criaturas abandonadas e desprotegidas, cuja existência queria descrever. Aliás, esta simbologia dos nomes é comum na obra de Dostoiévski. (N. do T.)

UM

Não me lembro de meu pai. Eu tinha dois anos quando ele morreu. Minha mãe contraiu segundas núpcias. Casou-se por amor, mas, não obstante, foi infelicíssima. Meu padrasto, um músico, cujo destino foi dos mais curiosos, era a pessoa mais estranha e admirável que conheci. A marca deixada por ele em minhas primeiras impressões de criança foi tão forte que influenciou o resto de minha vida. Para que se compreenda o meu relato vou, em primeiro lugar, narrar aqui a sua biografia. Tudo o que passo a contar vim a saber posteriormente, graças ao famoso violinista B., que foi, quando moço, companheiro e amigo íntimo de meu padrasto.

O sobrenome deste era Iefimov. Nascera nos domínios de um senhor riquíssimo e era filho de um músico pobre que, depois de longas andanças, passara a residir nas terras daquele proprietário, em cuja orquestra particular se empregara. O senhor, que vivia com muito luxo, amava a música acima de tudo, apaixonadamente. Contava-se dele que, embora jamais deixasse suas terras, mesmo para ir a Moscou, certa vez decidiu, de repente, viajar para não sei que estação de águas, no estrangeiro, ausentando-se por algumas semanas apenas, só para ouvir certo violinista famoso, que, segundo noticiavam os jornais, ia dar lá três concertos. Possuía uma razoável orquestra, com a qual gastava quase toda a sua renda. Meu padrasto entrou para essa orquestra como clarinetista. Tinha vinte e dois anos, quando conheceu um estranho indivíduo. No mesmo distrito residia um conde rico que estava se arruinando com a manutenção de um teatro em casa. Naquela ocasião demitira, por mau comportamento, o regente de sua orquestra, um italiano que realmente não prestava. Depois de demitido, o homem decaiu completamente, começou a vaguear pelas tavernas de aldeia, por vezes pedia esmolas e, em toda a província, já ninguém lhe queria dar emprego. E foi com esse homem que meu padrasto fez amizade. Tais relações eram inexplicáveis e estranhas, pois ninguém pudera notar nele qualquer mudança de comportamento por influência do amigo, de tal modo que o proprietário, que a princípio lhe proibira ligar-se ao italiano, acabou por fechar os olhos àquela amizade. Por fim, o regente de orquestra morreu subitamente. Certa manhã, os camponeses encontraram o seu corpo numa vala junto a uma barragem. O inquérito revelou que morrera de apoplexia. Seus bens estavam sob a guarda de meu padrasto, que apresentou imediatamente as provas de que tinha todo o direito àquela herança: o defunto deixara um bilhete do próprio punho em que declarava Iefimov seu herdeiro. A herança consistia em um fraque preto, cuidadosamente conservado pelo falecido, que não perdera a esperança de conseguir novo emprego, e em um violino de aparência bastante modesta. Ninguém discutiu, então, a validade da herança. Mas, algum tempo depois, o proprietário foi procurado pelo primeiro violino da orquestra do conde, o qual trazia uma carta deste, pedindo-lhe com insistência que conseguisse de Iefimov a venda do violino deixado pelo italiano, pois desejava muito adquiri-lo para sua orquestra. Oferecia três mil rublos e acrescentava que já mandara chamar diversas vezes Iegor Iefimov para efetuar a compra pessoalmente, mas que o outro se recusara teimosamente a atendê-lo. O conde concluía afirmando que estava oferecendo pelo violino o justo preço, que não tencionava enganar ninguém e que interpretava a teimosia de Iefimov como uma suspeita, ofensiva para ele, de pretender aproveitar-se, com aquela transação, da sua simplicidade e inexperiência, e, por isso, pedia ao destinatário da carta que persuadisse Iefimov.

O proprietário mandou chamar imediatamente o meu padrasto.

— Por que você não quer vender o violino? Não precisa dele. Estão oferecendo três mil rublos pelo instrumento, é o preço justo e você não tem razão em pensar que poderão pagar mais. O conde não pretende, de modo algum, enganá-lo.

Iefimov respondeu que, por vontade própria, não iria procurar o conde, mas que, se o enviassem lá, cumpriria a vontade de seu senhor; não venderia o violino ao conde, mas, se o tomassem à força, iria submeter-se, também neste caso, à vontade de seu amo.

Está claro que semelhante resposta atingiu a corda mais sensível do caráter do proprietário. Este sempre afirmava com orgulho que sabia como tratar os seus músicos, pois todos eram artistas autênticos e, graças a eles, sua orquestra era não apenas melhor que a do conde, mas competia mesmo com a da capital.

— Está bem! — respondeu o proprietário. — Vou informar o conde de que não lhe vende o violino pela simples razão de que não quer vendê-lo, visto que fazê-lo ou não só depende de você, entende? Mas, cá entre nós, para que precisa do violino? Seu instrumento é o clarinete; aliás, você é um péssimo clarinetista. Ceda-me o violino e lhe darei três mil. (Quem imaginaria tratar-se de um instrumento de valor!)

Iefimov sorriu.

— Não, meu senhor, eu não lhe vou vender o violino — respondeu. — Está claro que o senhor tem todos os direitos...

— Mas estou acaso coagindo? Porventura estou procurando obrigá-lo a isso?! — pôs-se a gritar o proprietário, fora de si, tanto mais que a cena se passava na presença do músico do conde, que podia tirar daí uma conclusão muito desfavorável sobre a sorte de todos os músicos de sua orquestra. — Vá embora, ingrato! E que eu não te veja mais! Sem mim, onde você acabaria com o seu clarinete, que mal sabe tocar? A meu serviço está alimentado, vestido, recebe ordenado; vive como um nobre, é um artista, mas não quer compreender nem apreciar nada disso. Vá embora daqui e não me irrite com a sua presença!

O proprietário enxotava assim todas as pessoas com as quais se zangava, pois tinha medo de si mesmo e dos seus furores. E, por nada deste mundo, queria agir com demasiada severidade em relação ao "artista", como chamava a seus músicos.

Não se efetuou a transação, e o assunto parecia encerrado, mas, um mês depois, o violinista do conde empreendeu algo terrível: sob sua própria responsabilidade, apresentou uma denúncia contra meu padrasto, afirmando que este era o culpado do assassínio do italiano, com fins de lucro, pois quisera apossar-se da rica herança. Afiançava que o testamento fora redigido sob coação e prometia apresentar testemunhas do que afirmava. Os pedidos e exortações do conde e do proprietário, que intercederam por meu padrasto, não puderam demover o denunciante de sua intenção. Demonstraram-lhe que a inspeção médica do cadáver se efetuara regularmente e que ele se colocava contra a evidência dos fatos, levado talvez por um rancor pessoal e pelo despeito que nele provocara a circunstância de não ter entrado na posse do precioso instrumento, que o conde lhe quisera comprar. O músico, porém, insistiu em sua denúncia: jurava por Deus que tinha razão, explicava que o ataque apoplético não fora provocado por embriaguez, mas por envenenamento, e exigia novo inquérito. À primeira vista, sua acusação pareceu tão séria que a aceitaram. Naturalmente, deu-se prosseguimento ao caso. Iefimov foi detido e enviado para a prisão da cidade. Instaurou-se então um processo que apaixonou toda a província e se desenvolveu com grande rapidez, terminando com uma inculpação de falso testemunho contra o violinista. Condenaram-no a um justo castigo, porém ele teimou e sustentou até o fim a sua acusação. Finalmente, confessou que não possuía nenhuma prova, e que as apresentadas no processo foram por ele inventadas; todavia, afirmava que, forjando tudo aquilo, agira por suposição, por adivinhação, pois mesmo então, quando já estava formalmente demonstrada a inocência de Iefimov, depois do segundo processo, continuava convicto de que fora este o causador da morte do infeliz regente de orquestra, embora talvez não o tivesse assassinado por envenenamento, mas de algum outro modo. Não chegou, porém, a cumprir a pena: viu-se de súbito acometido de uma congestão cerebral, perdeu o juízo e morreu na enfermaria da prisão.

No decorrer de todo este caso, o proprietário portou-se do modo mais nobre. Afanou-se em defender meu padrasto, como se este fosse um filho. Visitou-o várias vezes na prisão, a fim de consolá-lo, e presenteava-o com dinheiro; quando soube que Iefimov gostava de fumar, passou a levar-lhe os melhores charutos e, depois que meu padrasto foi absolvido, deu uma festa a toda a orquestra. Achava que o caso de Iefimov atingia sua orquestra inteira, pois prezava a boa conduta dos seus músicos tanto ou mais que seu talento. Passara-se um ano, quando se espalhou de repente pela província a nova de que chegara à capital desta certo violinista famoso, um francês, que pretendia dar, de passagem, vários concertos. O proprietário desde logo fez o possível para, de algum modo, conseguir tê-lo como hóspede. Tudo correu favoravelmente, e o francês prometeu vir. Já se haviam feito todos os preparativos, convidara-se quase todo o distrito, quando, de súbito, os acontecimentos tomaram outro rumo.

Certa manhã, espalhou-se a notícia de que Iefimov desaparecera sem deixar vestígio. Iniciaram-se buscas, mas em vão. A orquestra ficou numa situação crítica, devido à falta do clarinete; entretanto, três dias após o desaparecimento de Iefimov, o proprietário recebeu uma carta do francês, em que este recusava com altivez o seu convite, acrescentando, naturalmente com rodeios, que, dali por diante, seria extremamente cauteloso nas suas relações com os senhores donos de orquestras particulares; que era antiestético ver um talento verdadeiro à mercê de um homem incapaz de apreciar-lhe o justo valor e que, finalmente, o exemplo de Iefimov, artista autêntico e o melhor violinista que ele tivera oportunidade de conhecer na Rússia, constituía prova evidente da veracidade de suas palavras.

Lendo a carta, o proprietário ficou profundamente surpreendido. Sentia-se magoado no mais fundo de seu ser. Como? Então Iefimov, aquele mesmo Iefimov por quem se interessara tanto, a quem prestara tamanhos benefícios, caluniara-o de forma tão impiedosa e indigna junto a um artista europeu, a um homem cuja opinião lhe era tão preciosa! Além do mais, a carta era inexplicável por outro motivo: afirmava ela que Iefimov era um artista dotado de autêntico talento, exímio violinista, a cujos dons não se soubera dar o justo valor, forçando-o a tocar outro instrumento. Tudo isso impressionou a tal ponto o proprietário, que ele se dispôs imediatamente a ir à cidade a fim de procurar o francês, quando, de repente, recebeu um bilhete do conde, com um pedido para que fosse sem demora a sua casa; informava-o também de que estava a par de todo o caso e que o virtuose se encontrava lá com Iefimov; acrescentava que, surpreendido com o atrevimento e as calúnias deste, mandara detê-lo e que, além disso, a presença do proprietário era indispensável pelo fato de a acusação de Iefimov atingir também o próprio conde; era um caso muito importante e tornava-se necessário esclarecê-lo o quanto antes.

O proprietário partiu incontinenti para a casa do conde, onde imediatamente ficou conhecendo o francês, a quem explicou toda a história de meu padrasto, acrescentando que não suspeitara tão extraordinário talento em Iefimov; que este, ao contrário, se mostrara, a seu serviço, um clarinetista muito ruim, e que, pela primeira vez, ouvia alguém referir-se a ele como violinista. Disse, ainda, que Iefimov não era servo, gozava de plena liberdade e poderia tê-lo abandonado a qualquer momento, se realmente sofresse coação. O francês ficou surpreso. Mandaram chamar Iefimov, e mal se podia reconhecê-lo: portou-se com arrogância, respondia com sarcasmo e insistia na justeza daquilo que dissera ao francês. Tudo isso deixou o conde extremamente irritado, levando-o simplesmente a chamar meu padrasto de patife e caluniador e a dizer que ele merecia o castigo mais vergonhoso.

— Não se preocupe, Excelência, já o conheço há bastante tempo e suficientemente bem — respondeu meu padrasto — e foi graças aos seus bons préstimos que eu quase fui condenado num processo criminal. Sei quem incitou Aleksiéi Níkiforitch, que era seu músico, a denunciar-me.

Ouvindo essa horrível acusação, o conde ficou fora de si. Mal conseguia dominar-se, mas um funcionário, que por acaso ali se encontrava a negócios, declarou que não podia deixar tudo aquilo sem providência, que a rudeza ofensiva de Iefimov continha uma acusação malévola, injusta, uma calúnia, e que ele pedia respeitosamente permissão para prender Iefimov imediatamente. O francês expressou também a mais franca revolta e disse que não compreendia tão nefanda ingratidão. Meu padrasto respondeu então, enfurecido, que um castigo, um processo ou mesmo um novo inquérito criminal seriam preferíveis à vida que levara, até então, como músico da orquestra do proprietário, existência essa que não pudera abandonar antes devido à sua extrema pobreza, e com estas palavras saiu da sala, acompanhado pelos que o prenderam. Trancafiaram-no num quarto isolado e ameaçaram-no de enviá-lo para a cidade no dia seguinte.

Por volta da meia-noite, abriu-se a porta do quarto do preso e nele entrou o proprietário. Estava de roupão, de chinelos, e tinha nas mãos uma lanterna acesa. Via-se que não pudera dormir e que uma preocupação torturante o obrigara a deixar o leito em hora tão avançada. Cheio de espanto,

Niétotchka Niezvânova

Iefimov, que estava acordado, viu-o entrar. O proprietário pousou a lanterna no chão e, profundamente emocionado, sentou-se na cadeira em frente.

— Iegor — disse ele — por que me fizeste semelhante afronta?

Iefimov não respondeu. O proprietário repetiu a pergunta e um sentimento profundo, uma estranha angústia vibrava em suas palavras.

— Deus sabe por que lhe fiz essa afronta, senhor — respondeu, afinal, meu padrasto, fazendo com a mão um gesto vago. — Foi sem dúvida o diabo que me tentou. Eu mesmo não sei quem me impeliu a fazer tudo isso. Mas a vida que eu levava em sua casa não era vida... Eis por que o diabo entrou-me no corpo.

— Iegor — recomeçou o proprietário — volta para minha casa; esquecerei tudo, tudo perdoarei. Escuta: serás meu primeiro violino e te pagarei mais que aos outros...

— Não, meu senhor, não, nem me diga isto: não sirvo para viver em sua casa! Afirmo-lhe que o diabo se meteu na minha pele. Se ficar em sua casa serei capaz de atear-lhe fogo; há momentos em que sinto uma tal angústia, que melhor seria não ter vindo ao mundo! Agora não posso mais responder por mim mesmo: seria melhor que me deixasse, senhor. Isso tudo está acontecendo depois que aquele demônio se ligou a mim...

— Quem? — perguntou o proprietário.

— Aquele que morreu como um cão perdido, o italiano.

— Foi ele quem te ensinou a tocar, Iegóruchka?[2]

— Sim! Ensinou-me muita coisa mais, para minha perdição. Seria melhor que nunca o tivesse conhecido.

— Então ele tinha tanto valor assim como violinista, Iegóruchka?

---

[2] Diminutivo carinhoso de Iegor. (N. do T.)

— Não. Ele próprio não sabia muito, mas ensinava bem. Aprendi sozinho; ele apenas ia-me guiando; e seria melhor meu braço ter secado do que aprender essa arte. Agora, eu próprio não sei o que quero. Pode perguntar-me, senhor: "Iegorka,[3] o que você quer? Posso dar-te tudo". Eu, senhor, não lhe responderia uma palavra, porque eu próprio não sei o que quero. Não, senhor, digo-lhe mais uma vez que é melhor deixar-me. Vou fazer o possível para que me mandem para algum lugar muito longe, assim tudo estará acabado!

— Iegor! — disse o proprietário após um momento de silêncio. — Não te abandonarei assim. Se não quer voltar para minha casa, faça-se a tua vontade; você é livre, não posso te reter; mas agora não te deixarei sem que antes toque alguma coisa para mim, Iegor; toma teu violino, pelo amor de Deus, e toca! Compreenda-me bem, não é uma ordem, não te estou forçando; estou pedindo com lágrimas: toca para mim, Iegóruchka, pelo amor de Deus, aquilo que você tocou para o francês! Abra a sua alma! Você é teimoso e eu também sou; cada um de nós tem o seu temperamento, Iegóruchka! Compreendo os seus sentimentos, procure compreender os meus. Não poderei viver enquanto você não tocar para mim, por sua livre vontade, aquilo que tocou para o francês.

— Bem, seja! — aquiesceu Iefimov. — Eu jurei a mim mesmo, senhor, nunca mais tocar em sua presença, mas o senhor acaba de sensibilizar-me o coração... Vou tocar para o senhor, mas será a primeira e última vez. Depois disso, senhor, nunca, em lugar algum há de me ouvir, nem que me prometa mil rublos.

Apanhou então o violino e pôs-se a tocar variações de sua autoria sobre canções russas. B. assegurava que essas variações eram a sua primeira e melhor peça para violino, e que

---

[3] Outro diminutivo, por vezes um pouco depreciativo, de Iegor. (N. do T.)

nunca mais tocou algo tão bem e com tamanha inspiração. O proprietário, que mesmo em outras circunstâncias não podia ouvir música indiferente, rompeu em pranto. Terminada a peça, ergueu-se da cadeira, tirou trezentos rublos do bolso, deu-os a meu padrasto e disse:

— Agora vá embora, Iegor. Vou fazer-te sair daqui e eu mesmo regularizarei tudo com o conde; mas ouça: não apareça mais na minha frente. Você tem diante de si uma estrada larga e, se nos encontrarmos nela, isto nos será igualmente doloroso. Vamos, adeus!... Espere! Mais um conselho meu por despedida, um apenas: não se ponha a beber e estude, estude sempre, não seja presumido! Digo-te isto como o teu próprio pai o diria. Veja bem, repito uma vez mais: estude e evite a bebida, mas, se a tomar alguma vez por desgosto (e haverá muitos desgostos!), pode escrever que tudo estará perdido, tudo levará o diabo, e talvez você morra em algum fosso, como o teu italiano. Bem, agora adeus!... Espere, beije-me!

Beijaram-se e, em seguida, meu padrasto foi posto em liberdade.

Apenas se viu livre, começou por gastar na sede do distrito mais próximo os seus trezentos rublos, juntando-se a um grupo de frequentadores das mais sórdidas tavernas e, por fim, tendo ficado sozinho, na miséria e sem auxílio de ninguém, precisou ingressar numa reles orquestra de um teatro provincial ambulante, na qualidade de primeiro e talvez único violino. Tudo isso não condizia plenamente com os seus propósitos iniciais, que consistiam em partir o quanto antes para Petersburgo, a fim de estudar, conseguir um bom emprego e fazer de si um verdadeiro artista. Mas a vida na pequena orquestra não correu bem. Meu padrasto não tardou a brigar com o empresário e abandonou a companhia. Perdeu, então, por completo a coragem e, em desespero de causa, embora isso lhe afetasse profundamente o orgulho, decidiu escrever uma carta ao antigo patrão, relatando-lhe a sua situação e pedindo dinheiro. Redigiu-a num tom bastante independente, mas não houve resposta. Escreveu uma segunda carta, em que, usando os termos mais humildes, chamava o proprietário de seu benfeitor, lisonjeava-o com o título de verdadeiro apreciador das artes e suplicava-lhe de novo que o socorresse. Finalmente, chegou a resposta. O proprietário mandou cem rublos e algumas linhas, ditadas ao seu criado de quarto, por meio das quais advertia meu padrasto de que não tornasse a pedir-lhe dinheiro. De posse dessa importância, meu padrasto quis partir imediatamente para Petersburgo, mas, pagas as dívidas, sobrou tão pouco dinheiro que não era possível sequer pensar em viagem. Permaneceu, pois, onde estava, ingressou mais uma vez numa orquestra, tornou a não se dar bem nela, e assim, de emprego em emprego, sempre com o propósito de ir, de qualquer modo e o mais depressa possível, para Petersburgo, viveu na província seis anos seguidos. Por fim, o desespero tomou conta dele. Percebeu, com horror, o quanto o seu talento sofrera com aquela vida desordenada e miserável que só lhe trazia humilhações e, certa manhã, deixou o seu empresário, apanhou o violino e partiu a pé para Petersburgo, quase pedindo esmolas pelo caminho. Ali, foi morar numa água-furtada, e então travou relações com B., que acabava de chegar da Alemanha e também pretendia iniciar carreira. Tornaram-se em pouco tempo amigos e, até hoje, B. fala com profunda emoção da amizade que os ligou. Eram ambos jovens, tinham iguais esperanças e o mesmo objetivo. B. estava, porém, na primeira mocidade; conhecia pouco a miséria e o sofrimento; além disso, era, acima de tudo, um alemão e esforçava-se por atingir a sua meta com uma obstinação sistemática, com plena consciência das suas forças, e sabia com antecedência aonde iria chegar, ao passo que seu amigo, entrado já nos trinta anos, gasto e cansado, perdera toda a paciência e exaurira as suas primeiras forças, as mais saudáveis, obrigado a perambular durante sete anos, em troca de um pedaço de pão, pelos teatros de província e pelas orquestras de aldeia. Animara-o uma ideia única, inamovível: sair, finalmente, dessa ignóbil situação, juntar dinheiro e chegar a Petersburgo. Mas essa ideia obscura e vaga era uma espécie de indefinível apelo interior que, com os anos, perdera a primitiva clareza aos olhos do próprio Iefimov, e, quando chegou a Petersburgo, já agia quase inconscientemente, movido por um velho e constante hábito de desejar aquela viagem, de pensar nela enquanto ele próprio quase não sabia mais o que viera fazer na capital. Seu entusiasmo tinha algo de frenético, amargo, convulsivo, como se ele se quisesse enganar com esse entusiasmo e convencer-se de que ainda não se havia exaurido em seu ser a primitiva força, o primitivo ardor, a inspiração primeira. Esta exaltação contínua surpreendeu o frio e metódico B.; ficou deslumbrado e saudou em meu padrasto um futuro gênio da música. Não podia conceber de outro modo o destino do seu amigo. Mas, em pouco tempo, B. abriu os olhos e compreendeu-o totalmente. Viu, com clareza, que toda aquela impulsividade, aquele ardor febril e aquela impaciência não eram mais que o desespero inconsciente ante a lembrança do talento perdido; um talento que, talvez mesmo no início, nada tivesse de grandioso; tudo aquilo não passava de uma mistura de cegueira, de orgulho vão, de autoconfiança descabida, de imaginação sem freios e devaneios sobre o próprio gênio. "Mas — contava B. — eu não podia deixar de me surpreender com o caráter estranho do meu amigo. Desenrolava-se a meus olhos o combate desesperado, febril, entre uma vontade convulsivamente tensa e uma impotência interior. Durante sete longos anos, o infeliz se satisfizera a tal ponto com o sonho de uma glória futura, que não percebia ter perdido o mais elementar em nossa arte, tendo desgastado até o mais primário mecanismo do ofício. E, no entanto, em sua desordenada imaginação, armavam-se a cada momento os mais formidáveis planos. Ele queria tornar-se um gênio de primeira grandeza, um dos primeiros violinistas do mundo, e não só se considerava, já, um desses gênios, mas pretendia, além disso, fazer-se compositor, embora nada soubesse de contraponto. Mas o que me deixava mais espantado — acrescentava B. — era a existência nesse homem, a par de sua completa impotência e de seus insignificantes conhecimentos da técnica, de uma compreensão profunda, tão nítida e, pode-se dizer, instintiva, da arte. Ele compreendia-a e sentia-a dentro de si com tamanha intensidade, que não é de admirar o fato de se ter confundido a respeito de si mesmo, considerando-se, em lugar de um profundo e instintivo crítico musical, um pontífice da arte, um gênio. Por vezes, conseguia, em sua linguagem rude e singela, alheia a toda ciência, dizer-me verdades tão profundas, que eu ficava encurralado e não lograva compreender de que modo ele pudera adivinhar tudo aquilo sem ler coisa alguma, sem nunca ter estudado. E eu lhe devo muito — acrescentava B. — a ele e aos seus conselhos, que muito me ajudaram no meu aperfeiçoamento. Quanto ao meu próprio destino — prosseguia — eu estava tranquilo. Também amava apaixonadamente a minha arte, embora soubesse, desde o início da minha carreira, que não me fora dado mais que isso e que eu seria, no verdadeiro sentido, um trabalhador braçal da arte; em compensação, orgulho-me de não ter enterrado, como um escravo indolente, aquilo que a natureza me concedeu, mas, pelo contrário, tê-lo centuplicado, e, se elogiam a clareza de minha execução e se surpreendem com a técnica que adquiri, devo tudo isso a um trabalho incessante, incansável, a uma compreensão nítida das minhas próprias forças, a uma renúncia espontânea e ao meu constante horror à arrogância, à satisfação prematura e à preguiça, consequência natural dessa satisfação."

B. tentou, por sua vez, dar alguns conselhos ao amigo, a quem se submetera tão integralmente a princípio, mas apenas conseguiu irritá-lo. Seguiu-se um esfriamento nas relações entre eles. Pouco depois, B. notou que seu amigo se tornava, cada vez com mais frequência, presa da apatia, da tristeza e do tédio, que os seus arroubos de entusiasmo rareavam mais e mais, sobrevindo-lhe um desalento sombrio, selvagem. Por fim, Iefimov começou a abandonar o violino e chegava a não pegar nele durante semanas inteiras. Não estava longe da decadência completa e, em pouco tempo, o infeliz entregou-se a todos os vícios. Aconteceu justamente aquilo contra o que fora prevenido pelo proprietário: abandonou-se à mais desenfreada embriaguez. B. olhava-o com horror; os seus conselhos não surtiram efeito e, além disso, tinha medo de dizer uma palavra que fosse. Pouco a pouco, Iefimov chegou ao mais extremo cinismo: não se acanhava nem um pouco de viver à custa de B. e até se portava como se tivesse pleno direito a isso. Entretanto, esgotavam-se os recursos; B. conseguia manter-se de algum modo, dando aulas ou tocando em festinhas em casa de comerciantes, de alemães, de funcionários pobres, que lhe pagavam alguma coisa, embora pouco. Iefimov parecia não querer mesmo notar a situação precária do amigo: tratava-o com severidade e passava semanas inteiras sem lhe dizer palavra. Certa vez B. observou-lhe, do modo mais brando, que seria melhor não desprezar demais o seu violino, para que o instrumento não se desacostumasse dele completamente; Iefimov irritou-se então ao extremo e declarou que, de propósito, nunca mais encostaria a mão no violino, como se imaginasse que alguém lhe fosse pedir isso de joelhos. De outra feita, B. precisou de um companheiro para tocar com ele numa festinha e convidou para isso Iefimov. Tal convite deixou-o enfurecido. Declarou com irritação que não era violinista de rua e não seria tão ignóbil como B., a ponto de rebaixar uma arte nobre, tocando para indignos artesãos, que nada compreenderiam de sua execução e de seu talento. B. não respondeu palavra, mas, na sua ausência, Iefimov refletiu sobre o ocorrido e imaginou se tratar de uma simples alusão ao fato de viver à custa de B. e um meio de fazer-lhe sentir que também precisava ganhar dinheiro. Quando B. voltou, Iefimov começou, de repente, a censurá-lo por seu ato de ingnomínia e declarou que não ficaria mais um instante em sua casa. Com efeito, desapareceu durante dois dias, mas voltou no terceiro, como se nada tivesse acontecido, e continuou a levar a mesma vida que antes.

Só mesmo um velho hábito, a amizade, e também a compaixão que B. sentia por aquele homem perdido, impediram-no de acabar com tão indecorosa existência e de separar-se para sempre do amigo. Finalmente, porém, separaram-se. A sorte sorriu a B.: conseguiu a poderosa proteção de alguém e pôde dar um concerto brilhante. Nessa época já era um artista magnífico e, em pouco tempo, a sua fama, que crescia com rapidez, proporcionou-lhe um lugar na orquestra do teatro da Ópera, onde não tardou a alcançar justo êxito. Ao separar-se de Iefimov, deu-lhe dinheiro e implorou-lhe com lágrimas que retornasse ao verdadeiro caminho. Ainda hoje, B. não pode lembrar Iefimov sem um sentimento peculiar. As relações que manteve com ele constituíram uma das impressões mais profundas de sua mocidade. Haviam iniciado a carreira juntos, ligaram-se com tamanha amizade, que até mesmo as maneiras estranhas e os mais rudes e chocantes defeitos de Iefimov faziam com que B. se unisse a ele com maior intensidade. B. compreendia-o; lia em seu íntimo e previa como tudo aquilo iria acabar. No momento da separação, abraçaram-se e choraram. Iefimov confessou, então, entre lágrimas e soluços, que não passava de um infeliz, de um homem perdido, que sabia disso desde muito tempo, mas que, só naquele instante, percebera com nitidez a própria perdição.

— Não tenho nenhum talento! — concluiu, empalidecendo como um cadáver.

B. estava profundamente comovido.

— Escuta, Iegor Pietróvitch — disse o amigo — o que você faz consigo mesmo? Na realidade, apenas se destrói com o seu desespero; você não tem paciência, nem coragem. Diz agora, num acesso de desânimo, que não tem talento. Não é verdade! Você tem talento, eu lhe asseguro. Ele existe em você. Eu vejo isto pelo simples modo como sente e compreende a arte. Vou demonstrar isso com a tua própria vida. Você mesmo me contou como tinha vivido antes. Então você foi vítima, inconscientemente, do mesmo desespero. Foi quando o teu primeiro professor, aquele homem estranho de quem me falaste tanto, despertou em ti, pela primeira vez, o amor à arte e adivinhou o teu talento. Então você o sentiu com a mesma intensidade e angústia com que o está sentindo agora. Mas você mesmo não sabia o que estava acontecendo contigo. Não conseguia viver em casa do proprietário e você mesmo não sabia o que pretendia. O teu professor morreu cedo demais. Deixou-te com aspirações ainda indefinidas e, sobretudo, não te revelou a ti mesmo. Você sentia que precisava de outro caminho, mais largo, que te estavam destinados outros objetivos, mas você não compreendia como isto se realizaria e, na sua angústia, você passou a odiar tudo quanto te cercava. Os teus seis anos de permanente miséria não passaram em vão; você estudava, nessa época, pensava, adquiria consciência de si mesmo e de suas forças, e agora você compreende a arte e a tua destinação. Meu amigo, é preciso ter paciência e coragem. Espera-te uma sorte mais invejável que a minha: você é cem vezes mais artista do que eu; mas que Deus te dê, pelo menos, um décimo da minha paciência. Estude e não beba, como te dizia aquele bom proprietário, e, principalmente, começa tudo de novo, pelo á-bê-cê. O que te aflige? A pobreza, a indigência? Mas a pobreza e a indigência formam um artista. Elas são inevitáveis, no início. Por enquanto, você não é necessário a ninguém; ninguém quer saber de você; assim é o mundo. Espere, e mais coisas acontecerão quando souberem o que você vale. A inveja, a mesquinhez, a ignomínia e, sobretudo, a estupidez vão pressioná-lo mais que a miséria. O talento precisa de simpatia, necessita ser compreendido, mas você verá que semblantes hão de rodear-te quando você atingir ainda que uma ínfima parte do objetivo. Hão de amesquinhar e olhar com desprezo aquilo que você conseguiu à custa de um trabalho árduo, de privações, de fome e de noites de vigília. Os teus companheiros futuros não te animarão, nem hão de consolar-te; não apontarão em você aquilo que tem de bom e de verdadeiro. Mas, com maldosa alegria, destacarão cada erro teu, e hão de te mostrar justamente aquilo que você tem de ruim, aquilo em que se engana e, sob uma aparência de indiferença e desprezo, festejarão cada um dos teus erros (como se existisse alguém infalível!). Quanto a você, é arrogante e, muitas vezes, inoportunamente orgulhoso, e te arriscas sempre a ofender alguma nulidade inflada de amor-próprio. Será esse o teu mal; ficarás sozinho contra muitos e vão supliciar-te com alfinetadas. Eu próprio começo a experimentar isso. Anime-se agora! Você ainda não está muito empobrecido, pode ganhar a vida, não despreze o trabalho braçal, vá rachar lenha, como eu rachava nas festinhas de artesãos pobres. Mas você é impaciente, está doente à força de impaciência, não tem suficiente simplicidade, fica maquinando coisas em excesso, pensa demais e faz trabalhar muito a cabeça; você é audacioso em palavras, mas treme quando se trata de empunhar o arco do violino. Tem demasiado amor-próprio, mas escassa coragem. Seja mais ousado, espere, estude e, se não confia em suas forças, atire-se ao acaso; você tem ardor, sentimento. Talvez atinja deste modo o objetivo, mas, caso contrário, avance assim mesmo, ao acaso: de qualquer modo, não perderá, pois o ganho é sempre grande. Sim, o nosso *caso*, irmão, tem algo de grandioso.

Iefimov ouviu com profunda emoção o antigo companheiro. À medida que B. falava, suas faces pálidas animaramse e tingiram-se de vivo rubor. A audácia e a esperança puseram em seus olhos um desusado fulgor. Não tardou, porém, que essa nobre temeridade recaísse na presunção, transformando-se logo na sua habitual insolência, e por fim, quando B. estava terminando a sua exortação, Iefimov já o ouvia distraído e impaciente. No entanto, apertou-lhe com ardor a mão e agradeceu-lhe; mas passando de súbito, como de costume, da mais profunda humildade e do maior desalento à mais altiva arrogância, disse com autossuficiência que o amigo não devia afligir-se com a sua sorte; que ele sabia como acomodar o seu futuro; que contava obter dentro em breve uma valiosa proteção, e que iria dar concertos e alcançar de um só golpe a glória e a fortuna. B. deu de ombros, mas não contradisse o antigo companheiro, e ambos se despediram. Claro que por pouco tempo. Iefimov gastou logo o dinheiro que lhe fora dado e veio buscar mais — duas, três, quatro, dez vezes. Por fim, B. não teve mais paciência e mandou dizer que não estava em casa. A partir de então, perdeu Iefimov completamente de vista.

Passaram-se alguns anos. Certa vez, ao voltar de um ensaio, enveredou por uma viela e, junto à entrada de uma sórdida taverna, esbarrou num bêbado maltrapilho que o chamou pelo nome. Era Iefimov. Mudara muito. Seu rosto ficara amarelo e macilento; a vida desregrada que, evidentemente, continuava a levar marcara-o de forma indelével. B. alegrou-se muito com esse encontro e, antes mesmo de trocar duas palavras com Iefimov, deixou-se arrastar por ele para o interior da taverna. Ali, numa sala dos fundos, pequena e esfumaçada, pôde examinar o amigo mais de perto. Iefimov, quase esfarrapado, calçava botas ordinárias e trazia uma camisa de peitilho amarrotado e toda manchada de vinho. Seus cabelos principiavam a ficar grisalhos e a rarear.

— Que te aconteceu? Onde estás, agora? — perguntou B.

Iefimov mostrou-se confuso, pareceu, a princípio, tão embaraçado e respondeu de modo tão sem nexo, que B. julgou ter diante de si um demente. Afinal, Iefimov confessou que não poderia falar enquanto não lhe servissem vodca, e que, havia muito, seu crédito fora cortado naquela taverna. Enrubesceu ao dizer isto, embora fizesse o possível por se animar com um gesto de valentia; saiu-lhe porém algo insolente, artificial, aborrecedor, tão penoso de se ver, que o bondoso B. tomou-se de compaixão; seus antigos temores estavam plenamente justificados. Todavia, mandou servir vodca. A expressão de Iefimov modificou-se à força de gratidão, e ele ficou tão confuso que estava a ponto de beijar, com lágrimas nos olhos, as mãos do seu benfeitor. Durante o jantar, B. soube, com grande estupefação, que o infeliz se casara. Seu espanto foi ainda maior, porém, quando Iefimov lhe anunciou que a esposa era a causa da sua desgraça e que o casamento matara definitivamente o seu talento.

— Como pode ser isso? — perguntou B.

— Há dois anos já, meu velho, que não pego no violino — respondeu Iefimov. — É uma mulher bruta, uma cozinheira sem instrução. Diabos que a carreguem!... Vivemos brigando, não fazemos outra coisa.

— Se é assim, por que te casaste?

— Eu não tinha o que comer, quando a conheci. Ela possuía uns mil rublos. Perdi a cabeça e desposei-a. Foi ela quem se enamorou de mim. Pendurou-se no meu pescoço. Quem a impeliu a isso? O dinheiro foi-se, a bebida levou tudo, meu velho, e, nessas condições, quem vai cuidar de talento? Está tudo perdido!

B. percebeu que Iefimov parecia ansioso por justificar--se de algo perante ele.

— Abandonei tudo, tudo — acrescentou.

De súbito, porém, declarou que nos últimos tempos atingira quase a maestria e que, embora B. fosse um dos melhores violinistas da cidade, provavelmente não lhe chegaria nem aos pés. Era só ele querer.

— Nesse caso, por que tudo vai mal? — indagou B., surpreendido. — Por que não procuras um emprego?

— Não vale a pena! — retrucou Iefimov, fazendo um gesto com a mão. — Qual de vocês entende alguma coisa de música? Que é que vocês sabem? Absolutamente nada. Só servem para arranhar música de dança num ou noutro bailezinho. Nunca viram nem ouviram bons violinistas. Para que incomodá-los? Fiquem como quiserem!

Iefimov sublinhou de novo suas palavras com um gesto e, como já estivesse bastante embriagado, balançou-se na cadeira. Em seguida insistiu com B. para que o acompanhasse até sua casa; B., porém, recusou-se, tomou-lhe o endereço e assegurou-lhe que, no dia seguinte mesmo, iria vê-lo. Iefimov, agora saciado, contemplava com ironia o antigo companheiro, esforçando-se por encontrar um meio qualquer de feri-lo. Ao deixarem a taverna, apanhou a rica peliça de B. e entregou-a como alguém de categoria inferior. Ao transporem a porta da primeira sala, parou e apresentou B. aos garçons e ao público, como o primeiro e único violino de toda a capital. Mostrou-se, em suma, de uma suprema sordidez.

Apesar disso, B. foi procurá-lo na manhã seguinte no cômodo de água-furtada em que vivíamos todos, tal a nossa miséria. Eu tinha quatro anos e já fazia dois que minha mãe se casara com Iefimov. Era uma infeliz. Fora governanta, tinha educação excelente, boa aparência e, por ser muito pobre, casara-se com um velho funcionário, meu pai. Vivera com ele apenas um ano. Quando meu pai morreu de repente e a parca herança foi distribuída entre os herdeiros, minha mãe ficou sozinha comigo, cabendo-lhe na partilha uma quantia insignificante. Com uma criança de colo era difícil empregar-se de novo como governanta. Nessa época, conheceu por acaso Iefimov e realmente se apaixonou por ele. Entusiasta e sonhadora, viu em Iefimov um gênio e acreditou nas grandezas que este lhe contava sobre o seu brilhante futuro; afagava na imaginação as mais soberbas perspectivas, viu-se como apoio e guia de um homem genial e casou-se. Logo no primeiro mês todos os sonhos e esperanças de minha mãe se desvaneceram e no lugar deles restou a mesquinha realidade. Iefimov, que na verdade se casara talvez fiado nos cerca de mil rublos que minha mãe possuía, mal os gastou cruzou os braços, e, como se se alegrasse com aquele pretexto, passou a dizer a todos que o casamento destruíra o seu talento, que não podia estudar num quarto abafado, face a face com a família faminta, que em tal ambiente não lhe podiam vir à cabeça nem canções nem qualquer espécie de música e que, em suma, a fatalidade o perseguia desde que nascera. Ele próprio ao que parece acabou por acreditar na sinceridade de suas queixas, pois parecia encantado com essa nova desculpa. Aquele talento infeliz, estragado, dava a impressão de procurar sempre um motivo externo ao qual atribuir todos os fracassos, todas as tribulações sofridas. Não podia tampouco encarar a terrível evidência de que, no referente à sua arte, havia muito se liquidara de vez. Debatia-se como num pesadelo doentio. Entregava-se a uma luta convulsiva contra essa pavorosa convicção. E quando a entrevia, quando seus olhos se abriam um instante, seu horror era tal que se sentia enlouquecer. Na impossibilidade em que se via de renunciar a crer em tudo o que, durante tanto tempo, fora a sua própria vida, acreditou, até o último alento, que sua oportunidade ainda não estava perdida.

Nas horas de dúvida, entregava-se à bebida e as brumas informes da embriaguez expulsavam-lhe a angústia. Talvez não se desse conta do quanto a esposa lhe era indispensável. Ela era o seu pretexto vivo. E, com efeito, meu padrasto ficou quase obsedado pela ideia de que, só depois que enterrasse aquela mulher *que o perdera*, as coisas para ele retomariam o curso normal. Minha pobre mãe não o compreendia. Sonhadora autêntica, não suportou sequer o primeiro passo dentro da realidade hostil: tornou-se irritadiça, biliosa, rezingona, brigava a cada momento com o marido, que encontrava uma espécie de deleite em torturá-la, e mandava-o sempre sair à procura de trabalho. Mas a cegueira, a ideia fixa de meu padrasto, sua extravagância, tornaram-no quase desumano e insensível. Era todo escárnio e jurava diante da própria mulher, com uma franqueza cruel, que enquanto ela não morresse não tornaria a pegar no violino. Minha mãe, que, apesar de tudo, amou-o apaixonadamente até morrer, não podia suportar semelhante vida. Perdeu com isso a saúde; presa incessantemente de sofrimentos físicos e morais, teve ainda, em meio à aflição, de cuidar sozinha da manutenção da família. A princípio tentou fornecer pensão a algumas pessoas. Mas o marido surrupiava-lhe aos poucos todo o dinheiro e, mais de uma vez, teve que enviar os pratos vazios aos seus pensionistas. Na ocasião em que B. nos visitou ela ganhava nosso sustento lavando e tingindo roupas para fora. Eis como conseguíamos, bem ou mal, subsistir em nossa água-furtada.

B. ficou impressionado com a nossa miséria.

— Escuta, é tolice tudo o que contas — disse ele a meu padrasto. — Que significa essa história de talento sacrificado? Se é ela quem te alimenta, o que fazes aqui?

— Absolutamente nada! — respondeu o meu padrasto.

Mas B. ainda não sabia de todas as tribulações de minha mãe. O marido levava frequentemente para casa uma súcia de vagabundos e desordeiros, e o que não acontecia então!

B. doutrinou longamente o antigo companheiro; por fim declarou-lhe que, se ele não quisesse emendar-se, não o ajudaria em nada; disse também, sem rebuços, que não lhe daria dinheiro, pois ele iria gastá-lo em bebidas, pedindo-lhe finalmente que tocasse algo no violino e então veria como ajudá-lo. Enquanto meu padrasto foi apanhar o instrumento, B. tentou dar às escondidas dinheiro a minha mãe, mas ela resistiu. Era a primeira vez que recebia uma esmola! B. entregou-me então o dinheiro e a coitada rompeu em pranto. Meu padrasto trouxe o violino, mas exigiu que lhe servissem vodca, afirmando que sem isso não podia tocar. Mandaram comprar a bebida. Ele bebeu e logo se animou.

— Vou tocar-te algo de minha própria autoria em sinal de amizade — anunciou, dirigindo-se a B. e retirando da cômoda um caderno grosso todo empoeirado. — Eu mesmo escrevi tudo isso — acrescentou, apontando para o caderno. — Você verá! É algo bem melhor do que as nossas musiquinhas de dança, meu velho!

B. examinou em silêncio algumas das composições; em seguida abriu umas partituras que trouxera e pediu a meu padrasto que deixasse de lado as suas composições e tocasse alguma coisa dali.

Iefimov ficou um tanto ofendido, mas, temendo perder o novo protetor, atendeu-o. B. constatou então que, desde que se separara dele, o seu antigo companheiro estudara realmente e aperfeiçoara-se muito, embora se vangloriasse de não ter pegado no violino desde que se casara. Era de ver-se a alegria de minha pobre mãe. Olhava para o marido e novamente se orgulhava dele. Tomado de sincero júbilo, o bondoso B. resolveu arranjar um emprego para meu padrasto. Naquela época ele já possuía grandes relações e começou logo a recomendar-lhes o seu pobre amigo, pedindo que o ajudassem. Antes de mais nada fez meu padrasto prometer-lhe que se comportaria bem, forneceu-lhe roupas decentes e levou-o à casa de algumas pessoas importantes, das quais dependia a colocação que pretendia obter-lhe. Quanto a Iefimov, limitava sua fanfarronice apenas a palavras, pois, ao que parece, recebeu com a maior alegria o oferecimento de seu velho amigo.

B. contou mais tarde a vergonha que sentira diante das bajulações, da humildade e dos obsequiosos salamaleques com que meu padrasto, temeroso de perder-lhe as boas graças, procurava cercá-lo. Compreendia que o estava colocando no bom caminho e Iefimov até deixou de beber. Por fim arranjaram-lhe um emprego na orquestra do teatro. Passou bem pela prova, pois num só mês de trabalho e aplicação recuperou tudo o que perdera em um ano e meio de inatividade, e prometeu continuar a aplicar-se e cumprir suas novas funções com a maior regularidade. Nem por isso, entretanto, a situação de nossa família melhorou. Meu padrasto não dava a minha mãe um copeque do seu ordenado, gastava tudo sozinho em comidas e bebidas, na companhia de novos amigos cujo número não tardou a crescer.

Iefimov evitava as pessoas dotadas de verdadeiro talento para ligar-se sobretudo a empregados do teatro, às coristas, aos figurantes, em suma, a gente no meio da qual pudesse destacar-se. Inspirou-lhes logo uma estima especial, explicando-lhes desde o início que era um incompreendido, que possuía um enorme talento, que sua mulher o destruíra, e, por fim, que o regente da orquestra não entendia nada de música. Zombava de todos os artistas da orquestra, da escolha das peças e até mesmo dos autores das óperas apresentadas. Por fim começou a desenvolver uma nova teoria musical, brigou com seus companheiros e com o regente, mostrou-se grosseiro para com os superiores e ganhou com isso fama de homem desequilibrado, encrenqueiro e insignificante. Em suma, tantas fez que cansou todo o mundo e ninguém mais o suportava.

Causava realmente profundo espanto ver as pretensões excessivas de um músico tão negligente, tão incapaz, uma pessoa tão insignificante, sobretudo quando se gabava com tanta ostentação e num tom assim grosseiro.

Meu padrasto acabou brigando com B., contra o qual espalhou as mais ignóbeis intrigas e inventou as mais infames calúnias. Ao cabo de seis meses de serviço irregular, sua falta de pontualidade e seu comportamento irrefletido fizeram com que o despedissem da orquestra. Seu desaparecimento, porém, não se deu assim tão depressa. Não tardou a vender ou a empenhar suas roupas decentes e a reaparecer maltrapilho como outrora. Nessas condições pôs-se a procurar os antigos colegas, sem indagar se lhes agradava ou não receber semelhante visita, transmitia-lhes mexericos, dizia tolices, queixava-se de sua vida e convidava-os para irem à sua casa, a fim de ver sua perversa mulher. É claro que encontrava sempre quem se sentisse feliz em embriagar um ex-colega para fazê-lo dizer toda espécie de bobagens. Aliás, ele falava sempre com humor e inteligência e sabia temperar suas histórias com observações corrosivas e biliosas e tiradas cínicas feitas para encantar certa espécie de ouvintes. Tratavam-no como a um bufão meio louco a cuja tagarelice se dá corda para encher os momentos de desfastio. Gostavam de provocá-lo falando diante dele de um novo violinista de passagem pela cidade. Mal isso se dava, Iefimov mudava de cara, perdia a empáfia, queria saber quem era o recém-chegado e qual o seu valor, e logo se enciumava de sua glória. Creio que data de então a sua loucura verdadeira, sistemática, a sua ideia fixa de que era o primeiro violinista, pelo menos em Petersburgo, mas que fora vencido pelo destino, perseguido, ofendido, vítima de toda espécie de intriga, e por esse motivo incompreendido e ignorado. Esta última circunstância agradava-lhe até, pois há indivíduos que gostam de considerar-se humilhados e oprimidos, para poderem queixar-se em voz alta ou consolar-se em surdina, venerando a própria grandeza não reconhecida pelos demais. Iefimov conhecia todos os violinistas de Petersburgo e, segundo lhe parecia, nenhum poderia rivalizar com ele. Os entendidos e diletantes de música que conheciam o infeliz maníaco, gostavam de elogiar, na sua presença, este ou aquele violinista famoso e de talento para induzi-lo a dar sua opinião. Saboreavam a sua hostilidade, suas observações venenosas, as palavras competentes e espirituosas com que arrasava a execução do seu rival imaginário. Muitas vezes não o compreendiam, mas estavam convencidos de que ninguém faria com tamanha habilidade e graça a caricatura da celebridade musical do momento. Os artistas dos quais ele falava chegavam mesmo a temê-lo um pouco, pois conheciam a violência de suas críticas e sentiam o acerto de seus ataques e de seus julgamentos, quando se tratava de maldizer. Habituaram-se a vê-lo pelos corredores e bastidores do teatro. Os empregados deixavam-no entrar sem objeção e ele se tornou uma espécie de Térsites[4] da casa. Essa vida prosseguiu assim durante dois ou três anos, até que, mesmo nesse último papel, passou a entediar a todos. Acabaram por enxotá-lo formal-

---

[4] Personagem da *Ilíada* que aconselhou os gregos a levantarem o assédio de Troia e a voltarem à pátria sem concluir a campanha. (N. do T.)

mente e, nos dois últimos anos de sua vida, meu padrasto desapareceu por completo de circulação. B. encontrou-o, aliás, ainda duas vezes, mas num estado tão lastimável, que a compaixão de novo foi mais forte nele do que a repugnância. Chamou-o, mas meu padrasto, ofendido, fingiu que não ouvia, desceu sobre os olhos o velho chapéu puído e seguiu seu caminho. Finalmente, na manhã de um feriado importante, comunicaram a B. que o seu antigo companheiro Iefimov viera cumprimentá-lo. B. foi ao seu encontro. Iefimov, que estava bêbado, curvou-se até o chão diante dele, numa série de profundas mesuras, murmurou qualquer coisa e recusou-se terminantemente a entrar. Era como se dissesse: "Nós outros, pés-rapados, não podemos dar-nos com altos personagens como o senhor; gentinha miúda da nossa espécie contenta-se em fazer como os lacaios, que se inclinam à porta numa humilde saudação, desejam boas-festas e se retiram". Em suma, era imundo, estúpido e repulsivamente feio. Daí por diante, B. não o reviu senão muito tempo depois, por ocasião da catástrofe que pôs termo àquela vida triste, doentia e delirante. Foi terrível. Essa catástrofe está intimamente ligada não só às primeiras lembranças de minha infância, como a toda a minha vida. Eis o que sucedeu... Mas, antes disso, preciso explicar o que foi a minha infância e o que significava para mim esse homem, que se refletiu de modo tão torturante em minhas primeiras impressões e foi a causa da morte de minha pobre mãezinha.

DOIS

Minhas primeiras recordações são muito tardias, pois datam apenas dos meus oito anos. Não sei explicar por que tudo o que me aconteceu antes dessa idade não deixou em mim nenhuma impressão nítida que eu possa hoje identificar. Mas, em compensação, a partir dos meus oito anos e meio, recordo tudo claramente, dia após dia, sem interrupção, como se o que sucedeu a partir daí tivesse ocorrido ontem. É verdade que posso, como em sonho, evocar também certos fatos anteriores: uma lamparina sempre acesa num canto escuro, junto a um velho ícone; certa vez em que fui atropelada na rua por um cavalo, fato devido ao qual, segundo me contaram mais tarde, passei de cama três meses; e como ainda, no decorrer dessa doença, acordei uma noite, ao lado de minha mãezinha, com quem eu dormia, e de repente me assustei com os meus sonhos doentios, com a quietude noturna e com o ruído dos camundongos arranhando algo a um canto, e tremi de medo a noite inteira, encolhendo-me sob o cobertor sem ousar acordar minha mãezinha, do que concluo temê-la então mais que tudo. Mas daquele momento em diante, de súbito, passei a ter consciência de mim, desenvolvi-me com rapidez imprevista e muitas impressões que nada tinham de infantis gravaram-se em mim de forma estranha. Tudo se aclarou aos meus olhos, tudo se tornou rapidamente compreensível. A época a partir da qual comecei a lembrar-me bem de tudo deixou em mim uma aguda sensação de tristeza; tal sensação acentuava-se dia a dia, assinalando com estranhos tons escuros toda a existência que passei ao lado de meus pais e, também, toda a minha infância.

Parece-me hoje que despertei de chofre de uma espécie de sono pesado (essa impressão não foi por certo tão viva então). Encontrei-me num vasto cômodo de teto baixo, sujo e abafado. As paredes eram pintadas de um cinza encardido; havia, a um canto, um enorme fogão russo; as janelas davam para a rua, ou, melhor, para o telhado da casa fronteira e eram baixas e largas, pareciam fendas. Tinham parapeitos tão altos que, para alcançá-los e sentar-me neles como gostava de fazer quando não havia ninguém em casa, era preciso trepar num banco posto sobre uma cadeira. Via-se dali metade da cidade; morávamos rente ao telhado de um casarão imenso de seis andares. Toda a nossa mobília reduzia-se aos restos de um divã forrado com oleado poeirento e esfiapado, uma mesa branca e tosca, duas cadeiras, o leito de minha mãezinha, um pequeno armário a um canto, uma cômoda cambaia e biombos de papel muito rasgado.

Lembro-me de uma tarde, ao crepúsculo; tudo estava espalhado em desordem: as escovas, uns esfregões, nossos pratos de madeira, uma garrafa quebrada, e não sei mais o quê. Minha mãezinha, lembro-me, chorava, extremamente transtornada. Meu padrasto sentara-se a um canto com o seu indefectível paletó esfarrapado. Respondeu-lhe algo em tom de escárnio, o que aumentou mais o furor de minha mãezinha. Escovas e pratos tornaram a voar pelos ares. Pus-me a gritar e, em prantos, corri para junto deles. Tomada de terrível susto, abracei-me com força a meu paizinho, com o fim de protegê-lo com o meu corpo. Eu achava, sabe Deus por quê, que minha mãe não tinha razão de zangar-se com ele e não o julgava culpado; desejava implorar perdão para ele, suportar em seu lugar qualquer castigo. Tinha um medo terrível de minha mãe e supunha que todos a temessem assim. Minha mãezinha, a princípio, espantou-se; depois agarrou-me pela mão e arrastou-me para trás do biombo. Bati o braço com toda a força na cama, mas o susto era maior que a dor e não fiz sequer uma careta. Lembro-me, ainda, de que minha mãezinha se pôs a dizer a meu pai qualquer coisa em tom amargo e ríspido, apontando para mim (neste relato continuarei a chamá-lo de pai, porquanto só muito mais tarde é que eu soube não sermos do mesmo sangue). Esta cena durou umas duas horas, durante as quais, trêmula de impaciência, eu tentava adivinhar com todas as minhas forças como terminaria aquilo. Por fim a briga cessou e minha mãe saiu. Então meu paizinho chamou-me, beijou-me, afagou-me a cabeça, fez-me sentar em seus joelhos enquanto eu me aconchegava ternamente e com força contra seu peito. Era talvez a primeira carícia de meus pais que eu recebia; e é possível que, justamente por essa razão, eu começasse, desde esse instante, a lembrar-me claramente de tudo. Percebi, também, que merecera a benevolência de meu pai porque intercedera por ele e, então, talvez pela primeira vez, surpreendeu-me a ideia de que ele sofria e suportava muita aflição por causa de minha mãezinha. Desde esse dia tal pensamento não me largou mais e deixava-me sempre mais indignada.

A partir desse instante experimentei por meu pai um amor sem limites, um amor estranho que não parecia infantil. Eu diria que era antes certo sentimento de compaixão, *maternal*, se semelhante definição de meu amor não fosse um tanto ridícula, tratando-se de uma criança. Via meu pai sempre tão lastimável, tão perseguido, tão esmagado, tão sofredor, que seria terrível e antinatural de minha parte não o amar loucamente, não o consolar, não o acarinhar, não me ocupar dele com todas as forças. Mas até hoje não compreendo por que, exatamente, pudera vir-me a ideia de que meu pai era tão grande sofredor, um homem tão infeliz! Quem me sugerira isso? De que modo eu, assim tão criança, podia compreender, um pouco que fosse, os seus fracassos pessoais? Compreendia-os, porém, embora tivesse interpretado e transformado tudo em minha imaginação a meu modo; todavia, até hoje não posso explicar a mim mesma de que modo se formou em mim semelhante impressão. É possível que minha mãezinha fosse demasiado severa comigo, e eu me tivesse apegado a meu pai, como a uma criatura que, na minha opinião, sofria comigo.

Já relatei o meu despertar do sono da primeira infância, o meu primeiro ato na vida. Meu coração foi ferido desde esse instante, e meu desenvolvimento iniciou-se com uma velocidade extraordinária, cansativa. Não podia mais satisfazer-me apenas com as impressões exteriores. Comecei a pensar, a julgar e a observar; mas esta observação teve lugar tão cedo, de modo tão antinatural, que minha imaginação não podia deixar de transformar tudo a seu modo, e de repente eu me encontrei num mundo peculiar. Ao meu redor, tudo passou a assemelhar-se à história fantástica que meu pai me contava com frequência, e que eu não podia deixar de aceitar, naquele tempo, como a pura verdade. Surgiram-me então estranhas ideias. Percebi muito bem (mas não sei como isto sucedeu) que vivia numa família esquisita e que meus pais não se pareciam de modo algum com as pessoas que eu então conhecia. "Por que — pensava eu — vejo as demais pessoas diferentes de meus pais, mesmo no aspecto exterior? Por que via o riso em outros rostos e por que ficava surpreendida, no mesmo instante, de que no nosso cantinho ninguém risse, ninguém sentisse alegria?" Que força, que motivo me obrigou, a mim, uma criança de nove anos, a prestar tamanha atenção a cada palavra das pessoas que me acontecia encontrar na nossa escada, ou na rua, quando, ao anoitecer, cobrindo os meus farrapos com um velho xale de minha mãe, eu ia à venda com umas moedas de cobre, para comprar um pouquinho de açúcar, chá ou pão? Compreendi, e não me lembro mais como isto se deu, que em nossa mansarda pairava sempre uma aflição intolerável. Atormentava-me, procurando adivinhar a causa disso, e não sei quem me teria ajudado a decifrá-lo a meu modo: acusei minha mãezinha, considerei-a malvada para com meu pai, e digo mais uma vez: não sei como uma noção tão monstruosa pudera formar-se em minha imaginação. E quanto mais me ligava a meu pai, com tanto maior intensidade odiava a minha pobre mãe. Até hoje, a lembrança de tudo isso tortura-me profunda e amargamente. Mas eis que um outro fato me aproximou ainda mais e singularmente de meu pai. Certa vez, depois das nove da noite, minha mãezinha enviou-me à venda, para comprar fermento, e papai não estava em casa. Voltando, caí na rua e derrubei todo o conteúdo da xícara. Meu primeiro pensamento foi em como minha mãezinha iria ficar zangada. Ao mesmo tempo, sentia uma dor terrível no braço esquerdo e não conseguia levantar-me. Transeuntes detiveram-se ao redor de mim; uma velhinha tentou levantar-me, mas um menino, que passou correndo, bateu-me na cabeça com uma chave. Finalmente, puseram-me de pé, apanhei os fragmentos da xícara quebrada e caminhei cambaleando, mal conseguindo mover as pernas. De repente, vi meu pai. Estava no meio da multidão, diante da casa rica, que ficava defronte à nossa. Pertencia a gente importante e estava magnificamente iluminada; havia inúmeras carruagens junto à entrada, e sons de música chegavam à rua pelas janelas. Agarrei meu paizinho pela aba da sobrecasaca, mostrei-lhe a xícara quebrada e, chorando, disse-lhe que não me atrevia a ir para casa. Estava certa de que ele me protegeria. Mas por que essa certeza, quem me sugerira, quem me ensinara que ele me queria mais que minha mãezinha? Por que me aproximei dele sem temor? Tomou-me pela mão, começou a consolar-me nos braços. Não pude ver nada, porque ele me agarrara pelo braço machucado e senti uma dor terrível; mas não gritei, com medo de magoá-lo. Ficou me perguntando se eu via alguma coisa. Procurei com todas as forças responder o que lhe fosse agradável e disse que via umas cortinas vermelhas. Mas, quando quis levar-me para o outro lado da rua, para mais perto daquela casa, pus-me de repente a chorar, não sei por quê, abraçando-o e pedindo-lhe que me levasse o quanto antes para cima, para junto de minha mãezinha. Lembro-me do quanto me foram penosos nesse momento os carinhos de meu pai; e eu não podia suportar a ideia de ser amada e acarinhada por uma das duas pessoas que eu tanto queria amar, enquanto a outra me dava medo e eu não me atrevia sequer a ir à sua presença. Mas minha mãe quase não ficou zangada e mandou-me dormir. Lembro-me também de que a dor no braço, tornando-se cada vez mais forte, deu-me febre. No entanto, eu estava tão feliz com o fato de tudo haver terminado tão bem, que sonhei a noite inteira com a casa vizinha e suas cortinas vermelhas.

Ao acordar no dia seguinte, meu primeiro pensamento, minha primeira preocupação, foi a casa de cortinas vermelhas. Assim que minha mãezinha saiu de casa, trepei na janela e comecei a olhar para aquela casa. Havia muito que ela impressionara a minha curiosidade infantil. Gostava particularmente de contemplá-la ao anoitecer, quando se acendiam as luzes da rua e os reposteiros vermelhos como púrpura brilhavam com reflexos sanguíneos, por trás das vidraças inteiriças da casa intensamente iluminada. À porta paravam geralmente carruagens opulentas, puxadas por magníficos cavalos, que ressumavam orgulho, e tudo atraía a minha curiosidade: os gritos, a azáfama à entrada da casa, as lanternas coloridas das carruagens e as mulheres ricamente vestidas que chegavam nelas. Em minha imaginação infantil, tudo isso tomava as proporções de algo imperialmente grandioso, do fantástico dos contos de fadas. Depois daquele encontro com meu pai, junto à rica mansão, esta apresentava-se duplamente maravilhosa e digna de curiosidade. Certas ideias e suposições bizarras surgiram-me na imaginação exaltada. Aliás, vivendo com pessoas esquisitas como meu pai e minha mãe, eu própria tinha por força que me tornar uma criança estranha e de imaginação desenfreada. Impressionava-me de modo peculiar o contraste de caráter dos dois. Causava-me impressão, por exemplo, o fato de que minha mãe se preocupasse sempre e se afanasse com a nossa pobre condição doméstica, e censurasse continuamente meu pai por ser ela a única a trabalhar. Involuntariamente, eu formulava a mim mesma a pergunta: por que meu paizinho não a ajudava de nenhum modo, e vivia em nossa casa como um estranho? Algumas palavras de minha mãe deram-me uma noção sobre este fato, e foi com surpresa que eu soube ser meu pai um artista (conservei esta palavra na memória), um homem de talento, e, em minha imaginação, logo se formou a noção de que um artista era alguém diferente, que não se parecia com os demais. Talvez o próprio comportamento de meu pai me induzisse a este pensamento; é possível que eu tivesse ouvido algo que desapareceu agora de minha memória; mas era estranhamente compreensível para mim o sentido de algumas palavras de meu pai, quando as proferiu uma vez em minha presença, com um sentimento particular. Essas palavras eram que chegaria o tempo em que ele não estaria mais na miséria, seria um senhor, um homem rico, e que, finalmente, ressuscitaria quando minha mãezinha morresse. Lembro-me de que, a princípio, assustei-me extremamente com aquelas palavras. Não pude permanecer no quarto, saí correndo para o frio corredor e ali me apoiei na janela, ocultei o rosto com as mãos e pus-me a chorar. Mais tarde, porém, refletindo constantemente sobre aquilo, e já acostumada àquele desejo terrível de meu pai, a imaginação veio de repente em meu auxílio. Eu mesma também não podia atormentar-me por muito tempo com o desconhecido e devia, a todo custo, deter-me em alguma suposição. Não sei como tudo isso se deu, mas acabei persuadindo-me de que, depois da morte de minha mãezinha, o meu pai abandonaria aquela casa repleta de tédio e iria comigo para alguma parte. Mas, para onde? Jamais pude imaginá-lo claramente. Lembro-me apenas de que tudo aquilo com que eu podia adornar o lugar para onde iria com ele (e não duvidava de que iríamos juntos), tudo o que de brilhante, opulento, maravilhoso, podia ser criado pela minha imaginação, tudo isso foi posto em ação nesses meus devaneios. Acreditava que nos tornaríamos imediatamente ricos; eu não seria mais enviada à venda, o que me era muito penoso, porque as crianças da casa vizinha atormentavam-me quando saía, e eu temia isso terrivelmente, sobretudo quando trazia leite ou manteiga, pois sabia que, se derrubasse algo, seria castigada com severidade; sonhava depois que meu pai mandaria sem demora fazer para si boas roupas, que iríamos morar numa casa luxuosa, e, naquele momento, chegavam em auxílio da minha imaginação a casa rica, de cortinas vermelhas, e aquele encontro com meu pai, quando ele me quis mostrar algo em seu interior. E logo se formou em mim a noção de que iríamos residir justamente naquela casa e que viveríamos ali numa espécie de festa incessante e eterna bem-aventurança. A partir de então, ao anoitecer, olhava da janela, com uma curiosidade tensa, aquela mansão encantada para mim, recordava a aglomeração de carruagens e os convidados, com trajes suntuosos como eu jamais vira; tinha a impressão de ouvir aqueles sons de música suave que vinham das janelas; fixava a atenção nas sombras das pessoas, que perpassavam nas cortinas das janelas, e esforçava-me por adivinhar tudo o que se passava ali; e tinha sempre a impressão de que o paraíso ficava naquela casa e de que havia ali uma eterna festa. Odiei a nossa pobre morada, os farrapos que me cobriam, e quando, certa vez, minha mãe gritou comigo e ordenou-me que descesse da janela para a qual trepara como de costume, tive imediatamente esta ideia: ela não queria que eu olhasse para aquela casa, que pensasse nela; era-lhe desagradável a nossa felicidade, que ela queria estorvar... E até a hora de dormir, observei minha mãezinha atentamente e com desconfiança.

Mas, como podia nascer em mim semelhante crueldade contra um ser eternamente sofredor, como era minha mãezinha? Somente agora compreendo a sua existência sofrida e não posso lembrar aquela mártir, sem sentir doer-me o coração. Mesmo então, na época sombria de minha estranha infância, no período do desenvolvimento tão antinatural do começo da minha vida, meu coração apertava-se frequentemente de dor e compaixão, e a minha alma era penetrada por sobressaltos, pela confusão e pela dúvida. Já naquele tempo sentia revoltar-se em mim a consciência, e notava muitas vezes com sofrimento a minha injustiça em relação a minha mãe. De certo modo nós nos afastávamos uma da outra, e eu não me lembro de tê-la procurado, ao menos uma vez, para um carinho. Agora, frequentemente, as recordações mais insignificantes torturam-me e abalam-me o íntimo. Lembro-me de que, certa vez (o que vou contar agora é, naturalmente, insignificante, mesquinho, grosseiro, mas são justamente recordações dessa espécie que me atormentam de modo peculiar e que se gravaram em minha memória com um acento sobremaneira torturante), certa vez, ao anoitecer, quando meu pai não estava em casa, minha mãezinha quis mandar-me à venda para comprar chá e açúcar. Mas pôs-se a pensar, sem se decidir, e a contar em voz alta as moedas de cobre — a quantia ridícula de que podia dispor. Creio que as ficou contando cerca de meia hora, sem conseguir terminar aqueles cálculos. Além disso, em certos momentos mergulhava — resultado, provavelmente, de tanta aflição — numa espécie de torpor. Segundo lembro agora, ela não cessava, enquanto ia contando, de dizer algo, suavemente, escandindo as palavras, como se as deixasse escapar involuntariamente; tinha as faces e os lábios pálidos, as mãos tremiam-lhe, e quando argumentava consigo mesma balançava sempre a cabeça.

— Não, não é preciso — disse, olhando para mim. — É melhor eu ir dormir. Hem? Quer dormir, Niétotchka?

Permaneci calada; ela, então, soergueu-me a cabeça e olhou-me tão doce e carinhosamente, seu rosto aclarou-se e iluminou-se com um sorriso tão maternal, que todo o meu coração se confrangeu e bateu aceleradamente. Além disso, chamara-me de Niétotchka, e isto significava que, naquele momento, me amava de modo especial. Ela inventara sozinha este apelido, transformando amorosamente Ana — o meu nome — no diminutivo Niétotchka; e, quando me chamava assim, isso queria dizer que ela queria me acarinhar. Fiquei comovida; tinha vontade de abraçá-la, apertar-me contra ela, para chorarmos juntas. Ela, coitada, passou muito tempo afagando-me a cabeça, talvez até maquinalmente, esquecida de que me acariciava, não cessando de repetir: "Minha filha, Anieta, Niétotchka!". As lágrimas queriam jorrar-me dos olhos, mas eu endurecia-me e me continha. De certo modo, obstinava-me, evitando expressar perante ela o meu sentimento, embora eu própria sofresse com isso. Sim, aquilo não podia ser uma crueldade natural em mim. Ela não podia indispor-me assim contra si, unicamente com a severidade que manifestava para comigo. Não! O que me estragou foi o meu amor fantástico, excepcional, por meu pai. Às vezes, acordava de noite, no meu canto, sobre a minha enxerga curtinha, sob o frio cobertor, e sempre sentia medo de algo. Semiadormecida, lembrava-me de que, ainda há tão pouco tempo, quando menor, dormia com minha mãezinha e não tinha tanto medo de acordar de noite: bastava apertar-me contra ela, entrecerrar os olhos e abraçá-la com mais força, e adormecia no mesmo instante. Eu continuava a sentir que não podia deixar de amá-la em surdina. Observei mais tarde que muitas crianças são com frequência monstruosamente insensíveis, mas se passam a amar alguém, esse amor tem algo de extraordinário. O mesmo sucedeu comigo.

Por vezes, sobrevinha em nossa mansarda um silêncio de morte, que durava semanas a fio. Meu pai e minha mãe cansavam-se de brigar, e eu vivia com eles como sempre, silenciosa, pensativa, entristecida, e sempre procurando atingir algo em meus devaneios. Prestando atenção neles, percebi plenamente o tipo de relação entre ambos: compreendi aquela contínua e abafada hostilidade, toda aquela aflição e toda aquela bruma da vida desordenada que fizera ninho em nosso canto; naturalmente, eu compreendi sem perceber as causas e as consequências, e compreendi na medida em que era possível. Acontecia-me, nas noites compridas de inverno, encolhida em algum desvão, passar horas inteiras vigiando-os avidamente; fixava o rosto de meu pai e procurava sempre adivinhar o que ele estava pensando, o que o deixava tão ocupado. A seguir, era minha mãe quem me surpreendia e assustava. Ela passava horas inteiras caminhando pelo quarto, sem se cansar, muitas vezes mesmo de noite, durante as crises de insônia, de que sofria; caminhava murmurando algo entre os dentes, como se não houvesse mais ninguém no quarto, ora gesticulando, ora cruzando as mãos sobre o peito, ou ainda fazendo-as estalar, numa terrível, inextinguível angústia. Às vezes, as lágrimas desciam-lhe em jorros pelo rosto, lágrimas que ela própria talvez, com frequência, não compreendesse, pois acontecia-lhe ficar inconsciente. Sofria de certa doença muito penosa, mas de que se descuidava de todo.

Lembro-me de que se tornavam cada vez mais difíceis para mim a solidão e o mutismo, que eu não ousava interromper. Havia um ano já que eu levava uma vida consciente, sempre pensando, sonhando e sofrendo em silêncio, com anseios desconhecidos e vagos que de repente me assaltavam. Tornava-me tão selvagem como se vivesse numa floresta. Finalmente, meu pai foi o primeiro a notar algo em mim, chamou-me para perto de si e perguntou-me por que o olhava tão fixamente. Não lembro o que respondi: recordo que ele ficou pensativo e, por fim, olhou-me e disse que, no dia seguinte, traria uma cartilha e começaria a ensinar-me a ler. Esperei aquela cartilha com impaciência, devaneando a noite inteira, não compreendendo bem o que seria aquilo. No dia seguinte, meu pai deu, realmente, início à minha instrução. Em dois tempos percebi o que era exigido de mim, e aprendi tudo rapidamente, pois sabia que assim agradaria a meu pai. Foi o tempo mais feliz da minha vida de então. Quando ele me elogiava a capacidade de compreender, afagava-me a cabeça e beijava-me, eu imediatamente chorava de alegria. Pouco a pouco, meu pai começou a gostar de mim; eu já ousava dirigir-lhe a palavra e, muitas vezes, passávamos horas inteiras conversando, sem que isso nos cansasse, embora me acontecesse não compreender nada do que ele me dizia. Mas, de certo modo, eu o temia; temia que ele pensasse estar entediada em sua companhia, e, por isso, fazia o maior esforço possível para lhe mostrar que compreendia tudo. Ficar sentado comigo à noitinha tornou-se para ele, finalmente, um hábito. Mal começava a escurecer e ele voltava para casa, eu me acercava com a cartilha. Ele fazia-me sentar num banquinho à sua frente, e, depois da aula, lia-me certo livro. Eu não compreendia nada, mas ria às gargalhadas, pensando causar-lhe com isso grande prazer. Realmente, eu o distraía, e ele ficava alegre vendo o meu riso. Depois de uma das aulas, contou-me uma história. Era a primeira história que ouvia em minha vida. Fiquei como que encantada, ardia de impaciência acompanhando o relato, transportava-me para não sei que paraíso, e no fim estava em pleno êxtase. Não é que a história agisse assim sobre mim, mas eu aceitava tudo como se fosse verdade, dava largas, no mesmo instante, à minha rica fantasia e, imediatamente, fundia a invenção com a realidade. Em minha imaginação, surgia também a casa de cortinas vermelhas; não sei de que modo, apareciam ali mesmo, como personagens, o meu pai — embora fosse ele quem estivesse contando a história — e minha mãe, que nos impedia de ir para alguma parte; finalmente, ou melhor, antes de mais nada, eu mesma, com os meus sonhos maravilhosos, com a minha mente fantástica, repleta de espectros bizarros, impossíveis; tudo isso misturava-se a tal ponto em minha mente que, pouco depois, formava o caos mais monstruoso, e, por algum tempo, perdi toda medida, toda consciência do real, do verdadeiro, e vivi Deus sabe onde. Naquele tempo, eu morria de impaciência por começar a falar com meu pai sobre aquilo que nos esperava, sobre o que ele próprio estava aguardando e sobre os lugares aonde me levaria, quando, finalmente, deixássemos a nossa água-furtada. De minha parte, estava convencida de que tudo isso, de algum modo, aconteceria em breve, mas não sabia como, e ficava apenas me torturando, esforçando-me por adivinhá-lo. Às vezes — e isso acontecia principalmente à noitinha — vinha-me a impressão de que, no instante seguinte, meu pai ia piscar-me o olho às escondidas e chamar-me para o corredor; de passagem, sem que minha mãe visse, eu apanharia a cartilha e, além disso, o nosso quadro, uma litografia ordinária, sem moldura, que desde tempos imemoriais pendia da parede, e que eu resolvera levar a todo custo comigo; fugiríamos para alguma parte, sem fazer barulho, e nunca mais voltaríamos para casa, para junto de minha mãe. De uma feita, quando ela saíra, escolhi um momento em que meu pai estava especialmente alegre — isso lhe acontecia depois de beber um pouco — aproximei-me dele e comecei a falar-lhe de algo, com a intenção de dirigir em seguida a conversa para o meu tema secreto. Finalmente, consegui fazer com que risse e então, abraçando-o fortemente, o coração aos saltos e completamente assustada, como se me preparasse para falar de algo misterioso e terrível, comecei a interrogá-lo desordenadamente e confundindo-me a cada momento: Para onde iríamos? Seria logo? O que levaríamos? Como iríamos viver? E, por fim: iríamos para a casa de cortinas vermelhas?

— A casa? Cortinas vermelhas? O quê? Estás delirando com o quê, tola?

Então, ainda mais assustada, comecei a explicar-lhe que, após a morte de minha mãe, não viveríamos mais na água-furtada, ele me levaria a outra parte, seríamos ambos ricos e felizes, e asseverei-lhe que ele próprio me prometera tudo isso. Ao procurar convencê-lo, eu estava plenamente certa de que realmente meu pai me falara disso antes, pelo menos era a minha impressão.

— Tua mãe? Morta? Quando morrer a mãe? — repetia ele, olhando-me perplexo, franzindo as sobrancelhas espessas, com manchas grisalhas, o semblante um pouco altera-do. — Que estás dizendo, pobre tola?...

Pôs-se então a recriminar-me e durante muito tempo me disse que eu era uma criança estúpida, que não entendia na-da... e não me lembro o que mais; estava muito magoado.

Não compreendi palavra de suas censuras, nem percebi que dor lhe causara o fato de eu ter prestado atenção às pa-lavras que ele dissera a minha mãe num acesso de furor e de profunda angústia, de as ter decorado e refletido muito so-bre elas. Apesar do estado a que ele chegara e de seu caráter fortemente disparatado na época, tudo isso, naturalmente, devia impressioná-lo. Todavia, embora eu não compreendesse absolutamente por que ele estava zangado, senti uma triste-za e amargura terríveis; comecei a chorar; tudo quanto nos aguardava era tão importante, segundo me parecia, que eu, criança estúpida, não devia ousar falar nem pensar nisso. Ade-mais, embora não tivesse compreendido desde as primeiras palavras o que ele me dizia, senti, ainda que de modo confu-so, que eu havia ofendido minha mãe. Fui presa de horror e medo, e a dúvida se insinuou sorrateira no mais fundo de minha alma. Vendo então que eu estava chorando e que so-fria, ele se pôs a consolar-me, enxugou-me as lágrimas com a manga e ordenou-me que não chorasse mais. Todavia, pas-samos algum tempo sentados em silêncio; ele franziu o sobre-cenho e parecia estar pensando em algo; depois, começou de novo a falar-me; por mais que eu aplicasse a atenção, porém, tudo o que dizia parecia-me extraordinariamente confuso. Por algumas palavras daquela conversa, e que eu lembro até hoje, concluo ter-me explicado quem era, o grande artista que ha-via nele, que ninguém o compreendia e que era homem de imenso talento. Lembro igualmente que, depois de me pergun-tar se eu o compreendera, e tendo certamente recebido respos-ta satisfatória, obrigou-me a repetir: era ele um homem de ta-lento? Respondi: "de talento", o que o fez sorrir ligeiramente, porque, por fim, talvez ele próprio achasse engraçado ter iniciado uma conversa comigo sobre um tema tão importante para ele. Nossa conversa foi interrompida pela chegada de Carl Fiódoritch,[5] e eu comecei a rir e fiquei completamente alegre depois que meu pai, apontando-o, me disse:

— Já o Carl Fiódorovitch não tem um vintém de talento.

Esse Carl Fiódorovitch era uma pessoa extremamente curiosa. Eu via tão pouca gente naquele período de minha vida, que não pude esquecê-lo jamais. Eis como o imagino agora: era alemão, de sobrenome Mayer, e viera à Rússia com uma vontade extraordinária de ingressar no grupo de balé de São Petersburgo. Era, porém, um dançarino bem reles, de modo que não podiam sequer aceitá-lo como figurante permanente e aproveitavam-no para alguma ajuda eventual. Desempenhava certos papéis mudos no séquito de Fortinbras,[6] ou era um daqueles cavaleiros de Verona que, em número de vinte, erguiam todos ao mesmo tempo os punhais de papelão e gritavam: "Morreremos pelo rei!".[7] Mas, certamente, não existia no mundo ator tão apaixonadamente dedicado a seus papéis como este Carl Fiódoritch. A mais terrível infelicidade e aflição de sua vida fora não ter conseguido ingressar no corpo de balé. Colocava o balé acima de qualquer outra arte e, no seu gênero, era-lhe afeiçoado na mesma medida que meu pai ao violino. Carl ligara-se a este quando ambos ainda trabalhavam no teatro, e, a partir de então, o figurante aposentado não o abandonava mais. Viam-se com muita frequência e choravam em comum a triste sina de ambos e o fato de não terem sido reconhecidos. O alemão era a pessoa mais sensível e terna do mundo e nutria por meu padrasto a amizade

---

[5] Corruptela de Fiódorovitch. (N. do T.)

[6] Soberano da Noruega no *Hamlet* de Shakespeare, que aparece em cena por pouco tempo, com um séquito de homens armados. (N. do T.)

[7] Segundo nota da edição original, trata-se de uma caçoada com melodramas da época. (N. do T.)

mais ardente e desinteressada; no entanto, meu pai, ao que parece, não tinha por ele qualquer afeição especial e apenas lhe tolerava a companhia, à falta de melhor. Além disso, meu pai não podia compreender, em seu exclusivismo, que o balé fosse também uma arte, e ofendia assim o pobre alemão até às lágrimas. Conhecendo o fraco de Carl Fiódorovitch, atingia-o sempre e zombava do infeliz quando ele se exaltava e ficava fora de si, procurando demonstrar as virtudes da dança. Ouvi mais tarde muita coisa sobre Carl Fiódorovitch da parte de B., que o chamava de o quebra-nozes de Nuremberg.[8] B. falou-me muito da amizade entre Carl e meu pai; aliás, reuniam-se mais de uma vez e, tendo bebido um pouco, punham-se a chorar juntos o seu destino e o fato de não terem sido reconhecidos. Lembro-me dessas reuniões e de que eu mesma, olhando para aqueles dois originais, também me punha às vezes a choramingar, sem saber por quê. Isto acontecia sempre na ausência de minha mãe: o alemão tinha um medo terrível dela e sempre, ao chegar, ficava no corredor, junto à porta, esperando que alguém saísse, mas, ao saber que minha mãe estava em casa, punha-se logo a correr escada abaixo. Sempre trazia não sei que versos alemães, exaltava-se lendo-os em voz alta para nós dois, e depois declamava-os, traduzindo-os num russo estropiado, para nossa edificação. Isto alegrava muito meu pai, e eu às vezes gargalhava até às lágrimas. Uma vez, porém, eles arranjaram uma obra russa que os deixou a ambos extraordinariamente exaltados, e, a partir de então, liam-na quase sempre que se reuniam. Lembro-me de que era um drama em versos de um autor russo famoso. Decorei tão bem as primeiras linhas daquele livro que, passados alguns anos, quando me caiu casualmente nas mãos, pude reconhecê-lo sem esforço. Tratava-se, naquele drama,

---

[8] Alusão a um personagem de E. T. A. Hoffmann, cuja obra era muito familiar a Dostoiévski. (N. do T.)

das desventuras de um grande pintor, um certo Gennaro ou Iacopo, que, numa página, exclamava: "Não fui reconhecido" — e, na seguinte: "Fui reconhecido!" — ou "Não tenho talento!" — e, após algumas linhas: "Sou talentoso!". O final era muito choroso.[9] Está claro que o drama constituía uma obra bem ordinária; mas, e nisso é que está o milagre, ela atuava do modo mais ingênuo e trágico sobre ambos os leitores, que encontravam no personagem principal grande semelhança consigo. Recordo que Carl Fiódorovitch inflamava-se às vezes a tal ponto que dava um salto, corria para o canto oposto do quarto e pedia a meu pai e a mim — que ele chamava de *mademoiselle* — com insistência, em tom convincente e com lágrimas nos olhos, que servíssemos de juízes no seu caso com o destino e com o público teatral. Logo em seguida, punha-se a dançar e, executando diferentes passos, gritava para nós, pedindo que lhe disséssemos imediatamente se ele era ou não um artista, e se era possível afirmar o contrário, isto é, que não tinha talento. Meu pai ficava então alegre, piscava-me o olho às escondidas, como se me avisasse de que ia, naquele momento, caçoar do alemão, de modo muito engraçado. Eu tinha muita vontade de rir, mas meu pai ameaçava-me com o dedo e eu fazia força para me conter. Ainda hoje não posso deixar de rir, à simples evocação de tais cenas. Lembro, como se o visse agora, o pobre Carl Fiódorovitch. Era muito baixo, extraordinariamente fininho, já grisalho, com nariz curvo e rubicundo, sujo de tabaco, e com pernas tortas, muito feias; mas, apesar disso, parecia envaidecer-se da conformação delas e usava calças muito justas. Quando, executado o último salto, ele se detinha numa postura de braços estendidos para nós e sorrindo — como sorriem no palco os bailarinos ao concluírem um passo — meu pai

---

[9] Alusão provável a uma fantasia dramática de N. V. Kúkolnik, escrita em 1834, tendo como personagem central o pintor Iacopo Sannazaro. (N. do T.; tomando por base uma nota da edição original.)

guardava silêncio por alguns instantes, como se não se decidisse a emitir um juízo, e intencionalmente deixava naquela posição o dançarino de mérito não reconhecido, e este balançava-se de um lado para outro, sobre uma perna só, procurando a todo custo manter o equilíbrio. Finalmente, meu pai lançava-me um olhar, o rosto mais sério, como se me convidasse para testemunha desinteressada do julgamento, e, ao mesmo tempo, fixavam-se em mim também os olhos tímidos, cheios de súplica, do bailarino.

— Não, Carl Fiódoritch, não estás conseguindo nada! — dizia finalmente meu pai, fingindo que a ele próprio era desagradável confessar a amarga verdade.

Irrompia então do peito de Carl Fiódoritch um verdadeiro gemido; mas ele animava-se no mesmo instante, fazia novos gestos rápidos, pedindo atenção, procurava convencer-nos de que não dançara pelo sistema certo, e implorava-nos um novo julgamento. Corria para outro canto e, às vezes, saltava com tamanha aplicação que tocava o teto com a cabeça e machucava-se bastante, mas suportava heroicamente a dor, como um espartano, colocava-se novamente na difícil postura, mais uma vez estendia-nos com um sorriso os braços trêmulos e pedia que tornássemos a decidir sobre o seu destino. Meu pai era, porém, implacável e, como antes, respondia-lhe com ar sombrio:

— Não, Carl Fiódoritch, certamente é teu destino: não acertas mesmo!

Eu, então, não me continha mais e torcia-me em gargalhadas, acompanhada nisso por meu pai. Carl Fiódoritch acabava percebendo a zombaria, enrubescia de indignação e, com lágrimas nos olhos, com um sentimento profundo, embora cômico, mas que me obrigava depois a torturar-me por causa daquele infeliz, dizia a meu pai:

— És um falso amigo!

Agarrava em seguida o chapéu e saía correndo, jurando por tudo no mundo não voltar nunca mais. No entanto, aquelas brigas não duravam muito; alguns dias depois, aparecia novamente em nossa casa, recomeçava a leitura do famoso drama, vertiam-se novas lágrimas, e mais uma vez o ingênuo Carl Fiódoritch nos solicitava que julgássemos o seu caso com os homens e o destino; apenas pedia que, dessa vez, fizéssemos julgamento sério, como amigos de verdade, e que não zombássemos dele.

Uma vez, minha mãe mandou-me à venda fazer não sei que compra, e eu estava de regresso, trazendo cuidadosamente uma moeda miúda de prata, que me deram de troco. Quando ia subindo a escada, encontrei meu pai, que vinha do pátio. Ri para ele, pois não podia ocultar a alegria que se apoderava de mim sempre que o via, e ele, ao inclinar-se para me beijar, notou a moeda de prata na minha mão... Esqueci de contar que estava tão acostumada à expressão de seu rosto, que reconhecia imediatamente, ao primeiro olhar, cada desejo seu. Quando ele estava triste, eu me dilacerava em angústia. O motivo mais frequente e intenso de seu tédio era ficar completamente sem dinheiro, não podendo por isso beber uma gota sequer de aguardente, à qual se acostumara. Mas, naquele momento em que o encontrei na escada, tive a impressão de que algo de extraordinário estava acontecendo com ele. Seus olhos tornaram-se turvos e errantes, e ele não me notou a princípio; porém, ao ver em minhas mãos o brilho da moeda, ficou de repente vermelho, em seguida empalideceu, chegou a estender o braço, para me tirar o dinheiro, mas encolheu-o imediatamente. Sem dúvida, uma luta se travava dentro dele. Finalmente, pareceu ter-se dominado, ordenou-me que fosse para cima, desceu alguns degraus, mas, de súbito, se deteve e chamou-me depressa.

Estava muito envergonhado.

— Escuta, Niétotchka — disse — dá-me esse dinheiro, que eu te devolvo já. Hem? Vais dá-lo a teu pai, não é verdade? És tão boazinha, não é mesmo, Niétotchka?

Parece que eu pressentira aquilo. Mas, no primeiro instante, a ideia de como minha mãe ficaria zangada, o temor e, sobretudo, uma vergonha instintiva por mim e por meu pai impediram-me de entregar-lhe o dinheiro. Ele notou isso no mesmo instante e disse-me, apressadamente:

— Bem, não é preciso, não é preciso!...

— Não, não, papai, leva-o; eu vou dizer que o perdi, ou que me foi tomado pelas crianças do vizinho.

— Está bem, está bem; eu sabia que és uma menina inteligente — disse ele, sorrindo, os lábios trêmulos, e não ocultando mais o entusiasmo, depois que sentiu o dinheiro nas mãos. — És uma boa menina, o meu anjinho! Deixa que eu te beije a mãozinha!

Agarrou-me a mão e queria beijá-la, mas eu retirei-a com um gesto brusco. Fui presa de não sei que sentimento de piedade, e a vergonha começou a torturar-me cada vez mais. Corri assustada para cima, deixando meu pai sem me despedir dele. Cheguei ao quarto com as faces em fogo e o coração batendo, em consequência de uma sensação de angústia que me era desconhecida. Todavia, disse corajosamente a minha mãe que deixara cair na neve o dinheiro e que não conseguira achá-lo depois. Eu esperava pelo menos alguns tapas, mas isto não aconteceu. Ela ficou, a princípio, realmente fora de si, pois éramos terrivelmente pobres. Gritou comigo, mas, no mesmo instante, pareceu mudar de ideia e deixou de me censurar; disse apenas que eu era uma menina desajeitada e pouco atenta, e que, provavelmente, não a amava bastante, visto que cuidava tão mal do que lhe pertencia. Esta observação me magoou mais do que se eu tivesse sofrido pancadas. Mas a minha mãe já me conhecia. Notara a minha sensibilidade, que chegava frequentemente às raias de uma irritabilidade doentia, e esperava impressionar-me mais alegando, com amargas censuras, que eu não a amava, e obrigando-me assim a ser mais cuidadosa no futuro.

Ao escurecer, quando meu pai já devia estar de volta, esperei-o, como de costume, no corredor. Desta vez, estava profundamente confusa. Meus sentimentos tinham sido ofendidos por algo que me atormentava de maneira doentia a consciência. Finalmente, meu pai voltou, e eu me alegrei muito com o seu regresso, como se pensasse que, desse modo, tudo seria mais fácil. Já estava tocado, mas, vendo-me, assumiu imediatamente um ar misterioso, envergonhado, e, levando-me para um canto e lançando um olhar tímido para a nossa porta, tirou do bolso um pedaço de pão de ló que comprara e começou a insistir comigo para que nunca mais ousasse tirar dinheiro de minha mãe às escondidas; que aquilo era muito ruim e vergonhoso, que fora feito daquela vez porque o papai precisara muito de dinheiro; mas ele haveria de devolvê-lo, e eu poderia dizer, depois, que o achara. Todavia, era vergonhoso tirar dinheiro da mamãe, e eu, de então em diante, nem deveria pensar em tais coisas, e, se me mostrasse obediente, ele me compraria mais pão de ló. Finalmente, acrescentou que eu devia ter pena de mamãe, pois ela, coitada, era tão doente, e a única a trabalhar por nós todos. Eu o ouvia assustada, o corpo todo trêmulo, e meus olhos marejavam-se. Fiquei tão perplexa que não conseguia dizer palavra, nem sair do lugar. Finalmente, ele entrou em casa, ordenou-me que deixasse de chorar e não contasse a minha mãe nada daquilo. Notei que ele também estava extremamente confuso. Até a hora de dormir, fui presa de terror e, pela primeira vez, não ousava olhar para meu pai nem me aproximava dele, que parecia também evitar os meus olhos. Minha mãe caminhava pelo quarto, falando sozinha, numa espécie de torpor, como de costume. Naquele dia, estava pior e tivera uma crise. Por fim, fiquei febril de tanto sofrer intimamente. Não pude adormecer. Torturavam-me sonhos doentios. Não conseguindo suportar aquilo por mais tempo, comecei a chorar amargamente. Meu pranto acordou minha mãe; perguntou-me o que eu tinha. Não respondi, mas chorei com amargura ainda maior. Acendeu então uma vela, acercou-se de mim e pôs-se a consolar-me, pensando que eu estivera assustada com algum pesadelo. "Eh, moça bobinha! — disse. — Até hoje, choras quando alguma coisa te aparece em sonho. Ora, chega!" Beijou-me então e disse-me que fosse dormir com ela. Mas eu não queria, não ousava abraçá-la e ir para a sua cama. Torturavam-me sofrimentos inimagináveis. Tinha vontade de contar-lhe tudo. Cheguei a começar, mas deteve-me a lembrança de meu pai e da sua proibição. "Pobrezinha que você é, Niétotchka! — disse minha mãe, deitando-me e envolvendo-me no seu velho casaco, pois notara que eu estava toda trêmula e febril. — Provavelmente, serás doente como eu!" Fitou-me então com tamanha tristeza que não pude suportar-lhe o olhar; entrecerrei os olhos e voltei o rosto. Não me lembro de como adormeci, mas, ainda semiacordada, fiquei ouvindo por muito tempo como minha mãe tentava fazer-me dormir. Até então, jamais suportara tamanho sofrimento. Meu coração ficava oprimido de dor. No dia seguinte, de manhã, senti-me melhor. Dirigi a palavra a meu pai, sem lembrar o que sucedera na véspera, pois adivinhava que isso lhe seria muito agradável. Ele se alegrou no mesmo instante, pois, até então, ficava também com a expressão sombria quando nossos olhares se cruzavam. Vendo, porém, o meu ar alegre, ficou tomado de não sei que alegria e de um alvoroço quase infantil. Pouco depois, minha mãe saiu, e ele não se conteve. Pôs-se a beijar-me de tal modo que eu fiquei num arrebatamento histérico, rindo e chorando ao mesmo tempo. Finalmente, disse-me que estava querendo mostrar-me algo muito bom, e que eu ficaria muito contente de vê-lo, pois era uma menina muito boazinha e inteligente. Desabotoou o colete e tirou dali uma chave, que trazia pendurada ao pescoço, por um cordão preto. Depois, lançando-me olhares misteriosos, como se quisesse ler em meus olhos todo o prazer que eu, na sua opinião, devia sentir, abriu um baú e tirou dele cautelosamente uma caixa preta, de forma estranha, e que eu jamais vira com ele. Segurou-a com certa timidez e transfigurou-se inteiramente; o riso desapareceu-lhe do rosto, que assumiu de repente certa expressão solene. Finalmente, abriu com uma chavinha aquela caixa misteriosa e tirou dela um objeto que eu nunca vira, e que tinha, à primeira vista, forma bem estranha. Segurou-o cautelosamente nas mãos, com veneração, e disse-me que era o violino, o seu instrumento. Subitamente loquaz, pôs-se então a contar-me algo numa voz doce e solene; mas eu não o compreendia e retive na memória apenas aquelas frases que já conhecia: ele era um artista, um homem de talento, que mais tarde, num certo dia, iria tocar violino, e finalmente, seríamos todos ricos e muito felizes. Lágrimas apareceram-lhe nos olhos e escorreram-lhe pelas faces. Eu estava muito comovida. Por fim, beijou o violino e estendeu-o até mim, a fim de que o beijasse também. Vendo que eu tinha vontade de examiná-lo melhor, levou-me até à cama de minha mãe e depôs o violino em minhas mãos; mas eu percebi que ele tremia, com medo de que eu o quebrasse. Segurei o violino e toquei as cordas, que emitiram um som fraco.

— É música! — disse eu, olhando para meu pai.

— Sim, sim, música! — repetiu ele, esfregando as mãos de alegria. — És uma criança inteligente, uma criança boa! — Mas, apesar de seus elogios e entusiasmo, eu via que estava temendo pela segurança de seu violino, e também fui presa de temor, devolvendo-lhe rapidamente o instrumento. Com as mesmas precauções de antes, o violino foi posto de novo na caixa e esta trancada e colocada no baú; meu pai afagou-me novamente a cabeça e prometeu mostrar-me o violino sempre que eu fosse boa, inteligente e obediente como daquela vez. Deste modo o violino expulsou a nossa aflição comum. Apenas ao anoitecer, quando saía de casa, disse-me ao ouvido que me lembrasse de suas palavras da véspera.

Desse modo, eu crescia em nossa mansarda e, aos poucos, o meu amor, ou, dizendo melhor, paixão, pois não conheço palavra bastante forte para expressar plenamente o sentimento invencível, torturante, que eu tinha por meu pai, chegou a atingir não sei que irritabilidade doentia. Eu tinha apenas um prazer: pensar nele e tê-lo como objeto de meus devaneios; e uma única vontade: fazer tudo o que lhe pudesse causar ao menos um pouco de satisfação. Quantas vezes me acontecia esperar na escada pelo seu regresso, frequentemente trêmula e roxa de frio, apenas para saber, um pouco mais cedo, que ele já estava chegando e laçar-lhe um olhar o quanto antes! Parecia ficar possessa de alegria, quando ele me acarinhava, um pouco que fosse. E, no entanto, muitas vezes eu me atormentava até sentir dor, pelo fato de ser tão inabalavelmente fria com minha própria mãe; havia momentos em que, olhando para ela, sentia-me dilacerada de angústia e compaixão. Em face da contínua inimizade entre ambos, eu não podia permanecer indiferente, tinha que tomar o partido de um deles, e tomei então o daquele homem quase louco, apenas porque me parecia tão lastimável, tão humilhado, e porque, desde o início, me impressionara de modo tão extraordinário a imaginação. Mas — quem poderá julgar? — é possível que eu me afeiçoasse assim a ele, justamente, por ser tão estranho mesmo em seu aspecto exterior, e não fosse tão sério e taciturno como minha mãe; por ser quase louco; porque, com frequência, tinha algo de bufão e certos modos infantis; e, finalmente, porque eu o temia menos e até o respeitava menos que a minha mãe. De certo modo, assemelhava-se mais a mim. Pouco a pouco, senti que era superior a ele, que o subjugava gradualmente, e que, até, lhe era indispensável. Orgulhava-me interiormente com isso, triunfava em meu íntimo e, compreendendo como lhe era necessária, chegava às vezes a ser faceira com ele. Realmente, aquela estranha afeição minha lembrava de certo modo um romance... Mas este romance estava fadado a não durar muito: pouco depois, perdi pai e mãe. A vida deles culminou numa catástrofe terrível, que se gravou, trágica e dolorosamente, em minha memória. Eis como isso aconteceu.

TRÊS

Naquele tempo, Petersburgo inteira foi agitada por uma novidade extraordinária. Espalhara-se a notícia da chegada do famoso S. Alvoroçou-se o mundo musical da cidade. Cantores, artistas, poetas, pintores, melômanos e mesmo aqueles que nunca foram melômanos e que, com um orgulho modesto, afirmavam não entender sequer uma nota de música, lançaram-se com ávido arrebatamento em busca de ingresso para o concerto. O salão não podia conter nem mesmo a décima parte dos entusiastas que dispunham dos vinte e cinco rublos da entrada; mas o nome de S., famoso em toda a Europa, sua velhice coroada de louros, o frescor de seu talento, que não se fanava, os boatos de que, nos últimos tempos, apenas raramente empunhava o arco do violino para agradar ao público, as asserções de que, pela última vez, estava percorrendo a Europa, e de que depois deixaria de tocar, causaram grande efeito. Em suma, era profunda e imensa a impressão deixada por sua vinda.

Eu já disse que a chegada de cada violinista, de cada virtuose, ainda que pouco famoso, produzia em meu padrasto o mais desagradável efeito. Era sempre um dos primeiros a apressar-se em ir ouvir o artista de fora, para conhecer o quanto antes o grau de sua arte. Muitas vezes, chegava a adoecer com os elogios ao recém-chegado, que ressoavam ao redor, e acalmava-se somente quando conseguia encontrar defeitos na execução do violinista e espalhar venenosamente a sua opinião, onde lhe fosse possível. Aquele homem infeliz e semidemente considerava no mundo apenas um talento, apenas um artista, e este, naturalmente, era ele próprio. Mas a notícia da chegada de S., um gênio da música, produziu nele verdadeiro abalo. Deve-se observar que, nos últimos dez anos, Petersburgo não ouvira nenhum talento famoso, mesmo inferior a S.; em consequência disso, meu pai não tinha ideia sobre a execução dos melhores artistas europeus.

Contaram-me que, apenas se espalharam as primeiras notícias sobre a vinda de S., meu pai foi visto novamente nos bastidores do teatro. Disseram que ele aparecera extremamente nervoso, informando-se com inquietude sobre S. e o esperado concerto. Fazia muito tempo que não era visto ali, e seu aparecimento chegou a causar impressão. Alguém quis provocá-lo e disse com ar de desafio: "Desta vez, meu caro Iegor Pietróvitch, o senhor não vai ouvir música de balé, mas uma que, certamente, não o deixará mais viver neste mundo!". Contam que ele empalideceu ao ouvir o gracejo, mas respondeu, com um sorriso histérico: "Vamos ver; de longe, tudo parece mais bonito; este S. esteve apenas em Paris, foram os franceses que espalharam a sua fama, e todos sabem o que são os franceses!" — e outras coisas no gênero. Uma gargalhada ressoou ao redor; o infeliz ofendeu-se, mas, contendo-se, acrescentou que ele, aliás, não afirmava nada, mas que se haveria de ver; dois dias passam depressa e, em breve, ver-se-iam as maravilhas.

B. conta que, naquela mesma tarde, antes do anoitecer, encontrou-se com o Príncipe K., diletante famoso, homem que amava e compreendia profundamente a arte. Caminhavam lado a lado, fazendo comentários sobre o artista recém-chegado, e, de repente, dobrando uma esquina, B. viu meu pai, que estava parado junto à janela de uma loja, e examinava detidamente um pequeno cartaz ali pregado, onde se anunciava, em letras graúdas, o concerto de S.

— O senhor está vendo aquele homem? — disse B., indicando meu pai.

— Quem é? — perguntou o príncipe.

— O senhor já ouviu falar dele. É aquele mesmo Iefimov, de quem lhe falei mais de uma vez, e a quem o senhor chegou mesmo a proteger há tempos.

— Ah, é curioso! — disse o príncipe. — O senhor contou muita coisa a respeito dele. Dizem que é muito interessante. Gostaria de ouvi-lo.

— Não vale a pena — respondeu B. — e seria penoso. Não sei como o senhor se sente nesses casos, mas, quanto a mim, sempre me causa um aperto no coração. Sua vida é uma tragédia horrível, espantosa. Eu o estimo profundamente, e por mais torpe que ele seja agora, não se abafou em mim a simpatia que lhe dedico. O senhor diz, príncipe, que ele deve ser curioso. É verdade, mas causa uma impressão demasiado penosa. Em primeiro lugar, é louco; em segundo, pesam sobre este louco três crimes, pois arruinou duas existências além da sua: a da esposa e a da filha. Eu o conheço: morreria no mesmo instante, se se apercebesse do seu crime. Mas o mais terrível consiste em estar ele, há oito anos já, *quase* convencido disso, e em que, há oito anos, se debate com a própria consciência, a fim de esclarecer isso, não quase, mas totalmente.

— O senhor disse que ele é pobre? — perguntou o príncipe.

— Sim; mas a pobreza, agora, é quase uma felicidade para ele, pois constitui a sua justificação. Pode asseverar a todos que é estorvado unicamente pela pobreza e que, se fosse rico, teria tempo, não haveria cuidados e todos veriam imediatamente que artista ele é. Casou-se em virtude da estranha esperança de que os mil rublos que sua mulher possuía então o ajudariam a se pôr de pé. Agiu como um fantasista, um poeta, e assim se comportou sempre na vida. Sabe o que ele diz incessantemente, há oito anos? Afirma que a esposa é que é a culpada de suas tribulações, e que o atrapalha. Cruzou os braços e não quer trabalhar. Mas, tirem-lhe a esposa, e será a criatura mais infeliz do mundo. Há alguns anos já que não pega no violino. E sabe por quê? Porque, cada vez que empunha o arco, se vê intimamente obrigado a convencer-se de que não é ninguém, que é apenas um zero, e não um artista. Agora, enquanto o arco está guardado, tem ao menos uma esperança remota de que isto não seja verdade. É um sonhador; pensa que, de repente, por não sei que milagre, tornar-se-á o homem mais famoso do mundo. Seu lema é: *aut Caesar, aut nihil*,[10] como se fosse possível a alguém tornar-se César de repente. É ávido de glória. Mas, se tal sentimento se torna o móvel principal e único de um artista, este deixa de o ser, por ter perdido o principal instinto artístico, isto é, o amor à arte, unicamente porque esta é apenas arte, e não algo diverso, como a glória. No entanto, com S. acontece justamente o contrário: quando empunha o arco, não existe para ele mais nada no mundo, além da música. Depois do arco de seu violino, a primeira coisa para ele é o dinheiro, vindo apenas em terceiro lugar, se não me engano, a glória. Mas ele pouco se preocupou com ela... Sabe o senhor com que se entretém agora este infeliz? — acrescentou B., apontando para Iefimov. — Está imerso na preocupação mais estúpida e insignificante, a mais lamentável, a mais ridícula sobre a terra: se será superior ou inferior a S., e nada mais, pois, apesar de tudo, está certo de ser o primeiro músico em todo o mundo. Convença-o de que não é um artista, e eu lhe afirmo que morrerá no mesmo lugar, como se fosse atingido por um raio; é terrível abandonar-se uma ideia fixa, à qual se sacrificou toda a vida, e cuja base, apesar de tudo, é séria e profunda; e, no início, ele foi sincero em sua vocação.

— Seria curioso saber o que será dele, depois que ouvir S. — observou o príncipe.

[10] Em latim no original: "César ou nada". Segundo a edição original, trata-se do lema de César Borgia (c. 1475-1507), senhor de Florença, que pretendia dominar toda a Itália. (N. do T.)

— Sim — disse B., pensativo. — Mas não: ele voltará a si imediatamente; sua loucura é mais forte que a verdade, e ele inventará logo alguma explicação.

— Pensa assim?

Naquele momento, chegaram ao lugar em que estava meu pai. Ele quis passar despercebido, mas B. deteve-o e dirigiu-lhe a palavra. Perguntou-lhe se iria ouvir S. Meu pai respondeu com indiferença que não sabia ainda, que tinha algo mais importante que os concertos e quaisquer virtuoses de fora, mas que iria ver se arranjava uma horinha livre e — por que não? — daria um jeito. Lançou a B. e ao príncipe um olhar rápido e inquieto e sorriu com desconfiança; em seguida, agarrou o chapéu, fez um aceno com a cabeça e afastou-se, desculpando-se com a falta de tempo.

Mas eu já sabia, desde a véspera, da preocupação de meu pai. Não sabia exatamente o que o atormentava, mas via que ele era presa de um desassossego terrível; até minha mãe notara isso. Nessa ocasião, ela estava muito doente e mal conseguia mover as pernas. Meu pai, a cada momento, entrava ou saía de casa. De manhã, vieram vê-lo três ou quatro pessoas, velhos companheiros seus, o que me deixou muito surpreendida, pois eu quase nunca via em nossa casa gente estranha, além de Carl Fiódoritch; todos os demais tinham deixado de ter relações conosco depois que meu pai abandonara completamente o teatro. Por fim, Carl Fiódoritch chegou correndo, ofegante, e trouxe um programa de concerto. Eu olhava e escutava com atenção, e tudo aquilo me inquietava como se eu fosse a única culpada de todo aquele alarma e da inquietação que lia no rosto de meu pai. Tinha muita vontade de compreender o que diziam e, pela primeira vez, ouvi o nome de S. Compreendi em seguida que eram necessários pelo menos quinze rublos para ouvir este S. Lembro-me também de que meu pai não se conteve, fez um gesto com a mão e disse que ele conhecia aquelas maravilhas de além-mar, aqueles talentos incomparáveis, e que também conhecia S., pois eram todos judeus vindos em busca do dinheiro russo, porque os russos, em sua simplicidade, acreditavam em quaisquer bobagens, sobretudo naquilo que os franceses apregoavam. Eu já compreendia o significado da expressão: *não tem talento*. As visitas puseram-se a rir e, pouco depois, saíram todos, deixando meu pai completamente mal-humorado. Compreendi que ele, por algum motivo, estava zangado com aquele S., e, procurando prestar-lhe um serviço e dissipar a sua angústia, aproximei-me da mesa, apanhei o programa, comecei a examiná-lo e li em voz alta o nome de S. Depois ri, olhei para meu pai, que estava sentado na cadeira, pensativo, e disse: "Deve ser alguém como Carl Fiódoritch: ele, com certeza, também não consegue acertar". Meu pai estremeceu, como se algo o assustasse, arrancou-me o programa das mãos, gritou e bateu os pés, agarrou o chapéu e saiu do quarto, mas logo voltou, chamou-me para o corredor, beijou-me e, presa de certa inquietação, de um medo oculto, pôs-se a dizer-me que eu era uma criança inteligente e bondosa, que certamente não quereria magoá-lo, e que ele esperava de mim certo serviço grande, mas não disse exatamente qual. Ao mesmo tempo, era-me penoso ouvi-lo; via que suas palavras e carinhos eram insinceros, e tudo isso me deixou de certo modo abalada. Comecei a inquietar-me e a sofrer por ele.

No dia seguinte, na hora do jantar — já estávamos na véspera do concerto — ele parecia muito abatido. Estava terrivelmente transfigurado e dirigia sem cessar os olhos para mim e para minha mãe. Até me admirei quando ele se pôs a falar com ela acerca de qualquer coisa; fiquei surpreendida, porque ele quase nunca falava com ela. Depois do jantar, começou a fazer o possível para agradar-me e de um modo todo especial; a cada momento e sob diferentes pretextos, chamava-me para o corredor e, olhando em volta, como se temesse ser surpreendido, afagava-me continuamente a cabeça, beijava-me e dizia-me que eu era uma boa criança, uma criança obediente, que eu certamente amava o papai e, estava claro, faria tudo o que me pedisse. Tudo isso me pôs numa angústia intolerável. Por fim, quando me chamou pela décima vez para a escada, o caso se esclareceu. Com um ar angustiado, de tortura, olhando inquieto para os lados, perguntou-me: sabia eu onde minha mãe tinha guardados aqueles vinte e cinco rublos que ela trouxera na véspera de manhã? Fiquei estarrecida de susto, ouvindo semelhante pergunta. Mas, naquele instante, alguém fez barulho na escada, e meu pai largou-me assustado e correu para fora de casa. Voltou depois do escurecer, envergonhado, triste, preocupado, sentou-se pensativo na cadeira e pôs-se a olhar-me com certo ar tímido. Assaltou-me não sei que medo, e evitei-lhe intencionalmente os olhares. Depois, minha mãe, que passara o dia inteiro de cama, chamou-me, deu-me algumas moedas de cobre e mandou-me à venda, a fim de comprar chá e açúcar. Tomávamos chá bem raramente: minha mãe permitia-se tal luxo, em relação aos nossos recursos, unicamente quando se sentia doente e febril. Apanhei o dinheiro e, saindo para o corredor, pus-me imediatamente a correr, como se temesse que me alcançassem. Mas aconteceu justamente aquilo que eu previa: meu pai alcançou-me já na rua e fez-me voltar para a escada.

— Niétotchka! — começou com voz trêmula. — Minha pombinha! Escuta: passa-me esse dinheiro e, amanhã mesmo, eu...

— Papaizinho! Papaizinho! — gritei, atirando-me de joelhos, implorando. — Papaizinho! Não posso! Não se pode! Mamãe precisa tomar chá... Não se pode tirar da mamãe, não se pode, absolutamente! Outro dia, vou trazer...

— Então não queres? Não queres? — murmurou ele, num frenesi. — Quer dizer que não queres me amar? Vá lá, está bem! Agora, vou te deixar. Fica com a mamãe, vou deixar-vos, e não te levarei comigo. Estás ouvindo, garota má? Estás ouvindo?

— Papaizinho! — gritei, completamente presa de terror. — Toma o dinheiro, aqui está! O que vou fazer agora? — per-

guntei, torcendo as mãos e agarrando-lhe as abas do paletó.
— Mamãezinha vai chorar, mamãezinha vai se zangar de novo comigo!

Parece que ele não esperava tamanha resistência, mas tomou o dinheiro; finalmente, não podendo suportar minhas queixas e prantos, deixou-me na escada e correu para a rua. Caminhei para cima; perdi, no entanto, as forças, junto à nossa porta; não podia, não me atrevia a entrar; todo o meu ser estava comovido e abalado. Escondi o rosto entre as mãos e lancei-me para a janela, como na ocasião em que, pela primeira vez, ouvira meu pai desejar a morte de minha mãe. Estava numa espécie de esquecimento de tudo, petrificada, e estremecia, prestando atenção aos menores ruídos na escada. Finalmente, ouvi que alguém subia às carreiras. Era ele; reconheci-lhe os passos.

— Estás aqui? — perguntou, num murmúrio.
Atirei-me para ele.
— Toma! — gritou, colocando-me o dinheiro nas mãos.
— Aqui está! Toma-o de volta! Não sou mais teu pai, estás ouvindo? Agora, não quero ser teu papai! Amas a mamãe mais que a mim; pois então vai para junto de mamãe! Não quero mais saber de ti! — Dizendo isso, empurrou-me e correu de novo pela escada. Chorando, corri ao seu alcance.

— Papaizinho! Meu bom papaizinho! Eu vou obedecer! — gritei. — Eu te amo mais que a mamãe! Toma o dinheiro de volta, toma!

Mas ele não me ouvia mais; tinha desaparecido. Até a hora de me deitar, achava-me completamente abalada e tremia de febre. Lembro-me de que minha mãe me dizia algo, chamava-me para junto de si; eu estava como que inconsciente, não via e não ouvia nada. Tudo isso culminou numa crise: comecei a chorar, a gritar; minha mãe assustou-se e não sabia o que fazer. Levou-me para a sua cama, e eu não sei como, estremecendo e assustando-me a todo instante, acabei adormecendo agarrada ao seu pescoço. Assim se passou toda a noite. De manhã, acordei muito tarde, quando mamãe não estava mais em casa. Naquela época, ela sempre saía para tratar dos seus negócios. Papai estava em companhia de um estranho, e ambos falavam de algo em voz alta. Esperei a muito custo que a visita fosse embora e, quando ficamos a sós, atirei-me para meu pai e, soluçando, comecei a pedir-lhe que me desculpasse o comportamento da véspera.

— Mas vais ser uma criança inteligente, como antes? — perguntou-me severo.

— Serei, papaizinho, serei! — respondi. — Vou dizer-te onde a mamãe tem o dinheiro. Está naquela gaveta, dentro de um cofrezinho; ontem estava lá.

— Estava? Onde? — gritou ele num sobressalto; e levantou-se da cadeira. — Onde estava?

— Está trancado, meu pai! — disse eu. — Espera até a noitinha, que mamãe me mandará trocar o dinheiro, pois vi que o de cobre já se gastou todo.

— Eu preciso de quinze rublos, Niétotchka! Estás ouvindo? Apenas quinze rublos! Arranja-me esse dinheiro hoje, e amanhã vou trazer tudo de volta. E agora vou sair para te comprar rebuçados, nozes... e uma boneca, também... e amanhã também... e todos os dias te trarei presentes, se fores uma menina inteligente!

— Não precisa, papai, não precisa! Não quero presentes; não vou comer aquilo; vou devolver-te tudo! — gritei, rompendo em pranto, porque todo o meu coração ficara, no mesmo instante, repleto de angústia. Senti, naquele momento, que ele não tinha pena de mim e não me amava, pois não via o quanto eu o amava, e pensava que eu me dispunha a servi-lo por causa de presentes. Naquela hora, eu, criança, compreendia-o completamente, e já percebia que a consciência disso me ferira para sempre, que eu não podia mais amá--lo e que perdera o meu papaizinho de antes. Quanto a ele, estava tomado de não sei que entusiasmo, por causa de minhas promessas; via que eu estava pronta a tudo fazer por ele, e Deus sabe o quanto significava para mim então esse "tudo"... Compreendia o que significava aquele dinheiro para minha pobre mãe; sabia que, perdendo-o, ela era capaz de adoecer de desgosto, e o arrependimento gritava dentro de mim e me torturava. Mas ele não via nada; olhava-me como a uma criança de três anos, ao passo que eu compreendia tudo. A sua alegria não tinha limites; beijava-me, pedia-me que não chorasse mais, prometia-me que, naquele mesmo dia, iríamos para algum lugar, longe de minha mãe, procurando assim, provavelmente, lisonjear a minha perene fantasia; finalmente, tirou do bolso aquele programa e pôs-se a explicar-me que o homem que ele iria ver naquele dia era seu inimigo, um inimigo mortal, mas que os seus inimigos não teriam êxito. Decididamente, ele próprio parecia uma criança, quando me falou de seus inimigos. Notando, porém, que eu não sorria, como em outras ocasiões em que falava comigo, e que o ouvia em silêncio, apanhou o chapéu e saiu do quarto, pois tinha pressa de ir a alguma parte; mas, antes de sair, beijou-me mais uma vez e fez-me um aceno zombeteiro com a cabeça, como se não estivesse muito confiante em mim e procurasse impedir-me de mudar de ideia.

Já disse que ele parecia fora de seu juízo; mas isto se via desde a véspera. Precisava do dinheiro para o ingresso, pois aquele concerto deveria decidir tudo para ele. Parecia pressentir que resolveria todo o seu destino, mas estava tão fora de si que, na véspera, quisera tirar-me umas moedas de cobre, como se elas fossem suficientes para a entrada. No decorrer do jantar, a sua conduta extravagante tornou-se ainda mais evidente. Não conseguia permanecer sentado e não tocava sequer a comida; levantava-se a cada momento, tornando em seguida a sentar-se, como se tivesse mudado de ideia; ora agarrava o chapéu, como se se preparasse para ir a alguma parte, ora se tornava estranhamente distraído; murmurava algo, depois lançava-me de repente um olhar, piscava-me os olhos, fazia-me certos sinais, como se estivesse impaciente por conseguir o quanto antes aquele dinheiro e se zangasse porque eu ainda não o apanhara de minha mãe. Até mesmo esta lhe notara o comportamento estranho e olhava--o surpresa. Quanto a mim, parecia uma condenada à morte. Findo o jantar, fiquei encolhida num canto e, tremendo como se estivesse com febre, contei os minutos que faltavam para a hora em que minha mãe costumava mandar-me fazer compras. Em toda a minha vida, nunca passara horas mais angustiosas; elas ficarão para sempre em minha lembrança. O que não senti naqueles instantes! Há momentos em que a nossa consciência sofre muito mais do que em anos inteiros. Eu sentia que estava prestes a praticar uma ação má: ele próprio ajudara os meus bons instintos, quando, pela primeira vez, fraquejara e impelira-me para o mal, e, assustado com isso, me explicara que eu tinha agido de modo muito inconveniente. Não podia ele acaso alcançar como era difícil enganar uma natureza ávida de compreender suas próprias impressões, que já pressentira o bem e o mal, e que muito refletira sobre isso? Eu compreendia que, provavelmente, havia uma necessidade, extrema e terrível, que o obrigava mais uma vez a impelir-me para o vício, sacrificando, desse modo, a minha pobre infância indefesa, e arriscando-se de novo a abalar a minha consciência, que já antes fora incapaz de resistir. E então, encolhida naquele canto, pensava comigo mesma: por que me prometera uma recompensa em troca do que eu estava disposta a fazer espontaneamente? Novas sensações, novos anseios até então desconhecidos, novas perguntas se atropelavam no meu íntimo, e eu me torturava com aquelas questões. Depois, de repente, punha-me a pensar em minha mãe; imaginava a sua amargura diante da perda dos último frutos do seu trabalho. Finalmente, ela pôs de lado o trabalho que executava, e que a obrigava a ir além das próprias forças, e chamou-me. Tremi e aproximei-me dela. Tirou o dinheiro da cômoda e, passando-o para mim, disse: "Vai, Niétotchka; mas, pelo amor de Deus, não te deixes enganar, como da outra vez, e trata de não perdê-lo". Lancei um olhar de súplica a meu pai, mas ele fazia-me acenos com a cabeça, sorria-me com ar de aprovação e esfregava as mãos de impaciência. Bateram as seis horas, e o concerto estava marcado para as sete. Também a ele custara muito aquela espera.

Parei na escada, esperando-o. Estava tão agitado e impaciente que, sem qualquer precaução, logo correu atrás de mim. Dei-lhe o dinheiro; estava escuro na escada e não pude ver-lhe o rosto; mas senti que todo ele tremia, ao receber o dinheiro. Fiquei como que petrificada, sem sair do lugar; finalmente, voltei a mim, quando ele me mandou para cima, a fim de ir buscar o seu chapéu. Ele não queria mesmo tornar a subir.

— Papai! Não vais... entrar comigo? — perguntei com voz entrecortada, pensando na minha derradeira esperança — a proteção dele.

— Não... vai sozinha... hem? Espera, espera! — gritou, lembrando-se. — Espera, vou trazer-te agora um presentinho; mas, em primeiro lugar, vai buscar o meu chapéu.

Era como se uma mão gelada me comprimisse de repente o coração. Soltei um grito, empurrei-o e lancei-me para cima. Quando entrei no quarto, estava com as feições completamente desfiguradas, e, se quisesse dizer então que me tiraram o dinheiro, minha mãe me acreditaria. Mas eu nada podia dizer naquele instante. Num acesso de desespero convulsivo, atirei-me de través sobre o leito de minha mãe e escondi o rosto entre as mãos. Momentos depois, a porta rangeu devagarinho e entrou meu pai. Viera buscar o chapéu.

— Onde está o dinheiro? — gritou de repente minha mãe, adivinhando, no mesmo instante, que sucedera algo extraordinário. — Onde está o dinheiro? Fala! Fala! — Agarrou-me então, tirando-me da cama e colocando-me no meio do quarto.

Eu permanecia calada, os olhos baixos; mal compreendia o que estava acontecendo comigo e o que me faziam.

Fiódor Dostoiévski

— Onde está o dinheiro? — tornou ela a gritar e, de repente, voltou-se para meu pai, que estava agarrando o chapéu. — Onde está o dinheiro? — repetiu. — Ela deu-te o dinheiro? Homem sem Deus! Assassino! Tirano! Então, também a estás destruindo, a ela?! Uma criança! A ela também? Não! Tu não sairás assim!

E, no mesmo instante, correu em direção da porta, trancou-a por dentro e escondeu a chave.

— Fala! Confessa! — disse-me ela, com uma voz que mal se ouvia, devido à exaltação. — Confessa tudo! Fala, fala! Ou... eu não sei o que vou fazer contigo!

Agarrou-me as mãos e foi torcendo-as enquanto me interrogava. Estava fora de si. Naquele instante, jurei silenciar e não dizer palavra sobre meu pai, mas, timidamente, ergui para ele os olhos pela última vez... Um só olhar, uma única palavra sua, algo daquilo que eu esperava, que eu implorava em meu íntimo, e eu seria feliz, apesar de qualquer sofrimento, de quaisquer torturas... Mas, meu Deus! Com um gesto insensível, ameaçador, como se naquele momento ainda pudesse haver algo capaz de me intimidar, ordenou-me que não falasse. Senti minha garganta apertar-se, faltar-me o alento, minhas pernas dobraram-se e caí inconsciente... Repetiu-se comigo a crise nervosa da véspera.

Apenas recuperei os sentidos, ouviu-se alguém bater na porta de nosso quarto. Minha mãe foi abrir e eu vi um criado de libré, que, entrando e olhando surpreendido em redor e para todos nós, perguntou pelo músico Iefimov. Meu padrasto disse que era ele. O criado entregou-lhe um bilhete, informando-o de que fora enviado ali por B., então em casa do príncipe. Dentro do envelope havia um convite para o concerto de S.

O aparecimento do lacaio de rica libré, que disse o nome do príncipe, seu amo, o qual o enviava expressamente com um recado para o pobre músico Iefimov, causou imediatamente forte impressão em minha mãe. Eu falei, bem no início deste relato, do caráter da pobre mulher, e que ela ainda amava o meu pai. E, naquela ocasião, apesar de oito anos completos de incessante angústia e sofrimento, o seu coração não mudara: ela ainda podia amá-lo! Só Deus sabe, mas talvez ela tivesse percebido, de repente, certa mudança no destino dele. Até a sombra de uma esperança tinha influência sobre ela. É provável também — quem sabe? — que estivesse um tanto quanto contaminada pela inabalável autoconfiança de seu desequilibrado esposo! É até impossível que essa autoconfiança dele não tivesse, pelo menos, alguma ação sobre aquela fraca mulher, que em face da atenção do príncipe, era capaz de imaginar imediatamente mil planos para o marido. No mesmo instante, mostrou-se disposta a uma reaproximação com ele, a perdoá-lo pela vida que havia levado, mesmo colocando na balança o crime mais recente, o sacrifício de sua única filha; num acesso de entusiasmo recém-aceso, no arroubo da esperança primeira, estava disposta a relevar-lhe esse crime, rebaixando-o ao nível de uma simples transgressão, uma fraqueza, provocada pela miséria, pela vida imunda, pela situação de desespero. Nela, tudo era arrebatamento, e, naquele instante, tinha prontos já o perdão e uma compaixão sem limites pelo seu aniquilado marido.

Meu pai começou a afanar-se; ficou também surpreso com a atenção do príncipe e de B. Dirigiu-se a minha mãe, disse-lhe algo ao ouvido, e ela saiu do quarto. Voltou dois minutos depois, trazendo uns trocados, e meu pai deu imediatamente um rublo de prata ao criado, que saiu com uma saudação respeitosa. Nesse entretanto, minha mãe, que se ausentara por um momento, trouxe um ferro de engomar, apanhou o melhor peitilho de camisa de meu pai e pôs-se a passá-lo. Ela mesma lhe amarrou ao pescoço um lenço branco de cambraia, que fora conservado no guarda-roupa dele, para qualquer eventualidade, desde tempos imemoriais, juntamente com um fraque preto, ainda que muito puído, e que ele mandara fazer quando recebera aquele emprego no teatro. Acabando de se aprontar, meu pai apanhou o chapéu, mas, antes de sair, pediu um copo de água; estava pálido e sentou-se numa cadeira, completamente esgotado. Fui eu quem lhe serviu a água; é possível que um sentimento de repulsa novamente se tivesse esgueirado para o coração de minha mãe e esfriasse o seu arrebatamento inicial.

Meu pai saiu; ficamos a sós. Encolhi-me num canto e, por muito tempo, estive olhando minha mãe, em silêncio. Nunca a vira tão perturbada: tinha os lábios trêmulos e suas pálidas faces inflamaram-se num instante; por vezes, ela estremecia com todos os membros. Finalmente, sua angústia começou a expandir-se em queixas, soluços abafados e recriminações.

— Eu, eu é que sou culpada de tudo! Infeliz! — dizia a si mesma. — E o que será dela? O que será dela, quando eu morrer? — prosseguiu, detendo-se no meio do quarto, como que abatida por um raio, só de pensar nisso. — Niétotchka! Minha filha! Minha pobre menina! Infeliz! — disse, segurando-me as mãos e abraçando-me convulsivamente. — Quem há de cuidar de ti se, mesmo em vida, não consigo educar-te, velar por ti? Ah, não me compreendes! Estás compreendendo? Vais lembrar-te do que eu te disse ainda agora, Niétotchka? Será que te lembrarás disso no futuro?

— Sim, sim, mamãezinha! — disse eu, juntando as mãos em súplica.

Ela me segurou nos braços por muito tempo e com força, como que tremendo à simples ideia de separar-se de mim. Eu sentia o coração despedaçado.

— Mamãe! Mamãezinha! — disse eu soluçando. — Por que... por que não amas o papai? — E os soluços impediram-me de dizer tudo.

Um gemido escapou-lhe do peito. Depois, presa de uma nova e terrível angústia, pôs-se a caminhar pelo quarto.

— Minha pobre, minha pobre menina! E eu que nem sequer percebi o quanto ela cresceu! Ela sabe, ela sabe de tudo!

Meu Deus, que impressões, que exemplos! — E pôs-se novamente a torcer as mãos em desespero.

Depois, acercou-se de mim e, com um amor sem limites, beijou-me, beijou minhas mãos, cobriu-as de lágrimas, implorou-me perdão... Eu nunca vira semelhante sofrimento... Por fim, pareceu esgotada e ficou como que em modorra. Assim passou uma hora inteira. Ergueu-se depois, extenuada, e disse-me que fosse dormir. Fui para o meu canto, enrolei-me no cobertor, mas não pude adormecer. A lembrança dela torturava-me, e a de meu pai também. Esperei, impaciente, que ele regressasse. Um terror me possuía, quando pensava nele. Meia hora depois, minha mãe apanhou uma vela e aproximou-se de mim, para ver se eu estava dormindo. Para acalmá-la, fechei os olhos, fingindo ter adormecido. Depois de me examinar, acercou-se devagarinho do armário, abriu-o e encheu para si um copo de vinho. Bebeu-o e deitou-se para dormir, deixando sobre a mesa a vela acesa, e, como fazia sempre que meu pai voltava tarde, a porta aberta.

Fiquei deitada, semi-inconsciente, mas o sono não vinha cerrar-me os olhos. Apenas os fechava, acordava e estremecia com visões terríveis. Minha angústia crescia cada vez mais. Tinha vontade de gritar, mas o grito morria em meu peito. Finalmente, tarde da noite, ouvi abrir-se a nossa porta. Não me lembro quanto tempo havia passado, mas, quando abri completamente os olhos, vi meu pai. Pareceu-me terrivelmente pálido. Estava sentado na cadeira, bem junto à porta, e parecia pensativo. Havia um silêncio mortal no quarto. A vela de sebo, derretida, iluminava tristemente a nossa morada.

Fiquei olhando por muito tempo, mas meu pai não se mexia do lugar; continuava sentado, imóvel, sempre na mesma posição, cabeça baixa e mãos apoiadas convulsivamente nos joelhos. Tentei por diversas vezes chamá-lo, mas não consegui. Continuava como que petrificada. Por fim, ele voltou de repente a si, ergueu a cabeça e levantou-se da cadeira. Esteve alguns instantes parado no meio do quarto, como que indeciso sobre o que ia fazer; depois, de chofre, foi até a cama de minha mãe, ficou à escuta e, convencendo-se de que ela dormia, caminhou até o baú em que estava o seu violino. Abriu-o, tirou o estojo preto e colocou-o sobre a mesa; em seguida, olhou novamente ao redor; tinha o olhar turvo e instável, o que eu nunca notara nele antes.

Apanhou o violino, mas, deixando-o no mesmo instante, voltou para trancar a porta. Em seguida, percebendo o armário aberto, dirigiu-se lentamente para ele, viu o copo e o vinho, encheu-o e bebeu. Apanhou o violino pela terceira vez, mas tornou a deixá-lo e aproximou-se da cama de minha mãe. Petrificada de medo, eu aguardava o que ia acontecer.

Passou muito tempo à escuta; depois, de repente, afastou o cobertor e apalpou-lhe o rosto. Estremeci. Inclinou-se mais uma vez e quase encostou o semblante ao de minha mãe; mas, quando se ergueu pela última vez, um sorriso pareceu deslizar em seu rosto terrivelmente pálido. Puxou de novo, suave e cuidadosamente, o cobertor sobre ela, cobrindo-lhe a cabeça, os pés... e eu comecei a tremer de um medo desconhecido: tive medo por minha mãe, por seu sono profundo, e, inquieta, prestava atenção àquela linha imóvel, que, sob o cobertor, traçava os angulosos contornos do seu corpo... Um pensamento terrível cruzou-me a mente, rápido como um raio.

Terminados todos os preparativos, meu pai aproximou-se mais uma vez do armário e bebeu o resto do vinho. Tremia todo, acercando-se da mesa. Estava irreconhecível, tamanha era a sua palidez. Apanhou novamente o violino. Eu via aquele violino e sabia o que era, mas, naquele momento, estava esperando algo horrendo, terrível, maravilhoso... e estremeci com os primeiros sons. Meu pai começou a tocar. Mas os sons saíam-lhe de modo entrecortado; ele detinha-se a cada momento, como se se lembrasse de algo; finalmente, com uma expressão de profundo sofrimento, deixou o arco e olhou para o leito com um ar estranho. Algo o inquietava ali. Acercou-

-se mais uma vez da cama... Eu não perdia um só de seus movimentos e vigiava-o, petrificada por um terrível sentimento.

De súbito, ele pôs-se a procurar alguma coisa, apressadamente, e, mais uma vez, aquela tenebrosa ideia me cruzou a mente como um raio. Pensei: por que dormia minha mãe tão profundamente? Por que não acordava, quando ele lhe apalpava o rosto? Finalmente, vi que ele juntava tudo o que podia de nossas roupas: apanhou o casaco de minha mãe, o seu próprio paletó velho, um roupão, e até o vestido que eu tirara. E, com aquela montanha de roupas, cobriu completamente minha mãe; ela continuava imóvel, não mexendo um membro sequer.

Continuava profundamente adormecida!

Ele pareceu respirar mais livremente depois que terminou o trabalho. Agora, nada mais o atrapalhava, mas ele continuava inquieto. Mudou a posição da vela e ficou de pé, voltado para a porta, a fim de nem sequer olhar para o leito. A seguir, apanhou o violino e, com um gesto desesperado, moveu o arco... Iniciou-se a música.

Mas aquilo não era música... Lembro-me de tudo com nitidez, até o derradeiro instante; lembro tudo o que prendeu então a minha atenção. Não, não era música da mesma espécie daquela que, mais tarde, pude ouvir! Não eram sons de violino, mas parecia que a voz terrível de alguém ressoava pela primeira vez em nossa escura morada. Quer fossem incorretas e doentias as minhas impressões, quer estivessem os meus sentidos abalados por tudo o que testemunhara, e preparados para impressões terríveis, de uma tortura indelével, o certo é que estou firmemente convencida de ter ouvido gemidos, gritos humanos, pranto; um desespero sem limites expandia-se naquele sons e, quando ressoou o espantoso acorde final, em que havia tudo o que existe de espantoso no pranto, de torturante no sofrimento e de angustioso na dor sem esperança — tudo isso parecia ter-se reunido naquele instante... Não podendo mais suportar aquilo, pus-me a tremer, lágrimas jorraram-me dos olhos e, lançando-me em direção de meu pai, com um grito horrendo de desespero, rodeei-o com os braços. Ele gritou também e deixou o violino.

Por um momento, ficou parado, numa espécie de inconsciência. Finalmente, seus olhos tornaram-se saltitantes e orientaram-se obliquamente; parecia procurar algo, agarrou de repente o violino, agitou-o sobre mim e... mais um instante e talvez me matasse ali mesmo.

— Papaizinho! — gritei-lhe. — Papaizinho!

Ouvindo a minha voz, pôs-se a tremer como uma folha, e recuou dois passos.

— Ah! Então, ainda ficaste! Ainda não está tudo terminado! Ainda ficaste comigo! — gritou, erguendo-me pelos ombros.

— Papaizinho! — gritei novamente. — Não me assustes, pelo amor de Deus! Tenho medo! Ai!

Minhas lágrimas causaram-lhe impressão. Desceu-me devagarinho para o chão e, por um instante, olhou-me em silêncio, como se reconhecesse e lembrasse algo. De súbito, como que transtornado, como se um sentimento terrível o abalasse, lágrimas jorraram-lhe dos olhos turvos; abaixou-se sobre mim e pôs-se a olhar-me fixamente o rosto.

— Papaizinho! — disse-lhe eu, torturada de temor. — Não me olhes assim, papaizinho! Vamos embora daqui! Vamos o quanto antes! Vamos embora, correndo!

— Sim, correndo, correndo! Já é tempo! Vamos, Niétotchka! Mais depressa, mais depressa! E ele começou a movimentar-se, apressado, como se, apenas naquele momento, se tivesse lembrado do que precisava fazer. Olhou rapidamente em redor e, vendo no chão o lenço de minha mãe, apanhou-o e guardou-o no bolso; viu depois a touca, levantou-a e guardou-a também consigo, como se se preparasse para uma longa jornada e procurasse munir-se do necessário.

Vesti-me num instante, e, apressando-me também, comecei a apanhar tudo o que me parecia necessário para a viagem.

— Já tens tudo, tudo? — perguntava meu pai. — Está tudo pronto? Mais depressa! Mais depressa!

Fiz rapidamente um amarrado, joguei sobre a cabeça um lenço, e já íamos saindo do quarto, quando me veio de repente a ideia de que era preciso levar também o quadrinho da parede. Meu pai concordou. Agora, estava calmo, falava numa espécie de murmúrio, e apenas me incitava a ser mais despachada. O quadro ficava muito alto; apanhamos uma cadeira, ajeitamos sobre ela o banquinho e, subindo nele, conseguimos tirar o quadro, depois de prolongados esforços. Já estava tudo pronto para a nossa viagem. Ele segurou-me a mão e ambos nos encaminhamos para fora; de repente, porém, meu pai deteve-me. Ficou esfregando por muito tempo a fronte, como se procurasse lembrar algo que ainda não fora feito. Finalmente, pareceu lembrar-se do que precisava, foi apanhar as chaves que estavam sob o travesseiro de minha mãe, e começou a procurar apressadamente algo na cômoda. Depois, voltou até onde eu estava, trazendo um pouco de dinheiro que encontrara na gaveta.

— Aí está, toma, cuida disto — murmurou para mim. — Não o percas, lembra-te!

A princípio, pôs-me o dinheiro na mão, depois apanhou-o novamente e colocou-o dentro do meu vestido, no peito. Lembro-me de que estremeci quando aquela prata me tocou o corpo; era como se apenas naquele instante eu compreendesse o que era o dinheiro. Estávamos novamente prontos para partir, mas, de súbito, ele me deteve mais uma vez.

— Niétotchka! — disse-me, como que coordenando as ideias com esforço. — Minha filhinha, eu esqueci... O que foi?... O que é preciso?... Não me lembro... Sim, sim! Já achei, já me lembro! Vem cá, Niétotchka!

Levou-me até o canto onde estava o ícone e disse-me que ajoelhasse.

— Reza, minha filha, reza! Será melhor para ti!... Sim, realmente, será melhor — murmurou, indicando a imagem e olhando-me de modo estranho. — Reza, reza! — dizia, com voz súplice.

Atirei-me de joelhos, cruzei os braços e, cheia de horror, de um desespero que já me possuíra completamente, lancei-me ao chão e, por alguns momentos, fiquei imóvel, como se tivesse perdido o alento. Concentrei todos os meus pensamentos, todos os meus sentimentos, naquela oração, mas o temor sobrepujava-me. Ergui-me, torturada de angústia. Não queria mais partir com meu pai, pois temia-o e tinha vontade de ficar. Finalmente, o terrível tormento que me angustiava irrompeu-me do peito.

— Papai — disse eu, inundada em pranto — e mamãe?... O que aconteceu a mamãe? Onde ela está? Onde está minha mamãe?...

Não pude prosseguir, sufocada em lágrimas.

Ele me olhava, chorando também. Depois, tomou-me a mão, levou-me até a cama, afastou o monte de roupas que para ali atirara e levantou o cobertor. Meu Deus! Ela jazia morta, já estava fria e roxa! Inteiramente fora de mim, atirei-me sobre ela, abraçando o cadáver. Meu pai fez-me ficar de joelhos.

— Inclina-te para ela, filha! — disse. — Despede-te dela...

Inclinei-me. Meu pai inclinou-se a meu lado... Estava terrivelmente pálido; seus lábios moviam-se e murmuravam algo.

— *Não fui eu*, Niétotchka, *não fui eu* — disse-me, apontando o cadáver com mão trêmula. — Estás ouvindo? *Não fui eu; não sou culpado disso*. Lembra-te, Niétotchka!

— Papai, vamos — murmurei assustada. — Está na hora!

— Sim, está na hora, há muito que está na hora! — disse, agarrando-me a mão com força e apressando-se a sair do quarto. — Bem, agora, a caminho! Graças a Deus, graças a Deus, agora tudo acabou!

Descemos a escada; o zelador sonolento abriu-nos o portão, olhando-nos com desconfiança, e meu pai, como se temesse as suas perguntas, foi o primeiro a transpor o limiar, e tão depressa que mal pude alcançá-lo. Percorremos a nossa rua e saímos para o cais, junto ao canal. Durante a noite, a neve cobrira o pavimento da rua, e caía, agora, em flocos miúdos. Fazia frio; eu tremia até à medula dos ossos e corria atrás de meu pai, agarrando-me convulsivamente às abas de seu fraque. Ele carregava o violino sob a axila, e parava a cada momento, a fim de segurar melhor o estojo, que deslizava.

Andamos um quarto de hora; finalmente, meu pai enveredou por uma descida do próprio passeio da rua, dirigindo-se para junto da água, e sentou-se sobre a última baliza. A dois passos de nós, havia um vão. Em volta, não se via vivalma. Meu Deus! Quando me lembro agora daquela sensação terrível que de repente se apossou de mim! Realizara-se tudo com que eu sonhara durante o ano todo. Saímos de nossa pobre morada... Mas seria aquilo que eu esperava, aquilo com que sonhara, fora aquilo que se formara em minha imaginação de criança, quando procurava pensar na felicidade futura daquele que eu amava com um amor tão pouco infantil? Naquele momento, o que mais me torturava era a lembrança de minha mãe. "Por que a deixamos sozinha? — pensava eu. — Por que abandonamos o seu corpo, como um objeto desnecessário?" Lembro-me de que isso era realmente o que mais me angustiava.

— Papaizinho! — comecei, sem forças já para suportar a minha torturante preocupação. — Papaizinho!

— Que é? — perguntou ele, com severidade.

— Por que deixamos a mamãe lá, papaizinho? Por que a abandonamos? — perguntei, pondo-me a chorar. — Papaizinho! Voltemos para casa! Vamos chamar alguém para perto dela.

— Sim, sim! — gritou ele de repente, num sobressalto, e erguendo-se da baliza, como se lhe tivesse ocorrido algo de novo que dissipasse todas as suas dúvidas. — Sim, Niétotchka, isso não está certo; temos que ir para junto de mamãe; ela está com frio lá! Vai para junto dela, Niétotchka, vai; lá não está escuro, lá existe uma vela; não tenhas medo, chama alguém para junto dela, e, depois, volta para perto de mim. Vai sozinha; eu te esperarei aqui... Não irei embora.

Pus-me imediatamente a caminho, mas, apenas pisei o passeio da rua, senti uma pontada no coração... Voltei-me e vi que ele já descera a encosta do outro lado e que estava fugindo, deixando-me sozinha, abandonando-me numa hora daquelas! Gritei com todas as forças e, terrivelmente assustada, pus-me a correr, procurando alcançá-lo. Esbaforia-me; ele estava correndo cada vez mais depressa... e eu já o perdia de vista. Pelo caminho, encontrei o seu chapéu, que ele perdera na fuga; levantei-o e continuei a correr. Extinguia-se em mim o alento, minhas pernas dobravam-se. Sentia que algo ignóbil ocorria comigo: tinha, continuamente, a impressão de que tudo fosse um sonho, e, por vezes, nascia em mim uma sensação semelhante à que eu experimentava quando sonhava estar fugindo de alguém e as minhas pernas se dobravam, os perseguidores alcançavam-me e eu caía desmaiada. Uma sensação de tortura me dilacerava: tinha pena dele, e o coração doía-me ao imaginar como ele corria, sem capote, sem chapéu, fugindo de mim, a sua filha querida... Queria alcançá-lo unicamente para beijá-lo com força mais uma vez, para dizer-lhe que não me temesse, convencê-lo disso, tranquilizá-lo, assegurando-lhe que, se não quisesse, não correria atrás dele e iria sozinha para junto de minha mãe. Percebi que dobrou para outra rua. Alcançando-a e dobrando igualmente a esquina para segui-lo, tornei a vê-lo... Nesse momento, perdi as forças: pus-me a chorar, a gritar. Lembro-me de que, na corrida, choquei-me com dois transeuntes, que pararam no meio do passeio e olharam, surpreendidos, para nós dois.

— Papaizinho! Papaizinho! — gritei pela última vez; mas, de repente, escorreguei sobre o passeio e caí junto ao portão de uma casa. Senti que o sangue me corria por todo o rosto. Um instante depois, perdi os sentidos...

Recobrei os sentidos num leito morno, macio, e vi em torno de mim rostos afáveis, carinhosos, que se alegraram com o meu despertar. Percebi ali uma velhinha de óculos sobre o nariz, e um senhor alto, que me olhava com profunda compaixão; em seguida, uma linda e jovem senhora e, por fim, um velho grisalho, que me segurava a mão, olhando o relógio. Despertei para uma vida nova. Uma das pessoas que eu encontrara enquanto corria era o Príncipe K., eu fui cair junto ao portão de sua casa. Quando, após prolongadas pesquisas, se soube quem eu era, o príncipe, que enviara a meu pai um ingresso para o concerto de S., ficou impressionado com aquele caso estranho e resolveu aceitar-me em sua casa, para me educar ao lado de seus filhos. Procurou-se verificar o que sucedera a meu pai, e soube-se que alguém o detivera fora da cidade, num acesso de loucura. Levado para um hospital, morreu dois dias depois.

Morreu porque tal morte era uma necessidade, uma consequência natural de toda a sua vida. Devia morrer assim, quando tudo o que o amparara na vida ruíra de vez, dissipando-se como um espectro, um sonho etéreo e vão. Morreu quando se foi a sua última esperança, quando, de repente, sua fantasia desmoronou, e ele teve a nítida consciência de tudo aquilo com que se iludira e em que se apoiara durante toda a existência. A verdade cegou-o com seu brilho intolerável, e o que era mentira tornou-se mentira para ele também. Em sua hora derradeira ouviu um gênio maravilhoso que o condenou para sempre, revelando-o a si próprio. Com o último som que partira das cordas do violino do genial S., resolveu-se diante dele todo o mistério da arte, e o gênio, eternamente jovem, poderoso e autêntico, esmagou-o com a sua autenticidade. Segundo parecia, tudo o que pesara sobre ele, durante toda a sua vida, em tormentos misteriosos, indefinidos, tudo o que até então lhe aparecia como uma quimera e apenas o atormentara em sonhos, de modo insensível, inatingível, e que, embora lhe aparecesse por vezes, fazia-o fugir horrorizado, protegendo-se com a mentira de toda a sua vida, tudo o que ele pressentia, mas que temera até então, tudo isso, de súbito, fulgiu diante dele, surgiu ante os seus olhos, que, teimosamente, não quiseram até então reconhecer a luz como luz e a treva como treva. Mas a verdade era intolerável para os seus olhos, que estavam enxergando, pela vez primeira, tudo o que fora, o que era e o que o esperava ainda; aquela verdade cegou e queimou a sua razão. Ela o atingiu de repente, de modo inevitável, como um raio. Aconteceu, de súbito, aquilo que ele aguardara a vida inteira, trêmulo, o coração opresso. Parecia que, durante toda a sua vida, um machado estivera suspenso sobre a sua cabeça, toda a vida ele esperara, a cada momento, numa tortura inimaginável, que a lâmina o golpeasse; e eis que, finalmente, o golpeava! Foi um golpe mortal. E ele, que desejara fugir ao tribunal da própria consciência, não tivera para onde fugir: desaparecera a última esperança, perdera-se o derradeiro pretexto. Aquela cuja vida pesara sobre ele por tantos anos, aquela que não o deixara viver e com cuja morte, segundo a sua crença cega, ele deveria ressuscitar no mesmo instante, morrera. Finalmente, estava sozinho, nada o oprimia: finalmente, estava livre! Pela última vez, num desespero convulsivo, queria julgar a si mesmo, condenar-se de modo severo, implacável, como um juiz sereno e incorruptível; mas o arco enfraquecido de seu violino podia repetir apenas debilmente a última frase musical do gênio... Naquele momento, a loucura, que o espreitara durante dez anos, atingiu-o inexoravelmente.

QUATRO

Eu me restabelecia devagar; mas, quando me ergui completamente do leito, minha razão ainda estava numa espécie de torpor, e, por muito tempo, não pude compreender ao certo o que me sucedera. Havia momentos em que tinha a impressão de haver sonhado, e, lembro-me bem, queria que todo o sucedido comigo tivesse sido na verdade um sonho! Adormecendo de noite, tinha esperança de que, de repente, de algum modo, fosse acordar de novo em nosso pobre quarto e ver meu pai e minha mãe... Mas, por fim, a minha situação tornou-se mais clara para mim, e pouco a pouco eu compreendi que ficara completamente sozinha e que estava vivendo com gente estranha. Senti então, pela primeira vez, que era órfã.

Comecei a prestar avidamente atenção a todas as coisas, novas para mim, que me rodearam tão de repente. A princípio, tudo me pareceu estranho e maravilhoso, tudo me confundia: os novos semblantes, o novo modo de vida, os quartos da velha mansão principesca; vejo-os como se fosse agora, grandes, altos, ricos, mas tão lúgubres e sombrios que, lembro-me, tinha realmente medo de atravessar alguma sala mais comprida, em que, parecia-me, eu iria extraviar-me de vez. Eu ainda não me restabelecera inteiramente, e minhas impressões eram sombrias, difíceis, condizendo bem com aquela morada solenemente soturna. Além disso, certa angústia, ainda obscura para mim mesma, crescia cada vez mais em meu pequeno coração. Parava perplexa diante de algum quadro, de um espelho, de uma lareira de engenhoso lavor, ou diante de uma estátua que parecia ter-se escondido intencionalmente num nicho profundo, para de lá espionar melhor os meus passos e assustar-me; detinha-me e, em seguida, esquecia de repente por que parara, o que pretendia, em que havia começado a pensar; quando despertava, o medo e a perturbação apoderavam-se de mim, e o coração batia-me com força.

Entre as pessoas que de raro em raro vinham ver-me quando me achava ainda doente e de cama, além do médico velhinho, impressionou-me principalmente o rosto de um homem, já entrado em anos, muito sério; mas, ao mesmo tempo, era tão bondoso, e me olhava com uma tão profunda compaixão! Gostei mais de seu rosto que de todos os outros. Tive muita vontade de iniciar conversa com ele, mas sentia temor: parecia sempre muito triste, falava pouco, de modo entrecortado, e o sorriso nunca lhe aflorava aos lábios. Era realmente o Príncipe K., que me encontrara e me abrigara em sua casa. Depois que se iniciou a convalescença, suas visitas tornaram-se cada vez mais raras. Da última vez, trouxe-me bombons, um livro infantil com figuras, beijou-me, fez sobre mim o sinal da cruz e pediu-me que ficasse mais alegre. Consolando-me, acrescentou que, dentro em pouco, eu teria uma amiga, uma menina como eu, a sua filha Kátia,[11] que estava em Moscou. Depois conversou sobre algo com uma francesa idosa, babá de seus filhos, e com a moça que estava cuidando de mim, apontou-me e saiu. Fiquei sem vê-lo exatamente três semanas. O príncipe levava em casa uma vida extremamente solitária. A parte maior da residência era ocupada pela princesa; ela chegava a passar semanas sem ver o príncipe. Percebi mais tarde que todas as pessoas de casa falavam dele pouco, como se nem existisse ali. Todos o respeitavam e até, segundo parecia, amavam-no, mas, ao mesmo tempo, olhavam-no como uma pessoa esquisita. Tinha-

---

[11] Diminutivo de Ikatierína (Catarina). (N. do T.)

-se a impressão de que ele compreendia ser muito estranho, diferente dos demais, e, por isso, procurava aparecer o menos possível diante de todos... Quando chegar a ocasião, precisarei falar muito e bem mais minuciosamente a seu respeito.

Certa manhã, vestiram-me roupa-branca limpa e fina e um vestido preto de lã, guarnecido de *pleureuses*[12] brancas, para o qual eu olhei com certa perplexidade triste, pentearam-me e conduziram-me do andar superior para os aposentos da princesa, no térreo. Quando me levaram à sua presença, estanquei, como que petrificada: jamais vira tamanha riqueza e suntuosidade. Mas esta impressão durou apenas um instante, e eu empalideci, ao ouvir a voz da princesa, mandando que me conduzissem para mais perto dela. Já antes, enquanto me vestia, havia eu pensado que me preparava para não sei que tormento, embora Deus sabe por que semelhante pensamento me ocorrera. De modo geral, ingressei na vida nova com certa desconfiança estranha em relação a tudo o que me rodeava. A princesa foi, porém, muito afável comigo e beijou-me. Olhei-a com mais ânimo. Era aquela mesma senhora linda, que eu vira, ao voltar a mim, após o desmaio. Mas eu estava toda trêmula, ao beijar-lhe a mão, e de modo nenhum conseguia animar-me e responder às suas perguntas. Mandou que me sentasse perto dela, sobre um tamborete baixinho. Parecia que aquele lugar já me fora predestinado. Via-se que a princesa só queria afeiçoar-se a mim de todo o coração, acarinhar-me e substituir completamente minha mãe. Mas eu não conseguia de modo algum compreender que se dera comigo um acaso feliz, e, assim, não fiz melhorar em nada a sua opinião a meu respeito. Deram-me um lindo livrinho com figuras e ordenaram-me que o olhasse. A princesa escrevia uma carta; de raro em raro largava a pena e novamente me dirigia a palavra, mas eu me confundia e não

---

[12] Em francês no original. (N. do T.)

dizia nada de razoável. Em suma, embora a minha história fosse muito extraordinária e, nela, a porção maior coubesse ao destino, e, admitamos, a diferentes caminhos, misteriosos até, e, de modo geral, houvesse muito de interessante, inexplicável, de algo fantástico mesmo, eu própria me revelava, apesar de todas essas circunstância melodramáticas, a criança mais comum — uma criança assustada, intimidada, que chegava a ser até um tanto estúpida. Esta última circunstância desagradava particularmente à princesa, e ela, segundo parece, em pouco tempo enfadou-se completamente de mim; e disto eu era, naturalmente, a culpada única. Depois das duas horas, começaram a chegar visitas, e a princesa tornou-se, de repente, mais atenciosa e carinhosa comigo. Como as pessoas que chegavam fizessem perguntas a meu respeito, respondia tratar-se de uma história muito interessante e, depois, começava a contá-la em francês. Durante o seu relato, as pessoas olhavam-me, balançavam a cabeça, soltavam exclamações. Um jovem assestou em mim o seu *lorgnon*, um velhote grisalho e perfumado procurou beijar-me, e eu empalidecia, corava, permanecia sentada de olhos baixos, sem ousar um movimento e tremendo com todos os membros. Doía-me o coração. Transportava-me para o passado, para a nossa água-furtada, recordava meu pai, as nossas tardes longas, silenciosas, minha mãe, e, ao lembrá-la, meus olhos marejavam-se de lágrimas, e eu sentia um nó na garganta, e uma vontade louca de fugir, desaparecer, ficar sozinha... Depois, quando terminaram as visitas, o semblante da princesa tornou-se visivelmente mais taciturno. Já me olhava com ar mais sombrio, falava de modo mais entrecortado, e eu ficava particularmente assustada com os seus olhos negros e penetrantes, que se fixavam em mim, por vezes, durante um quarto de hora inteiro, e com os seus lábios finos, fortemente cerrados. Ao anoitecer, levaram-me para cima. Adormeci febril, acordei de noite, angustiada e chorando após sonhos doentios; de manhã, recomeçou tudo, e fui conduzida novamente à presença da princesa. Por fim, pareceu aborrecer-se de relatar às visitas as minhas aventuras, e elas de se condoerem de mim. Além disso, eu era uma criança tão comum, "sem qualquer candura", conforme, lembro-me, se expressou a própria princesa, numa conversa a sós com uma senhora de idade, que lhe perguntara se não se aborrecia comigo. E eis que, uma tarde, levaram-me de lá de vez, para não me conduzir mais à sua presença. Desse modo, terminou a minha condição de favorita; aliás, eu tinha licença de andar por onde me aprouvesse. Realmente, não conseguia permanecer sentada no mesmo lugar, por causa de minha angústia profunda e doentia, e ficava muito satisfeita de poder, finalmente, afastar-me de todos, indo para baixo, para os aposentos amplos. Lembro-me de que tinha muita vontade de travar conversa com os criados; mas sentia tanto medo de deixá-los zangados, que preferia ficar sozinha. Meu modo predileto de passar o tempo consistia em encolher-me em qualquer canto, esconder-me atrás de um móvel, pondo-me logo a lembrar e a pensar em tudo o que me acontecera. Mas — coisa extraordinária! — parecia ter esquecido o final do que sucedera comigo em casa de meus pais, e toda aquela terrível história. Rápidas imagens se representavam em meu espírito, fatos se sucediam. É verdade que lembrava tudo: aquela noite, o violino, meu pai; lembrava-me de como apanhara o dinheiro para ele; mas, de certo modo, não conseguia pensar em todos esses acontecimentos, esclarecê-los a mim mesma... Apenas, sentia mais pesado o coração, e quando, pela recordação, atingia o momento em que rezei junto a minha mãe morta, o frio percorria-me de repente os membros; eu tremia, soltava um grito abafado, e, depois, tornava-se tão difícil respirar, doía-me tanto o peito, batucava-me com tal intensidade o coração, que eu, assustada, saía correndo do canto em que me escondera. Aliás, eu não disse a verdade ao contar que me deixavam sozinha: vigiavam-me atenta e incessantemente, cumprindo com exatidão as ordens do príncipe, que mandara proporcionar-me completa liberdade, não me incomodar com nada, mas também não me deixar um instante sequer sem vigilância. Percebi que, de vez em quando, alguma pessoa da casa ou criado espiava para o quarto em que me encontrava, e tornava a afastar-se, sem me dizer palavra. Semelhante atenção para comigo deixava-me muito surpreendida e, em parte, inquietava-me. Não podia compreender para que faziam aquilo. Tinha sempre a impressão de que me estavam reservando para algo e que, mais tarde, pretendiam fazer alguma coisa comigo. Lembro-me de que sempre procurava ir a algum lugar mais afastado, para saber onde me esconder, em caso de necessidade. De uma feita, fui parar na escadaria nobre. Era toda de mármore, larga, forrada de tapetes, ornada de flores e de vasos magníficos. Em cada patamar estavam sentados, em silêncio, dois homens altos, vestidos de cores extraordinariamente vivas, de luvas e gravatas muito alvas. Olhei-os perplexa e de nenhum modo consegui atinar para que estavam ali sentados, silenciosos, e apenas olhavam um para o outro, sem fazer nada.

Apraziam-me cada vez mais esses passeios solitários. Além disso, havia mais uma causa, que me fazia fugir do andar superior. Em cima, vivia uma velha tia do príncipe, quase sem sair de casa. Aquela velhinha fixou-se vivamente em minha lembrança. Chegava quase a ser a pessoa mais importante da casa. Nas relações com ela, todos mantinham certa etiqueta solene, e até a própria princesa, que tinha um ar tão orgulhoso e autoritário, devia dirigir-se para cima duas vezes por semana, em dias fixos, e fazer uma visita pessoal à tia. Costumava chegar lá de manhã; iniciava-se então uma conversa seca, interrompida frequentemente por um silêncio solene, no decorrer do qual a velhinha murmurava orações ou manejava as contas do rosário. A visita não terminava antes que assim o desejasse a própria tia, que se levantava então e beijava a princesa nos lábios, dando assim a entender que estava terminada a entrevista. Nos primeiros tempos, a prin cesa devia visitar a sua parenta diariamente; mais tarde, porém, por determinação da velhinha, houve uma atenuação, e a princesa tinha somente a obrigação, nos cinco dias restantes, de mandar saber de sua saúde. De modo geral, podia-se considerar quase de anacoreta o modo de vida da princesa-donzela, já bem idosa, aliás. Ao completar trinta e cinco anos, ela encerrara-se num mosteiro, onde viveu uns dezessete, não chegando, porém, a ordenar-se; depois deixou o mosteiro e transferiu-se para Moscou, a fim de viver com a irmã viúva, a Condessa L., cuja saúde piorava de ano para ano, e fazer as pazes com a segunda irmã, também Princesa K., com quem estivera brigada por mais de vinte anos. Conta-se, porém, que as velhinhas não passaram um dia em concórdia, e que mil vezes quiseram separar-se, mas não puderam fazê-lo, porque, finalmente, perceberam a que ponto cada uma era indispensável às outras duas, para defendê-las do aborrecimento e dos acessos de senilidade. Mas, apesar do caráter pouco atraente de seu modo de vida e do tédio mais solene que reinava em sua mansão moscovita, toda a sociedade se considerava na obrigação de não interromper suas visitas às três reclusas. Viam nelas as guardiãs de todos os preceitos e de todas as tradições aristocráticas, uma crônica viva da antiga nobreza. A condessa deixara muitas recordações magníficas e era uma excelente mulher. Os que chegavam de Petersburgo não deixavam de fazer-lhes a primeira visita. Quem fosse recebido naquela casa, tinha entrada em toda parte. Mas a condessa morreu e as irmãs separaram-se: a mais velha, Princesa K., ficou em Moscou, a fim de receber a sua parte na herança da condessa, que não deixara filhos; a mais nova, habituada ao mosteiro, mudou-se para Petersburgo, para casa de seu sobrinho, Príncipe K. Em compensação, os dois filhos do príncipe, Kátia e Aleksandr, ficaram em Moscou, hospedados em casa da avó, para distraí-la e consolá-la em sua solidão. A princesa, que amava ardentemente os filhos, não opôs a menor objeção, separando-se deles por todo o prazo estabelecido para o luto. Esqueci de contar que este ainda continuava em toda a casa do príncipe, quando passei a residir nela; pouco, no entanto, faltava para o seu término.

A velha princesa trajava-se toda de preto, sempre com um vestido de tecido simples de lã, e usava pequenos colarinhos brancos, engomados, formando umas dobras miúdas, que lhe davam uns ares de interna de asilo. Não abandonava o seu rosário, saía solenemente para a missa, jejuava diariamente, recebia visitas de dignitários eclesiásticos e de outras pessoas respeitáveis, lia livros religiosos e, de modo geral, levava uma vida tipicamente monástica. No andar superior havia um silêncio terrível; não se podia ranger uma porta: a velha tinha ouvidos de uma jovem de quinze anos, e imediatamente mandava verificar a causa de qualquer batida ou mesmo de um simples rangido. Todos falavam murmurando, andavam nas pontas dos pés, e a pobre governanta francesa, também uma velhinha, foi forçada, finalmente, a renunciar ao seu calçado predileto: sapatos com salto. Os saltos foram proibidos. Duas semanas após o meu aparecimento, a velha princesa mandou perguntar quem eu era, o que fazia ali, como fora parar naquela casa etc. Satisfizeram-na imediata e respeitosamente. Um outro criado foi enviado então para perguntar à francesa por que a velha princesa ainda não me vira. Imediatamente, começou a azáfama: puseram-se a pentear-me, a lavar-me o rosto, as mãos, que mesmo sem isso já estavam muito limpas, ensinaram-me como aproximar-me das pessoas, a inclinar-me, a ter um ar mais alegre e afável; em suma, fui completamente sacudida. Em seguida, partiu uma enviada, desta vez de nossa parte, com a proposta: queriam ver a orfãzinha? Veio uma resposta negativa, marcando-se, porém, hora para o dia seguinte, depois da missa. Passei a noite em claro; contou-se, depois, que delirei continuamente, sonhando que me aproximava da princesa e lhe pedia perdão por algo. Finalmente, teve lugar a minha apresentação. Vi uma velhinha miúda, magricela, sentada numa poltrona imensa. Fez um gesto com a cabeça em minha direção e pôs os óculos para me examinar mais de perto. Lembro-me de que não gostou nem um pouco de mim. Observou que eu era completamente selvagem e que não sabia fazer uma mesura profunda nem beijar a mão. Começaram as perguntas, e eu mal respondia; mas, quando se falou de minha mãe e meu pai, pus-me a chorar. A velhinha teve uma impressão muito desagradável pelo fato de eu ter dado largas à sensibilidade; mesmo assim, pôs-se a consolar-me e mandou que depositasse minhas esperanças em Deus; perguntou-me depois quando fora eu à igreja pela última vez, e, visto que eu mal compreendi a pergunta, pois a minha educação fora muito negligenciada, a princesa horrorizou-se. Mandaram chamar a princesa mais moça. Houve um conselho e ficou estabelecido que eu seria levada à igreja no primeiro domingo. A velha princesa prometeu rezar por mim até lá, mas ordenou que me levassem embora, porque, segundo dizia, eu lhe deixara impressão muito penosa. Não havia nisso nada de extraordinário, tudo devia suceder assim mesmo. Via-se que eu não agradara mesmo; ainda naquele dia, veio um recado no sentido de que eu estava em correrias demasiadas e que fazia barulho por toda a casa, quando, na realidade, passara todo o tempo sem fazer um movimento: evidentemente, a velhinha tivera aquela impressão. No entanto, no dia seguinte, houve a mesma reprimenda. Aconteceu que, naquela ocasião, deixei cair uma xícara e quebrei-a. A francesa e todas as criadas ficaram consternadas, e, no mesmo instante, fui transferida para o quarto mais afastado, aonde todas me seguiram, profundamente horrorizadas.

Mas eu não sei como acabou depois o caso. Eis por que estava contente de ir para baixo e vaguear sozinha pelos amplos aposentos, sabendo que, lá, não iria incomodar ninguém.

Lembro-me de que, certa vez, estava sentada numa sala do andar térreo. Escondi o rosto entre as mãos, inclinei a cabeça e assim passei não sei quantas horas. Estava pensando,

pensando sempre; em meu cérebro imaturo não havia forças para solucionar toda a minha angústia, e eu experimentava, no íntimo, um sentimento cada vez mais penoso, mais desagradável. De repente, ressoou junto de mim a voz suave de alguém:

— Que tens, minha pobrezinha?

Levantei a cabeça: era o príncipe; seu rosto expressava profunda simpatia e compaixão; mas eu o olhei com um ar tão abalado, tão infeliz, que as lágrimas apareceram-lhe nos olhos grandes e azuis.

— Pobre orfãzinha! — disse, afagando-me a cabeça.

— Não, não, não sou orfãzinha! Não! — disse eu; um gemido escapou-me do peito e tudo se ergueu e agitou em mim. Levantei-me, agarrei-lhe a mão e, beijando-a, inundando-a de lágrimas, repeti, com voz súplice: — Não, não, não sou orfãzinha! Não!

— Minha filha, o que tens, minha querida, pobre Niétotchka? O que tens?

— Onde está minha mamãe? Onde está minha mamãe? — gritei, soluçando alto, não tendo mais forças para ocultar a minha angústia e caindo de joelhos, sem forças, diante dele. — Onde está a minha mamãe? Meu querido, diga-me onde está minha mamãe?

— Perdoa-me, minha filha!... Ah, minha pobre menina! E fui eu que lembrei isto... O que fiz! Vamos, vem comigo, Niétotchka, vem comigo.

Agarrou-me a mão e conduziu-me rapidamente consigo. Estava abalado até o mais fundo de seu ser. Chegamos a um quarto que eu não vira até então.

Era o oratório. Escurecia. A luz dos candeeiros refletia-se vivamente nos paramentos de ouro e as pedras preciosas das imagens. Sob os envoltórios brilhantes, espiavam os semblantes baços de santos. Tudo ali era tão diferente dos demais quartos, tão misterioso e sombrio que fiquei impressionada e não sei que susto me invadiu o coração. Além disso, meu estado de ânimo era tão doentio! O príncipe logo fez com que me ajoelhasse diante da imagem da Mãe de Deus, e ajoelhou-se ao meu lado...

— Reza, minha filha, reza; vamos rezar os dois! — disse com voz suave e entrecortada.

No entanto, eu não podia rezar; estava impressionada, assustada até; lembrei-me das palavras de meu pai, naquela derradeira noite, junto ao corpo de minha mãe, e tive uma crise nervosa. Fiquei de cama e, por pouco, não morri neste segundo período de minha doença; eis como isso aconteceu.

Certa manhã, ressoou-me aos ouvidos um nome conhecido: o de S. Alguém de casa proferira-o junto ao meu leito. Estremeci; as lembranças voltaram-me em tropel e, recordando, sonhando e atormentando-me, passei não sei quantas horas em franco delírio. Acordei muito tarde; estava escuro ao redor; apagara-se a lamparina e não se achava no quarto a moça que sempre ficava sentada ali. De repente, ouvi sons longínquos de música. Aqueles sons ora cessavam completamente, ora ressoavam cada vez mais, como se se aproximassem. Não me lembro que sentimento se apoderou de mim, que intenção surgiu de chofre em meu cérebro doente. Levantei-me da cama e, encontrando forças não sei como, vesti apressadamente o meu traje de luto e caminhei às apalpadelas para fora do quarto. Não encontrei vivalma, quer no segundo aposento, quer no terceiro. Finalmente, esgueirei-me para o corredor. Os sons tornavam-se cada vez mais audíveis. No meio do corredor, havia uma escada para baixo; era o caminho que eu sempre tomava para ir aos aposentos mais amplos. A escada estava intensamente iluminada; havia gente andando embaixo; ocultei-me num canto, a fim de não ser vista, e, logo que foi possível, desci para o outro corredor. A música ressoava na sala ao lado; vinham de lá ruídos, vozes, como se houvesse ali uma reunião de milhares de pessoas. Uma das portas que do corredor conduzia para a sala tinha um enorme reposteiro duplo, de veludo encarnado. Levantei uma das cortinas e parei entre elas. Meu coração batia tanto que mal conseguia manter-me de pé. Mas, passados alguns instantes, dominando a minha perturbação, ousei finalmente dobrar um pouco a extremidade da outra cortina... Meu Deus! Aquela sala imensa e sombria brilhava com milhares de luzes. Era como se um mar de luz investisse sobre mim; meus olhos, habituados à escuridão, ficaram, no primeiro instante, ofuscados, a ponto de sentir dor. Um ar perfumado soprou-me no rosto como um vento quente. Uma infinidade de pessoas andava ali de um lado para outro; todos pareciam ter semblantes alegres, contentes. As mulheres usavam roupas tão ricas, tão claras; por toda parte eu só via olhares brilhantes de prazer. Fiquei parada, presa de encantamento. Tinha a impressão de que vira tudo aquilo um dia, em alguma parte, em sonho... Lembrei-me de certo entardecer, recordei a nossa água-furtada, a janelinha no alto, a rua bem no fundo, embaixo, com lampiões luzentes, as janelas da casa em frente, com reposteiros vermelhos, as carruagens reunidas, aglomeradas na entrada, as batidas dos cascos e o relinchar dos orgulhosos cavalos, os gritos, o ruído, as sombras nas janelas, e aquela música débil, longínqua... Então, era ali, era ali aquele paraíso! — passou de relance em minha mente. — Eis para onde eu queria ir com meu pobre pai... Então, não fora ilusão?... Sim, eu vira tudo isso mesmo, antes, em meus devaneios, em meus sonhos! Minha imaginação, exaltada pela doença, inflamou-se, e lágrimas de uma exaltação inexplicável jorraram-me dos olhos. Movi os olhos à procura de meu pai: "Ele deve estar aqui, ele está aqui" — pensava, e o coração batia-me, na expectativa... sentia faltar-me o alento. No entanto, cessou a música, um ruído ressoou e perpassou um murmúrio por toda a sala. Eu examinava sequiosamente os rostos que passavam depressa diante de mim, esforçava-me por reconhecer alguém. De repente, houve na sala uma perturbação extraordinária. Vi sobre um estrado um velho magro, alto. Seu rosto pálido sorria, ele dobrava-se desajeitado e fazia sau-

dações para todos os lados; empunhava um violino. Seguiu-
-se um silêncio profundo, como se toda aquela gente tivesse
presa a respiração. Todos os rostos estavam dirigidos para o
velho, à espera. Ele aproximou de si o violino e tocou as cordas com o arco. Iniciou-se a música e eu senti que algo me
comprimiu de súbito o coração. Prestava atenção àqueles sons,
presa de uma angústia inesgotável, retendo a respiração; res-
soava-me aos ouvidos algo conhecido, como se também o
tivesse escutado em alguma parte; não sei que pressentimento
existia naqueles sons, um pressentimento de algo terrível, pa-
voroso, que se tornava preciso também em meu coração. Finalmente, o violino ressoou mais intensamente; espalharam-
-se sons mais rápidos e penetrantes. Ouviu-se algo semelhante a um clamor desesperado, um pranto lastimoso, como se
a súplica de alguém ressoasse em toda aquela multidão e, em
seguida, passasse a lamento e morresse em desespero. Algo
se revelava em meu coração, e de modo cada vez mais nítido, mais conhecido. Mas o coração recusava-se a acreditar.
Apertei os dentes para não gemer de dor e agarrei-me aos reposteiros para não cair... Por vezes, fechava os olhos e abria-
-os de repente, pois não podia senão acreditar que tudo aquilo era um sonho, de que haveria de despertar num momento
terrível, que já me era conhecido, e tornei a ver como que em
sonho aquela noite derradeira e a ouvir aqueles mesmos sons.
Abri de novo os olhos para certificar-me e olhei avidamente
para a multidão: não, era outra gente, outros semblantes...
Tive a impressão de que todos, como eu mesma, esperavam
algo, que todos, como eu, se torturavam numa profunda angústia; parecia que todos queriam gritar àqueles terríveis gemidos, àquele clamor, que se calassem, que não lhes dilace-
rassem o coração, mas o clamor e os gemidos fluíam de modo
cada vez mais angustioso, dolente, prolongado. De súbito, ressoou o grito derradeiro, terrível, demorado, e tudo se abalou
em mim... Não havia dúvida! Era aquele mesmo, aquele grito! Eu o reconheci, já o ouvira; atravessou-me o coração do

mesmo modo que então, naquela noite. "Meu pai! Meu pai! — passou-me, como um raio, pela mente. — Ele está aqui, é ele, e me chama, é o seu violino!" Uma espécie de gemido irrompeu de toda aquela multidão, e aplausos terríveis abalaram a sala. Um pranto desesperado, penetrante, escapou-me do peito. Não suportei mais, repeli o reposteiro e lancei-me na sala.

— Papai, papai! É você! Onde está? — gritei, quase sem ter consciência do que fazia.

Não sei como pude correr até aquele velho alto: as pessoas afastavam-se, para me deixar passar. Atirei-me a ele com um grito lancinante; pensei estar abraçando meu pai... De repente, vi que os braços compridos e ossudos de alguém me agarravam e me erguiam. Os seus olhos negros fixaram-se em mim e pareciam querer queimar-me com a sua chama. Fiquei olhando para o velho. "Não! Não é meu pai; é o seu assassino!" — perpassou-me na mente. Apoderou-se de mim não sei que exaltação, e, de repente, tive a impressão de que ressoava sobre mim o seu gargalhar, e o gargalhar repercutia na sala com um grito geral, em coro; perdi os sentidos.

CINCO

Foi o segundo e último período de minha doença.

Abrindo novamente os olhos, vi inclinado sobre mim o rosto de uma criança, de uma menina da mesma idade que eu, e o meu primeiro movimento foi estender-lhe os braços. Ao primeiro olhar que lhe dirigi, meu coração ficou repleto de não sei que felicidade, de algo semelhante a um doce pressentimento. Imaginem um rostinho de uma formosura ideal, de uma beleza luminosa, que provoca espanto, uma beleza que nos faz parar, petrificados, numa doce perturbação, e estremecer de arrebatamento, e à qual ficamos gratos simplesmente pela sua existência, pelo fato de a podermos olhar, e porque passou por nós. Era a filha do príncipe, Kátia, que acabava de voltar de Moscou. Sorriu vendo o meu gesto, e meus nervos débeis doeram com um doce arrebatamento.

A pequena princesa chamou o pai, que estava a dois passos, conversando com o médico.

— Bem, graças a Deus! Graças a Deus! — disse o príncipe, segurando-me a mão, e seu rosto luziu com um sentimento sincero. — Estou contente, muito contente — prosseguiu, falando depressa, como era seu hábito. — E aqui está Kátia, a minha menina: travem conhecimento. Ela será tua amiga. Fica boa depressa, Niétotchka. Como ela é má, como ela me assustou!...

Minha convalescença foi bastante rápida. Alguns dias depois, eu já podia andar. Todas as manhãs, Kátia acercava-se de meu leito, sempre com um sorriso, com a risada que não lhe saía dos lábios. Eu esperava o seu aparecimento como a própria felicidade; tinha tanta vontade de beijá-la! Mas a menina travessa mal vinha passar ali alguns instantes; não conseguia parar quieta. Movimentar-se continuamente, correr, pular, fazer muito barulho por toda a casa, era para ela uma necessidade imperiosa. Por esse motivo, declarou-me, já no primeiro dia, que se aborrecia horrivelmente de ficar sentada comigo e que, por isso, viria ver-me bem raramente, mas, como tinha pena de mim, não havia remédio, não podia deixar de vir de vez em quando; depois de meu restabelecimento, porém, tudo iria melhor para ambas. E, cada manhã, suas primeiras palavras eram:

— E então, já ficou boa?

E como eu ainda estivesse magra e pálida, e o sorriso me aparecesse de certo modo assustadiço no rosto triste, a pequena princesa franzia o sobrolho, balançava a cabeça e batia o pé, aborrecida.

— Mas eu lhe disse ontem para que ficasse melhor! O quê? Vai ver que não lhe dão comida?

— Sim, pouca — respondia eu com timidez, porque já começara a ficar intimidada na sua presença. Queria, com todas as forças, agradar-lhe, e, por isso, temia cada uma das minhas palavras e cada movimento. Suas visitas deixavam-me cada vez mais arrebatada. Não tirava os olhos de Kátia, e, por vezes, quando ela saía, eu continuava olhando, como que enfeitiçada, na direção do lugar em que ela estivera parada. Começou a aparecer-me em sonhos. E, em vigília, na sua ausência, eu ficava inventando longas conversas, era sua amiga, fazia travessuras, chorava com ela, quando éramos censuradas; em suma, sonhava com ela como uma apaixonada. Queria muito restabelecer-me e engordar o quanto antes, conforme Kátia me aconselhava.

Quando acontecia entrar correndo no meu quarto, de manhã, e gritar-me: "Não ficou boa ainda? Continua magra como sempre!" — eu ficava assustada, como se tivesse culpa de algo. Mas não podia haver nada mais sério que o espanto de Kátia pelo fato de eu não poder restabelecer-me de um dia para outro; de modo que, por fim, começava a ficar realmente zangada.

— Bem, se você quiser, vou trazer-lhe hoje um pastelão — disse-me um dia. — Coma, assim, vai engordar depressa.

— Traga — respondi, entusiasmada com o fato de vê-la mais uma vez.

Depois de se informar de minha saúde, a pequena princesa sentava-se geralmente numa cadeira em frente de mim e punha-se a examinar-me com os seus olhos negros. E, nos primeiros tempos, examinava-me a cada momento da cabeça aos pés, com a mais ingênua surpresa. Todavia, a nossa conversa não ia bem. Eu ficava intimidada diante de Kátia e seus repentes, ao mesmo tempo que morria de vontade de conversar com ela.

— Por que se cala? — começou ela de uma feita, depois de ficarmos um pouco em silêncio.

— O que está fazendo o papai? — perguntei eu, contente pelo fato de existir uma frase com a qual se podia iniciar sempre uma conversa.

— Nada. Papai está bem. Hoje tomei duas xícaras de chá em vez de uma só. E você?

— Uma.

Novo silêncio.

— Hoje, Falstaff quis me morder.

— É um cachorro?

— Sim, um cachorro. Não viu?

— Sim, vi.

— Nesse caso, por que pergunta?

E, como eu não soubesse o que responder, a pequena princesa tornou a olhar-me, novamente surpreendida.

— O quê? Você fica alegre quando conversamos?

— Sim, muito alegre; venha mais vezes.

— Foi justamente o que me disseram, que você ficaria

mais alegre quando eu viesse vê-la; mas precisa se levantar mais depressa; vou trazer-lhe hoje o pastelão... Por que está sempre calada?

— Assim.

— Está pensando sempre, não é verdade?

— Sim, penso muito.

— E, quanto a mim, dizem que falo muito e penso pouco. Será mau falar?

— Não. Fico contente quando você fala.

— Hum, vou perguntar a Madame Léotard, ela sabe tudo. E em que você fica pensando?

— Penso em você — respondi, após um silêncio.

— Quer dizer que me quer bem?

— E fica alegre com isso?

— Sim.

— E eu ainda não lhe quero bem. Você é tão magra! Vou lhe trazer mesmo o pastelão. Bem, até a vista!

A pequena princesa beijou-me quase que voando e desapareceu do quarto.

Mas, depois do jantar, apareceu realmente aquele pastelão. Ela entrou correndo, como que fora de si, gargalhando de alegria por me trazer um alimento que me fora proibido.

— Coma mais, coma direitinho, é o meu pastelão, eu mesma não comi. Bem, até a vista! — E desapareceu no mesmo instante. De uma outra vez, ela irrompeu pelo meu quarto, igualmente numa hora indevida, após o jantar; os anéis de seus cabelos negros pareciam ter sido espalhados por um vendaval; trazia as pequeninas faces em fogo, como púrpura, e os olhos faiscavam-lhe; isto significava que já estivera correndo e pulando durante uma hora ou duas.

— Sabe jogar peteca? — gritou-me, ofegando, proferindo as palavras apressadamente.

— Não — respondi, lamentando profundamente não poder dizer: "Sim!".

— Que esquisita! Bem, quando ficar boa, vou lhe ensi-

102   Fiódor Dostoiévski

nar. Foi só por isso que vim aqui. Estou agora jogando com Madame Léotard. Até a vista; estão me esperando.

Pude, por fim, deixar o leito, embora ainda estivesse débil. Meu primeiro pensamento foi não me separar mais de Kátia. Algo me atraía irresistivelmente para ela. Não me cansava de olhá-la, e isto a deixou surpreendida. Era tão forte aquela atração, eu me entregava com tamanho ardor a esse meu novo sentimento, que ela não podia deixar de notá-lo, e a princípio isto lhe pareceu estranho, inaudito. Lembro-me de que, de uma feita, no decorrer de certo jogo, não me contive, atirei-me ao seu pescoço e pus-me a beijá-la. Libertou-se dos meus braços, agarrou-me as mãos e, franzindo o sobrecenho, como se eu a tivesse ofendido, perguntou-me:

— Que é isso? Por que está me beijando?

Fiquei envergonhada, como se tivesse culpa, estremeci com a sua pergunta, feita rapidamente, e não respondi palavra; a pequena princesa ergueu alto os ombrinhos, em sinal de perplexidade sem solução (gesto que lhe era habitual), apertou com muita seriedade os labiozinhos rechonchudos, deixou o brinquedo e sentou-se num canto do divã, de onde ficou a examinar-me por muito tempo, parecendo refletir, como que resolvendo uma nova questão que lhe tivesse surgido de repente. Esse era, igualmente, um hábito seu em todas as circunstâncias difíceis. De minha parte, também passei muito tempo sem poder me acostumar a essas manifestações abruptas de seu gênio.

A princípio, eu me acusei, pensando que realmente houvesse muito de estranho em mim. Mas, embora isto fosse também verdade, eu me atormentava, perplexa: por que não podia fazer amizade com Kátia logo e agradar-lhe para sempre? Meus insucessos ofendiam-me até me causar dor, e eu me sentia prestes a chorar a cada leve palavra de Kátia, a cada olhar seu de desconfiança. A minha aflição, porém, não crescia apenas de dia a dia, mas de hora a hora, porque, com relação a Kátia, tudo se processava muito depressa. Depois de alguns dias, percebi que ela não gostava absolutamente de mim e até começara a sentir repulsa. Naquela menina, tudo acontecia rápida e abruptamente; outra pessoa diria, até, rudemente — se, em tais relampagueantes manifestações daquela natureza honesta, ingenuamente sincera, não houvesse uma graça autêntica e nobre. Em primeiro lugar, ela começou por sentir, em relação a mim, certa dúvida, e depois até mesmo desprezo, segundo parecia, porque eu, decididamente, não sabia nenhum jogo. A pequena princesa gostava de movimentar-se, de correr, era forte, viva, ágil; e comigo se dava justamente o contrário. Eu ainda estava enfraquecida pela doença, e era quieta, pensativa; os jogos não me alegravam; em suma, faltava-me completamente a capacidade de agradar a Kátia. Além disso, eu não podia suportar o fato de alguém estar descontente comigo por algum motivo: tornava-me imediatamente triste, perdia o ânimo, de modo que até me faltavam forças para reparar o erro e transformar em meu proveito alguma impressão má que tivesse causado; em suma, ficava completamente aniquilada. Kátia não podia de modo algum compreender isso. A princípio, eu até a assustava, e ela me examinava com surpresa, segundo o seu costume, depois de se afanar comigo durante uma hora inteira, procurando em vão ensinar-me a jogar peteca. E, como eu ficasse logo triste, e as lágrimas estivessem a ponto de jorrar-me dos olhos, ela pensava umas três vezes a meu respeito, e, não conseguindo um resultado, quer comigo quer com os seus próprios pensamentos, abandonava-me finalmente de vez, punha-se a brincar sozinha, sem me convidar mais, e chegava a não me dizer palavra durante dias inteiros. Isto me surpreendia a tal ponto que eu mal suportava o seu desprezo. A nova solidão tornou-se para mim quase mais penosa que a anterior, e eu comecei novamente a entristecer-me, a ficar absorta, e pensamentos negros assediaram-me de novo o coração.

Madame Léotard, que tomava conta de nós, percebeu finalmente esta mudança nas nossas relações. E como eu a tivesse surpreendido com a minha solidão forçada, falou diretamente com a pequena princesa, censurando-a por não saber lidar comigo. A princesa franziu o pequeno sobrecenho, moveu alto os ombrinhos e disse que não tinha o que fazer comigo, pois eu não sabia brincar e estava sempre pensando em algo, sendo, portanto, melhor ela esperar o irmão Sacha,[13] que viria de Moscou, e então ambos teriam muito maior alegria.

Madame Léotard, porém, não se contentou com semelhante resposta e observou-lhe que ela me deixava sozinha quando eu ainda não me restabelecera, que eu não podia ser tão alegre e viva como ela, Kátia, o que, aliás, era até melhor, pois ela possuía demasiada vivacidade, que fizera isto e mais aquilo, e que, dois dias atrás, por pouco não fora comida pelo buldogue; em resumo, Madame Léotard não lhe poupou reprimendas; e, por fim, ordenou-lhe que fizesse imediatamente as pazes comigo.

Kátia ficou ouvindo Madame Léotard com muita atenção, como se visse realmente algo novo e justo nas razões apresentadas. Abandonando o arco, que empurrava pela sala, acercou-se de mim e, olhando-me com seriedade, perguntou surpreendida:

— Será que tu queres brincar?[14]

— Não — respondi, pois ficara assustada, por mim e por Kátia, enquanto ela era censurada por Madame Léotard.

— O que queres então?

— Vou ficar sentada; correr é difícil para mim; mas não fiques zangada comigo, Kátia, porque eu te quero muito bem.

— Neste caso, vou brincar sozinha — respondeu Kátia suave e lentamente, como que surpreendida com a facilidade com que se descartara da culpa. — Bem, até a vista; não vou ficar zangada contigo.

[13] Diminutivo de Aleksandr (Alexandre). (N. do T.)

[14] No original, Kátia passa a um tratamento na segunda pessoa do plural, o que indica relações mais cerimoniosas. (N. do T.)

— Até a vista — respondi, levantando-me um pouco e dando-lhe a mão.

— Quem sabe, talvez queiras beijar-me? — perguntou ela, depois de pensar um pouco, lembrando provavelmente o episódio recente e querendo agradar-me o mais possível, a fim de se desembaraçar de mim o quanto antes e por acordo mútuo.

— Como queiras — respondi com tímida esperança.

Acercou-se de mim e beijou-me com o ar mais sério possível, sem um sorriso. Deste modo, tendo terminado tudo o que se exigia dela, e havendo feito até mais do que era preciso para causar um prazer completo a uma pobre menina, para junto de quem a enviaram, afastou-se de mim correndo, satisfeita e alegre, e, pouco depois, ressoavam novamente em todos os cômodos os seus risos e gritos, até que, extenuada, mal cobrando alento, atirou-se sobre o divã, a fim de descansar e reunir novas forças. Até a hora de dormir, não cessou de me lançar olhares de desconfiança: provavelmente, eu lhe parecia muito esquisita. Percebia-se que ela queria iniciar conversa comigo sobre algo, explicar para si mesma certa dúvida que lhe surgira a meu respeito; mas, desta vez, não sei por que, ela se conteve. Geralmente, os estudos de Kátia começavam pela manhã. Madame Léotard ensinava-lhe francês. Todo o estudo consistia na repetição da gramática e na leitura de La Fontaine. Não lhe ensinavam muita coisa, pois mal conseguiram que ela acedesse a ficar sentada com um livro durante duas horas. Acabara aceitando esse trato, a pedido do pai e por ordem da mãe, e cumpria-o muito conscienciosamente, porque ela própria dera a sua palavra. Tinha uma capacidade rara de aprender; compreendia tudo e com muita rapidez. Mas, também nisso, certas pequenas estranhezas se manifestavam nela: se não compreendia algo, punha-se imediatamente a pensar naquilo e não suportava ter de pedir explicações: parecia envergonhar-se disso. Contava-se que passava dias inteiros torturando-se com alguma questão que não conseguia resolver, zangava-se por não poder vencê-la sozinha, sem auxílio de alguém, e somente em último recurso, depois de completamente extenuada, pedia a Madame Léotard que a ajudasse a resolver aquilo. O mesmo ocorria com cada um dos seus atos. Meditava muito já, embora não parecesse à primeira vista. Mas, ao mesmo tempo, tinha uma ingenuidade fora do comum na sua idade: acontecia-lhe perguntar alguma coisa absolutamente tola; outras vezes, porém, suas perguntas denotavam a maior perspicácia, finura e esperteza.

Visto que eu também podia, afinal, ocupar-me de algo, Madame Léotard fez-me um exame e, constatando que eu lia muito bem, mas escrevia mal, considerou que era absolutamente indispensável e urgente ensinar-me o francês.

Não retruquei nada e, certa manhã, sentei-me ao lado de Kátia à mesa de estudo. Aconteceu justamente que, nesse dia, como que de propósito, Kátia achava-se extremamente embotada e distraída, de modo que Madame Léotard quase nem a reconhecia. Quanto a mim, numa única lição, aprendi quase todo o alfabeto francês, querendo, na medida do possível, agradar a Madame Léotard com a minha aplicação. Esta, no fim da aula, mostrou-se muito zangada com Kátia.

— Olhe para ela — disse, apontando-me. — É uma criança doente, está estudando pela primeira vez, e aprendeu dez vezes mais que a senhora. Não se envergonha disso?

— Ela sabe mais que eu? — perguntou Kátia surpreendida. — Mas se ainda está aprendendo o á-bê-cê!

— A senhora levou quanto tempo para aprender o á-bê-cê?

— Três aulas.

— E ela uma só. Quer dizer que ela compreende as coisas três vezes mais depressa e, num instante, vai passar à sua frente. Não é mesmo?

Kátia ficou por algum tempo pensativa e, de repente, corou como uma brasa, certificando-se de que a observação de Madame Léotard era justa. Enrubescer, ficar inflamada de vergonha, era a sua primeira reação diante de quase todo fracasso — quer por despeito, quer por orgulho — quando era apanhada numa travessura; em suma, em quase todos os casos. Desta vez, por pouco não chorou; todavia, permaneceu calada, parecendo apenas querer queimar-me com o olhar. No mesmo instante, adivinhei do que se tratava. A coitada tinha um orgulho e um amor-próprio extremos. Depois que deixamos Madame Léotard, dirigi-lhe a palavra, procurando dissipar mais depressa o seu despeito e mostrar-lhe que eu não tinha nenhuma culpa daquelas palavras da francesa, mas Kátia continuou calada, como se não ouvisse.

Uma hora mais tarde, Kátia entrou no quarto em que eu estava sentada com um livro nas mãos e só pensando nela, impressionada e assustada com o fato de que novamente não quisesse falar comigo. Olhou-me de cenho franzido, sentou-se como de costume no divã e passou meia hora sem tirar os olhos de mim. Finalmente, não me contive e olhei-a com ar interrogador.

— Sabes dançar? — perguntou Kátia.

— Não, não sei.

— Mas eu sei.

— E tocas piano?

— Também não.

— Pois eu toco. É muito difícil de aprender.

Permaneci calada.

— Madame Léotard diz que és mais inteligente que eu.

— Madame Léotard ficou zangada contigo — respondi.

— E será que o papai vai ficar zangado também?

— Não sei — respondi.

Houve novo silêncio; impaciente, a pequena princesa bateu com o pezinho no chão.

— Então, não vais caçoar de mim porque compreendes as coisas melhor que eu? — perguntou finalmente, não podendo conter mais o despeito.

— Oh, não, não! — gritei e levantei-me de um salto, para me atirar em sua direção e abraçá-la.

— Não se envergonha de pensar assim e de fazer tais perguntas, princesa? — ressoou de repente a voz de Madame Léotard, que nos estivera observando havia já cinco minutos e ouvira a nossa conversa. — Envergonhe-se! Inveja uma pobre criança e vangloria-se diante dela porque sabe dançar e tocar piano. É uma vergonha; vou contar tudo ao príncipe.

As faces da princesa inflamaram-se como uma aurora.

— É um sentimento mau. A senhora ofendeu-a com as suas perguntas. Os pais dela eram gente pobre e não podiam contratar professores para ela; estudou sozinha, porque tem um coração bondoso. A senhora deveria amá-la e, no entanto, quer brigar com ela. Envergonhe-se, envergonhe-se! Lembre-se de que ela é órfã. Não tem ninguém. Só faltava a senhora vangloriar-se diante dela por ser uma princesa e ela, não. Vou deixá-la sozinha. Pense no que eu lhe disse e trate de se emendar.

A pequena princesa pensou nisso durante dois dias! Durante dois dias, não se ouviram seus risos nem seus gritos. Quando eu acordava, de noite, pude perceber que, mesmo dormindo, ela continuava a argumentar com Madame Léotard. Chegou até a emagrecer um pouco naqueles dois dias, e o rubor não tinha a mesma vivacidade em seu rostinho claro. Finalmente, no terceiro dia, encontramo-nos embaixo, nos aposentos amplos. A pequena princesa tinha saído do quarto da mãe, mas, vendo-me, parou e sentou-se perto, diante de mim. Fiquei esperando assustada o que iria acontecer e todo o meu corpo tremia.

— Niétotchka, por que foi que me censuraram por tua causa? — perguntou finalmente.

— Não foi por minha causa, Kátienka — justifiquei-me.

— Mas Madame Léotard diz que eu te ofendi.

— Não, Kátienka; não, não me ofendeste.

A princesa sacudiu os ombrinhos, demonstrando perplexidade.

— Mas por que estás sempre chorando? — perguntou, depois de um silêncio.

— Não vou mais chorar, se não queres — respondi entre lágrimas.

Ela deu de ombros novamente.

— Antes, também choravas sempre?

Não respondi.

— Mas por que estás morando em nossa casa? — perguntou de súbito após uma pausa.

Olhei-a espantada, e foi como se algo me espetasse o coração.

— Porque sou órfã — respondi finalmente, criando coragem.

— Não tiveste papai nem mamãe?

— Tive.

— E eles não gostavam de ti?

— Não... gostavam — respondi com grande esforço.

— Eram pobres?

— Sim.

— Muito pobres?

— Sim.

— Não te ensinaram nada?

— Ensinaram a ler.

— Tinhas brinquedos?

— Não.

— Tinhas doces?

— Não.

— Quantos quartos tinham vocês?

— Um só.

— Um só?

— Um só.

— E tinham criados?

— Não, não tínhamos criados.

— Mas quem servia vocês?

— Eu mesma ia comprar as coisas.

As perguntas da pequena princesa transtornavam-me cada vez mais o coração. As recordações, a minha solidão, a surpresa manifestada por ela, tudo isso me atingia, ferindo-me o coração, que sangrava. Inteiramente perturbada, eu tremia dos pés à cabeça, e as lágrimas sufocavam-me.

— Quer dizer que estás contente de viver em nossa casa?

Fiquei calada.

— Tinhas boas roupas?

— Não.

— Ruins?

— Sim.

— Eu vi o seu vestido, eles me mostraram.

— Então, por que perguntas? — disse eu, tremendo toda com uma sensação nova, ainda desconhecida para mim, e erguendo-me do lugar. — Por que perguntas, então? — continuei, vermelha de indignação. — Por que estás caçoando de mim?

A princesa corou e também se levantou, mas, no mesmo instante, dominou a perturbação.

— Não... eu não estou caçoando — respondeu. — Eu só queria saber se é verdade que teu papai e tua mamãe eram pobres.

— Mas por que me interrogas sobre papai e mamãe? — perguntei, rompendo em lágrimas, devido a meu sofrimento íntimo. — Por que me fazes assim perguntas sobre eles? O que foi que eles te fizeram, Kátia?

Kátia ficou parada, confusa, e não soube responder. Nesse momento, apareceu o príncipe.

— O que tens, Niétotchka? — perguntou, olhando-me e vendo as minhas lágrimas. — O que há contigo? — prosseguiu, lançando um olhar para Kátia, que estava vermelha como uma brasa. — De que estavam falando? Por que brigaram? Niétotchka, por que foi que brigaram?

Niétotchka Niezvânova

Mas eu não podia responder. Agarrei a mão do príncipe e beijei-a chorando.

— Kátia, não mintas. O que aconteceu aqui?

Kátia não sabia mentir.

— Eu disse que vi o vestido ruim que ela usava quando ainda vivia com seu papai e sua mamãe.

— Quem te mostrou? Quem se atreveu a mostrá-lo?

— Eu mesma vi — respondeu Kátia, decidida.

— Bom, está bem! Eu te conheço, sei que não delatarias outra pessoa. E que mais aconteceu?

— E ela começou a chorar, perguntando por que eu estava caçoando dos seus pais.

— Quer dizer que caçoaste deles?

Embora Kátia não tivesse caçoado, existira nela semelhante intenção, como eu sentira desde a primeira pergunta. Não respondeu palavra: quer dizer que estava também de acordo que agira mal.

— Aproxima-te dela neste instante e pede-lhe perdão — disse o príncipe, apontando-me.

A princesa estava branca feito um lenço e não se movia do lugar.

— Vamos! — disse o príncipe.

— Não quero — disse Kátia afinal, a meia-voz e com o ar mais decidido.

— Kátia!

— Não, não quero, não quero! — pôs-se de repente a gritar, fazendo faiscar os olhos e batendo os pés. — Não quero pedir perdão, papai. Não gosto dela. Não vou mais viver com ela... Não tenho culpa de que ela fique chorando o dia inteiro. Não quero, não quero!

— Vem comigo — disse o príncipe, agarrando-lhe a mão e conduzindo-a para o seu escritório. — Vai para cima, Niétotchka.

Quis lançar-me na direção dele e interceder por Kátia, mas o príncipe repetiu severamente a sua ordem, e eu fui para cima, gelada de medo, parecendo um cadáver. Chegando ao nosso quarto, caí sobre o sofá e escondi a cabeça entre as mãos. Fiquei contando os minutos; esperava Kátia com impaciência para atirar-me aos seus pés. Finalmente ela voltou, não me disse palavra, passou por mim e sentou-se a um canto. Tinha os olhos vermelhos e as faces túmidas de chorar. Desaparecera toda a minha decisão. Olhei-a assustada, paralisada de temor.

Acusei-me, procurei a todo custo demonstrar a mim mesma que eu era a culpada de tudo. Mil vezes quis acercar-me de Kátia e mil vezes me detive, não sabendo como ela me receberia. Assim se passou um dia, outro. Ao anoitecer do segundo, Kátia ficou mais alegre e começou a empurrar o seu aro através dos cômodos, mas logo abandonou o divertimento e sentou-se sozinha num canto. Antes de se ir deitar, voltou-se de repente para mim, chegou mesmo a dar dois passos na minha direção, e os seus labiozinhos abriram-se para dizer-me algo, mas deteve-se, regressou ao mesmo lugar e deitou-se na cama. Decorreu mais um dia, e Madame Léotard, surpreendida, começou finalmente a interrogar Kátia: o que lhe acontecera? Estaria doente, já que se tornara, de súbito, tão quieta? Kátia respondeu algo, chegou a apanhar a peteca, mas, logo que Madame Léotard virou a cabeça, ficou vermelha e começou a chorar. Saiu do quarto correndo, para que eu não a visse. Por fim, tudo se esclareceu: exatamente três dias após a nossa discussão, Kátia entrou de repente no meu quarto, depois do jantar, e acercou-se de mim timidamente.

— O papai mandou que eu te pedisse perdão. Tu me perdoas?

Agarrei rapidamente ambas as mãos de Kátia e disse, ofegando de perturbação:

— Sim! Sim!

— Papai mandou que a gente se beijasse. Queres beijar-me?

Em resposta, comecei a beijar-lhe as mãos, inundando-

-as de lágrimas. Lançando um olhar para Kátia, notei nela um estado fora do comum. Seus labiozinhos tinham um movimento quase imperceptível, o queixo estremecia-lhe, os olhinhos estavam úmidos, mas ela, no mesmo instante, venceu a perturbação, e um sorriso apareceu-lhe momentaneamente nos lábios.

— Vou dizer a papai que te beijei e que pedi perdão — disse baixinho, como se estivesse falando consigo mesma. — Faz três dias que eu não o vejo. Ele me disse que eu nem entrasse lá antes disso — acrescentou, depois de um silêncio.

E caminhou para baixo, tímida e pensativa, como se ainda não estivesse certa de como o pai a receberia.

Mas, uma hora depois, ressoaram em cima gritos, risadas, o latido de Falstaff, algo foi derrubado e se quebrou, alguns livros voaram para o chão, o aro chiou e ficou pulando por todos os quartos; em suma, soube que ela fizera as pazes com o pai, e o coração palpitou-me de alegria.

Mas ela não se acercava de mim e parecia evitar falar comigo. Em compensação, tive a honra de despertar ao máximo a sua curiosidade. Sentava-se diante de mim, para me examinar melhor, cada vez com maior frequência. Suas observações tornavam-se cada vez mais ingênuas; em suma, a menina mimada, autoritária, a quem todos faziam agrados naquela casa, como se fosse um tesouro, não podia compreender como eu me atravessara diversas vezes em seu caminho, e contra a sua vontade. No entanto, era um belo, um bondoso coraçãozinho, que sempre sabia encontrar o caminho justo, mesmo que por instinto apenas. Quem exercia sobre ela a maior influência era o pai, a quem idolatrava. A mãe amava-a loucamente, mas era, ao mesmo tempo, de uma severidade extrema; Kátia herdara-lhe a teimosia, o orgulho e a firmeza de caráter, mas sofria todos os caprichos maternos, que raiavam pela tirania moral. A mãe tinha uma estranha ideia do que fosse educação, e a de Kátia constituía um contraste bizarro entre mimos desregrados e uma severidade implacável. O que permitia num dia era, de repente, proibido no seguinte, sem qualquer razão, e a criança via, então, ferido o seu sentimento de justiça... Mas ainda há pela frente certa história... Observarei apenas que a criança já sabia como proceder em suas relações com a mãe e o pai. Diante deste, comportava-se tal qual era, com toda a franqueza, sem esconder nada. E, com a mãe, portava-se de modo justamente oposto: fechava-se em si mesma, era desconfiada e obediente sem retrucar. Mas esta obediência não resultava de sinceridade e convicção: era a consequência de um sistema indispensável. Vou explicar isso mais tarde. Aliás, e isso honra particularmente a minha Kátia, devo dizer que ela acabou compreendendo a mãe e que, ao obedecer-lhe, fazia-o já com pleno conhecimento do ilimitado amor de que era objeto, e que chegava às vezes a uma exaltação doentia; e a pequena princesa levava em conta, com largueza de alma, esta última circunstância. Mas ai! — esses cálculos proporcionariam pouca ajuda à sua ardente cabecinha!

Mas eu quase não compreendia o que estava acontecendo comigo. Tudo se perturbava em mim com uma sensação nova, inexplicável, e não haverá exagero de minha parte se eu disser que então sofria e me atormentava com essa nova sensação. Resumindo — e perdoem-me estas palavras — eu estava apaixonada por minha Kátia. Sim, era amor, um amor autêntico, um amor com alegrias e lágrimas, repassado de paixão. Que havia nela que me atraía? Por que surgira semelhante amor? Este se iniciara quando a vi pela primeira vez, quando todos os meus sentimentos ficaram docemente impressionados com a visão daquela criança, encantadora como um anjo. Nela, tudo encantava; nenhum de seus defeitos era inato; eram todos postiços, e todos estavam em pé de guerra com seu instinto. Tudo dava a entender uma boa predisposição, que só temporariamente assumia uma forma falsa; mas tudo nela, a começar por essa luta, brilhava com uma esperança aprazível e prenunciava um futuro magnífico. Todos se extasiavam com ela, todos a amavam, não era eu a única. Quando, às vezes, lá pelas três horas, nos levavam a passear, todos os transeuntes se detinham como que assombrados, tão logo a viam, e não raro uma exclamação de surpresa ressoava, acompanhando a feliz criança. Nascera para ser feliz, devia ter nascido para isto, era a primeira impressão de quantos a viam. É possível que, pela primeira vez, o sentimento estético houvesse despertado em mim, e que se manifestasse revelado pela beleza; e talvez seja esta toda a causa do meu amor.

O principal defeito da pequena princesa, ou, melhor dizendo, o traço dominante do seu caráter, que tendia, de modo invencível, a encarnar-se em sua forma normal, e que, naturalmente, se encontrava numa condição de afastamento, de luta, era o orgulho. Esse orgulho chegava a insignificâncias ingênuas e fundia-se no amor-próprio, a tal ponto que, por exemplo, qualquer contradita, fosse qual fosse a sua natureza, não a ofendia nem a deixava zangada, mas apenas a surpreendia. Não conseguia compreender que algo pudesse ser diferente daquilo que ela queria. Mas o sentimento de justiça sempre acabava por triunfar em seu coração. Se ela se convencia de que fora injusta, imediatamente se submetia à condenação, sem discutir e de modo inabalável. E se até então, em suas relações comigo, Kátia nem sempre fora fiel a si mesma, atribuo tudo isso a uma invencível antipatia em relação a mim, e que turvara temporariamente a retidão e harmonia de todo o seu ser. E era forçoso que assim acontecesse: havia demasiada paixão em seus arrebatamentos, e eram sempre e unicamente o exemplo, a experiência, que a conduziam ao caminho verdadeiro. Os resultados de tudo o que iniciava eram belos e autênticos, mas à custa de erros e desvios incessantes.

Em muito pouco tempo, Kátia deu-se por satisfeita com as suas observações, e decidiu deixar-me em paz. Passou a comportar-se como se eu nem existisse naquela casa; não me dizia uma palavra supérflua, nem sequer quase as indispensáveis; eu fora afastada dos jogos — afastamento esse que não se processou bruscamente, mas com tamanha habilidade, que era como se eu própria tivesse concordado com isto. As aulas prosseguiam normalmente, e, se eu era indicada como um exemplo de fácil compreensão e de doçura de gênio, todavia não tinha mais a honra de ofender o seu amor-próprio, tão extremamente sensível que podia ser ofendido até pelo nosso buldogue, Sir John Falstaff.[15] Este era fleumático, frio, mau como um tigre, e, quando o irritavam, chegava até a negar a autoridade do dono. Mais uma característica: decididamente, não amava ninguém; mas o maior dos seus inimigos naturais era, indiscutivelmente, a princesa velhinha... Mas esta história será contada mais tarde. Kátia, tão imbuída de amor-próprio, procurava por todos os meios vencer a falta de amabilidade de Falstaff; não suportava que houvesse alguém em casa, nem mesmo um animal, que não reconhecesse a sua autoridade, a sua força, que não se dobrasse diante dela, não a amasse. E eis que a pequena princesa resolveu atacar sozinha Falstaff. Ela queria governar e mandar em todos; e por que deveria Falstaff fugir ao seu destino? Mas o insubmisso buldogue não se rendia.

Certa vez, depois do jantar, estávamos ambas sentadas no andar térreo, na sala grande, e o buldogue acomodara-se no meio da sala, deliciando-se indolentemente com a sua sesta. Naquele mesmo instante, a pequena princesa teve a ideia de dominá-lo. Deixou então de lado o brinquedo e acercou-se de Falstaff com muito cuidado, nas pontas dos pés, dizendo palavras carinhosas e fazendo-lhe sinais afáveis com a mão. Mas, ainda de longe, Falstaff arreganhou os dentes terríveis; a pequena princesa deteve-se. Era sua intenção aproximar-se de Falstaff e fazer-lhe um carinho com a mão — o que ele decididamente não permitia a ninguém, com exceção da princesa-mãe, de quem era favorito — e obrigá-lo a ir atrás dela:

[15] Nome de personagem da tragédia *Henrique IV* de Shakespeare. (N. do T.)

uma proeza difícil, ligada a um sério perigo, pois Falstaff não deixaria de comer-lhe a mão ou despedaçar a menina, se assim o quisesse. Era forte como um urso, e eu fui acompanhando de longe, inquieta e assustada, os manejos de Kátia. Mas não era fácil demovê-la de um propósito, e os próprios dentes de Falstaff, que ele exibia de modo desrespeitoso, não constituíam argumento suficiente para dissuadi-la. Convencendo-se de que era impossível acercar-se dele em linha reta, a pequena princesa titubeou e descreveu um círculo em torno do seu inimigo. Falstaff não se moveu do lugar. Kátia deu uma segunda volta, diminuindo consideravelmente o diâmetro desta, depois uma terceira; Falstaff, porém, tornou a arreganhar os dentes ao vê-la atingir o ponto que ele considerava o derradeiro limite. A princesa bateu o pezinho, afastou-se, despeitada e pensativa, e sentou-se no divã.

Uns dez minutos depois, inventou um novo meio de sedução, saiu da sala e voltou pouco depois, com uma provisão de pães doces e bolinhos recheados; em suma, resolveu aplicar outras armas. Mas Falstaff mantinha o seu sangue-frio, pois, provavelmente, estava bem saciado. Nem olhou para o pedaço de pão doce que ela lhe atirou; mas, quando a princesa se deslocou novamente até o último limite, que Falstaff considerava a sua fronteira, houve uma resistência, desta vez mais considerável que a anterior. Falstaff levantou a cabeça, arreganhou os dentes, rosnou um pouco e fez um ligeiro movimento, como se fosse dar um salto. A princesa ficou vermelha de ira, deixou os bolinhos recheados e tornou a sentar-se.

Estava muito perturbada. Batia com o pezinho no tapete, suas faces tornaram-se rubras como uma aurora, e, em seus olhos, surgiram até lágrimas de despeito. E aconteceu então que ela me olhou, e todo o sangue lhe fluiu para a cabeça. De um salto, levantou-se do lugar, e, com o passo mais firme, caminhou diretamente para o temível cão.

Quiçá daquela vez a perplexidade agiu sobre Falstaff com demasiada força. Ele deixou que o inimigo atravessasse o limite e, somente a dois passos, saudou a irresponsável Kátia com o rosnar mais ameaçador. Ela deteve-se por um instante, mas um instante apenas, e, com decisão, deu um passo à frente. Fiquei petrificada de susto. A pequena princesa estava resoluta, como eu nunca a vira; seus olhos cintilavam de vitória, de triunfo. Podia-se representá-la num quadro magnífico. Suportou corajosamente o olhar ameaçador do buldogue enraivecido e não estremeceu ante a sua terrível bocarra. Ele soergueu-se. Um rugido ameaçador subiu-lhe do peito peludo; mais um instante, e ele a despedaçaria. Mas a princesa colocou orgulhosamente sobre ele a sua mãozinha e, triunfante, passou-lhe três vezes a mão pela espádua. Por um momento, o buldogue ficou indeciso. Foi o momento mais terrível; mas, de súbito, ergueu-se pesadamente, espreguiçou-se e, levando provavelmente em consideração que não valia a pena começar a lidar com crianças, saiu calmamente da sala. A princesa parou, gloriosa, sobre o espaço conquistado, e lançou-me um olhar indefinível, um olhar ébrio de triunfo. Mas eu estava branca feito um lenço; ela notou isso e sorriu. No entanto, uma palidez mortal ia-lhe já cobrindo as faces também. Mal conseguiu caminhar até o divã e caiu sobre ele, quase desfalecida.

Tornou-se, porém, ilimitada a atração que ela exercia sobre mim. A partir daquele dia, em que sofrera por ela temor tão grande, eu não conseguia mais dominar-me. Exauria-me de angústia, mil vezes estava pronta a atirar-me ao seu pescoço, mas o medo acorrentava-me e deixava-me imóvel. Lembro-me de que procurava fugir-lhe, para que não visse a minha perturbação, mas, se ela entrava casualmente no quarto em que me escondia, eu estremecia, e meu coração punha-se a bater, a ponto de me dar vertigem. Tenho a impressão de que a travessa menina percebeu igualmente isso, e, durante uns dois dias, esteve presa de certa perturbação. Mas, pouco depois, acostumou-se também à situação. Passou-se assim um mês inteiro, durante o qual não cessei de sofrer em surdina.

Os meus sentimentos possuem, por assim dizer, certa elasticidade inexplicável; tenho um gênio resignado ao extremo, de modo que uma explosão, uma súbita manifestação de sentimentos, ocorre unicamente no derradeiro limite. Devo ainda dizer que, em todo esse tempo, trocara com Kátia umas cinco palavras no máximo; pouco a pouco percebi, no entanto, por certos indícios sutis, que a sua conduta não provinha de olvido, nem de indiferença em relação a mim, mas era consequência de certo afastamento intencional, como se ela tivesse prometido a si própria manter-me a certa distância. Mas eu já estava passando as noites em claro e, de dia, não podia esconder a minha perturbação nem mesmo de Madame Léotard. O meu amor por Kátia chegava a assumir uma forma estranha. De uma feita, tirei-lhe às escondidas um lenço, de outra vez uma fitinha com que ela costumava prender o cabelo, e durante noites inteiras os beijei, coberta de lágrimas. A princípio, a indiferença de Kátia torturou-me a ponto de me sentir ofendida; em seguida, porém, tudo se turvou em mim, e eu mesma não conseguia dar conta de minhas sensações. Desse modo, as impressões novas expulsavam pouco a pouco as antigas, e as lembranças de meu triste passado, substituídas em mim por uma vida nova, perderam a sua força doentia.

Lembro-me de que, às vezes, acordava de noite, levantava-me da cama e acercava-me na ponta dos pés da pequena princesa. Ficava contemplando horas seguidas o sono de Kátia, à luz fraca de nosso velador; por vezes, sentava-me em sua cama, inclinava-me sobre o seu rosto e sentia-lhe o hálito quente. Bem de leve, trêmula de medo, beijava-lhe as mãozinhas, os ombrinhos, os cabelos e o pezinho, se este aparecia sob o cobertor. Percebi pouco a pouco, pois fazia um mês inteiro que não tirava os olhos de cima dela, que se estava tornando cada dia mais pensativa; o seu gênio começou a perder a regularidade costumeira: às vezes, não se ouviam os seus ruídos por um dia inteiro e, em outras ocasiões, erguia-se um barulho como não houvera até então. Tornou-se irritadiça, exigente, ruborizava-se e irritava-se com muita frequência, e, em suas relações comigo, chegava a praticar pequenas crueldades: ora se recusava de repente a jantar a meu lado, a sentar perto de mim, como se eu lhe inspirasse asco, ora ia para junto da mãe e passava lá dias inteiros, sabendo talvez que eu me exauria de saudade na sua ausência, ora se punha a olhar-me durante horas seguidas, de modo que eu não sabia mais onde me meter, e presa de confusão aterradora, enrubescia, empalidecia e, ao mesmo tempo, não me atrevia a sair do quarto. Em duas ocasiões, Kátia queixou-se de febre, embora ninguém se lembrasse de que tivesse estado, alguma vez, doente. Por fim, certa manhã, houve uma ordem especial: em consequência de um desejo inabalável da princesa-donzela, ela se mudou para o andar térreo, para junto de sua mãezinha, que quase morreu de medo quando Kátia se queixou de febre. Deve-se dizer que a princesa estava muito descontente comigo e que me atribuía, bem como à influência do meu gênio sombrio sobre o caráter de sua filha, conforme dizia, toda a transformação ocorrida com Kátia. Ela já nos teria separado há muito, mas adiava isso, sabendo que seria preciso suportar uma discussão séria com o príncipe, que, embora cedesse geralmente em tudo, tornava-se às vezes obstinado, inabalável. E ela compreendia bem o príncipe.

Fiquei impressionada com a mudança da pequena princesa e passei uma semana inteira na mais doentia tensão de espírito. Torturava-me de angústia, esforçando-me por compreender as razões da repulsa de Kátia por mim. A tristeza dilacerava-me intimamente, e um sentimento de justiça e de indignação começou a erguer-se em meu coração ofendido. Surgiu em mim certo orgulho e, quando me encontrava com Kátia, na hora em que nos levavam a passeio, olhava-a com tamanha independência e seriedade, de um modo tão diferente do anterior, que isso até a deixou surpreendida. Naturalmente, essas mudanças ocorriam em mim como que por arrancos, e, depois, o meu coração punha-se a doer com intensidade cres-

Niétotchka Niezvânova

cente, e eu me tornava ainda mais fraca, de ânimo ainda mais abatido que antes. Finalmente, certa manhã, para minha imensa perplexidade e alegre perturbação, a pequena princesa voltou para o andar de cima. A princípio, riu loucamente, atirou-se ao pescoço de Madame Léotard e declarou que estava mais uma vez de mudança para junto de nós; acenou-me também com a cabeça, pediu permissão para não estudar nada naquela manhã e passou-a correndo e pulando. Eu nunca a vira tão viva e alegre. Mas, ao anoitecer, tornou-se mais quieta e pensativa, e novamente uma tristeza indefinível obscureceu-lhe o rostinho encantador. Quando a princesa veio vê-la, Kátia, segundo notei, fez um esforço extraordinário para aparentar alegria. Mas, após a saída da mãe, ficando sozinha, rompeu de súbito em pranto. Fiquei impressionada. A pequena princesa percebeu que a observava e saiu do quarto. Numa palavra, amadurecia nela certa crise inesperada. A princesa pediu conselho a médicos e, todos os dias, mandava chamar Madame Léotard, para o mais minucioso interrogatório sobre Kátia; havia ordem no sentido de que lhe observassem os menores movimentos. Eu era a única a pressentir a verdade, e o coração batia-me fortemente, repleto de esperança.

Numa palavra, o pequeno romance estava se resolvendo e chegava ao seu desfecho. No terceiro dia após o regresso de Kátia para junto de nós, percebi que ela passou a fitar-me a manhã inteira, com olhos tão lindos e tão prolongadamente... Encontrei diversas vezes aqueles olhares, e cada vez nos ruborizávamos e baixávamos a vista, como se tivéssemos vergonha uma da outra. Finalmente, a princesa pôs-se a rir e afastou-se de mim. Bateram as três horas e começaram a vestir-nos para o passeio.

De repente, Kátia aproximou-se de mim.

— O cordão do teu sapato está desamarrado — disse-me. — Deixa-me amarrá-lo.

Vermelha como uma cereja, porque, finalmente, Kátia me dirigira a palavra, abaixei-me.

— Vamos! — disse ela rindo, cheia de impaciência.

Abaixou-se, apanhou à força o meu pé, colocou-o sobre o seu joelho e amarrou o cordão. Eu estava perdendo o fôlego; devido a um doce temor, não sabia o que fazer. Após amarrar o cordão, ela ergueu-se e examinou-me dos pés à cabeça.

— E o pescoço também está descoberto — disse, roçando com o dedinho a pele descoberta do meu pescoço. — Espera que te vou amarrar isso.

Não a contrariei. Ela desamarrou o meu lencinho de pescoço e tornou a amarrá-lo, a seu jeito.

— Isto para que não venha uma tosse — disse, sorrindo muito brejeira e fazendo faiscar na minha direção os olhinhos negros e úmidos.

Eu estava desconcertada; não sabia o que acontecia comigo e o que sucedera com Kátia. Mas, graças a Deus, o nosso passeio terminou logo, senão eu não me teria contido e a cobriria de beijos em plena rua. Consegui, todavia, ao subir as escadas, dar-lhe um furtivo beijo no ombro. Ela estremeceu ao senti-lo, mas não disse palavra. À noite, vestiram-na com elegância e levaram-na para o andar térreo. Havia visitas no quarto da princesa. Mas, naquela mesma noite, aconteceu uma terrível confusão na casa.

Kátia teve uma crise nervosa. A princesa ficou fora de si de susto. Veio o médico, mas não sabia o que dizer. Naturalmente, atribuíram tudo a doenças infantis, à idade, mas eu pensei outra coisa. Na manhã seguinte, Kátia veio ver-nos; estava, como sempre, corada, alegre, com uma saúde inesgotável, mas com uns caprichos, umas esquisitices, como jamais tivera.

Em primeiro lugar, durante toda a manhã, não obedeceu a Madame Léotard. Depois, quis de repente ir ver a princesa velhinha. Esta, que não suportava a sobrinha, vivia eternamente brigada com ela e não queria vê-la, permitiu dessa vez, contra os seus hábitos, que a visitasse. A princípio, tudo correu bem, e elas passaram uma hora em plena concórdia.

A marota da princesinha teve a ideia de pedir perdão por seu mau comportamento, pelos gritos e correrias e por não ter dado sossego à velha princesa. Esta perdoou-lhe solenemente, com lágrimas nos olhos. Mas a traquinas decidiu ir bem mais longe. Ocorreu-lhe confessar umas travessuras, que apenas lhe tinham vindo à mente, que ainda estavam em projeto. Kátia fingiu humildade, arrependimento, vontade de jejuar; numa palavra, a beata ficou exultante, pois lisonjeava-lhe grandemente o amor-próprio a sua iminente vitória sobre Kátia, tesouro e ídolo de todos naquela casa, e que sabia obrigar a própria mãe a satisfazer-lhe os caprichos.

E então a menina confessou que tivera a intenção de colar às roupas da velha princesa um cartão de visita; depois, levar Falstaff para baixo de sua cama; em seguida, quebrar-lhe os óculos; tirar dali todos os seus livros e substituí-los pelos romances franceses da mamãe; depois, ainda, conseguir umas bombinhas de estalo e espalhá-las pelo chão; além disso, esconder em seu bolso um baralho etc... etc... Em suma, foi relatando travessuras, uma pior que outra. A velha ia ficando fora de si, empalidecia, tornava-se rubra de raiva; finalmente, Kátia não se conteve, soltou uma gargalhada e saiu correndo do quarto da tia. A velha mandou imediatamente chamar a princesa. Começou toda uma história, e a princesa passou duas horas a pedir à sua parenta, com lágrimas nos olhos, que perdoasse Kátia e permitisse deixá-la sem castigo, levando em consideração sua doença. A princípio, a velha princesa nem quis ouvir; declarou que iria sair daquela casa no dia seguinte mesmo, e só abrandou quando a princesa lhe prometeu que adiaria o castigo até o restabelecimento da filha, mas, depois, haveria de satisfazer a justa indignação da tia. No entanto, Kátia sofreu uma repreensão severa. Foi conduzida para os aposentos da mãe, no andar térreo.

Mas a traquinas conseguiu, apesar de tudo, escapar depois do jantar. Esgueirando-me para baixo, encontrei-a já na escada. Abrira a porta e estava chamando Falstaff. No mesmo instante, adivinhei que tramava uma vingança terrível. Eis no que consistia.

A princesa velhinha não tinha inimigo pior que Falstaff. Ele não se chegava a ninguém com carinhos, não gostava de ninguém, e era orgulhoso, arrogante e ambicioso ao extremo. E, embora não gostasse de ninguém, parecia exigir de todos o devido respeito. E todos o tinham por ele, acrescentando a isso o conveniente temor. Mas, de súbito, com a chegada da velha princesa, tudo se modificara: Falstaff sofreu uma ofensa terrível, porquanto proibiram-lhe terminantemente ir ao andar superior.

A princípio, o cão ficou fora de si com aquela ofensa e, durante uma semana inteira, arranhou com as patas a porta que ficava no extremo inferior da escada; mas, pouco depois, adivinhou a causa de sua expulsão e, no primeiro domingo, quando a velha princesa saía para a missa, Falstaff lançou-se sobre a infeliz com uivos e latidos. Foi com dificuldade que a salvaram da cruel vingança do cão ofendido, que fora expulso por ordem dela, com a afirmação de que não suportava vê-lo. A partir de então, proibira-se do modo mais terminante a ida de Falstaff ao andar superior, e, quando a velha princesa passava para o térreo, ele era enxotado para o quarto mais distante. Os criados tinham severas instruções nesse sentido. Mas o vingativo animal encontrou, apesar de tudo, um meio de arrojar-se para o andar superior umas três vezes. Se conseguia irromper pela escada, lançava-se em seguida através de todos os quartos, até o aposento da velhinha. Nada podia detê-lo. Felizmente, a porta daquele quarto estava sempre fechada, e Falstaff limitava-se a uivar diante dela horrivelmente, até que chegassem correndo os criados, que o enxotavam para baixo. Enquanto durava a visita do indomesticável buldogue, a velha princesa ficava gritando, como se ele a tivesse de fato devorado, e, de cada vez, adoecia gravemente com o susto. Em diversas ocasiões, apresentara seu ultimato à princesa-mãe, e, certa vez, dissera, fora de si, que ou ela ou Falstaff tinham de sair daquela casa, mas a princesa não concordara em separar-se de Falstaff.

Eram poucos os objetos de seu amor neste mundo, mas amava o cão acima de todos, depois de seus filhos, e eis por quê. Certo dia, uns seis anos antes, o príncipe voltara do passeio trazendo atrás de si um cãozinho sujo, doente, com a mais miserável aparência, mas que era, apesar de tudo, um buldogue da mais pura linhagem. O príncipe salvara-o da morte. Mas, visto que o novo morador da casa comportava-se de modo particularmente rude e desrespeitoso, fora levado, por insistência da princesa, para o quintal e preso com uma corda. O príncipe não se opôs. Dois anos depois, quando todos estavam na casa de campo, o pequeno Sacha, irmão menor de Kátia, caiu no rio Nievá. A princesa soltou um grito e seu primeiro movimento foi atirar-se à água, sendo então salva, à força, da morte certa. No entretanto, a correnteza estava arrastando rapidamente a criança, e apenas a sua roupa surgia na superfície. Fizeram desamarrar apressadamente um barco; todavia, salvar o menino seria um milagre. De repente, um buldogue gigantesco atirou-se à água, nadou na sua direção, agarrou-o com os dentes e levou-o para a margem, em triunfo. A princesa lançou-se a beijar aquele cachorro sujo e molhado. Mas Falstaff, que ainda usava então o nome prosaico e altamente plebeu de Friksa, não suportava carinhos e respondeu aos abraços e beijos da princesa com uma mordida no ombro, com toda a força de seus dentes. Ela haveria de sofrer sempre as consequências daquela ferida, mas a sua gratidão não tinha limites. Falstaff foi conduzido para os aposentos internos, limpo, lavado, e ganhou uma coleira de prata, de um lavor delicado. Passou a morar no gabinete da princesa, sobre uma pele magnífica de urso e, em pouco tempo, ela podia já fazer-lhe carinho com a mão, sem temer um castigo imediato e fulminante. Ficou horrorizada ao saber que o seu protegido se chamava Friksa, e todos se puseram imediatamente a escolher um novo nome, que devia ser da antiguidade clássica. Mas nomes como Heitor, Cérbero e outros já se haviam tornado demasiado banais; precisava-se de outro, absolutamente digno do favorito de todos. Finalmente, tomando em consideração a voracidade fenomenal de Friksa, o príncipe propôs o nome de Falstaff. Este foi aceito com entusiasmo. Falstaff começou a portar-se bem: como autêntico inglês, mantinha-se silencioso, sombrio, e nunca era o primeiro a atacar, exigia apenas que as pessoas contornassem respeitosamente o lugar em que ficava, sobre a pele de urso, e, de modo geral, que lhe manifestassem o devido acatamento. Por vezes, parecia presa de lembranças longínquas, era como se estivesse dominado pelo *spleen*, e, nesses momentos, lembrava com amargura que o seu inimigo irredutível, que atentara contra os seus direitos, ainda não fora castigado. Esgueirava-se então, devagarinho, até a escada que ia para o andar superior, e, encontrando geralmente a porta fechada, deitava-se nas proximidades, escondia-se num canto e ficava esperando traiçoeiramente que alguém se distraísse e deixasse aberta a porta que dava para a parte de cima. Às vezes, o vingativo animal passava uns três dias à espreita. Foram dadas, porém, ordens severas, no sentido de se vigiar a porta, e fazia já dois meses que Falstaff não aparecia em cima.

— Falstaff! Falstaff! — chamou-o a pequena princesa, abrindo a porta e atraindo o cão afavelmente para a nossa escada.

Nesse ínterim, Falstaff, que já percebera que alguém abria a porta, preparou-se para transpor o seu Rubicão. Mas o chamado da pequena princesa pareceu-lhe tão impossível que, por algum tempo, recusou-se absolutamente a acreditar em seu próprio ouvido. Era astuto como um gato e, para não dar mostras de que percebera a distração de quem abrira a porta, foi até a janela, colocou sobre o parapeito as vigorosas patas e pôs-se a examinar o edifício em frente; em suma, portou-se como uma pessoa absolutamente estranha ao caso, que tivesse ido passear e se detivesse por um instante, para admirar a bela arquitetura do prédio vizinho. Entretanto, uma doce esperança punha-lhe o coração inquieto, fazendo-o palpitar. Qual não foi a sua surpresa e alegria — transporte de alegria — quando lhe abriram a porta completamente e, além disso, ficaram chamando-o, convidando-o, implorando-lhe que fosse para cima e executasse imediatamente a sua justa vingança! Falstaff ganiu de contentamento, arreganhou os dentes e, com ar terrível, triunfante, lançou-se para cima como uma flecha.

A pressão de seu corpo era tão forte que uma cadeira, em que ele tocou de passagem, foi empurrada a um *sájem*[16] de distância e virada. Falstaff voava como um obus lançado por um canhão. Madame Léotard soltou uma exclamação de horror, mas o cão já chegara à porta proibida e chocou-se contra ela com ambas as patas; não conseguindo abri-la, pôs-se a uivar como se estivesse perdido. Em resposta, ressoou um grito terrível da velha solteirona. Entretanto, de todos os lados acorriam legiões de inimigos, as pessoas da casa pareciam ter-se mudado para cima, e Falstaff, o furioso Falstaff, já de focinheira — que lhe fora posta com agilidade na bocarra — e com as quatro patas amarradas, voltou ingloriamente do campo de batalha, laçado e arrastado para baixo.

Mandou-se chamar a princesa.

Desta vez, ela não estava disposta ao perdão, à misericórdia; mas castigar a quem? Adivinhou tudo no mesmo instante; seus olhos fixaram-se em Kátia... Não havia dúvida: Kátia estava ali, pálida, trêmula de medo. Somente naquele momento a pobrezinha adivinhara as consequências de sua travessura. A desconfiança podia recair sobre os criados, sobre pessoas inocentes, e Kátia já se dispunha a contar a verdade.

— És culpada? — perguntou-lhe severamente a princesa.

---

[16] Medida correspondente a 2,13 m. (N. do T.)

Vi a palidez mortal de Kátia e, dando um passo à frente, disse com firmeza:

— Eu deixei Falstaff escapar... — E acrescentei: — sem querer — pois toda a minha coragem desaparecera ante o olhar ameaçador da princesa.

— Madame Léotard, dê-lhe um castigo exemplar! — disse a princesa, saindo do quarto.

Lancei um olhar a Kátia: parecia petrificada; as mãos pendiam-lhe; e o rostinho pálido fitava o chão.

O único castigo que se aplicava aos filhos do príncipe era fechá-los num quarto vazio. Passar umas duas horas num quarto vazio não era nada. Mas, quando a criança ficava presa ali à força, contra a vontade, e quando lhe declaravam que estava privada de liberdade, aquele castigo tornava-se considerável. Geralmente, Kátia ou seu irmão eram encerrados ali por duas horas. Fui presa por quatro, levando-se em consideração o caráter monstruoso de meu crime. Exaurindo-me de alegria, entrei na minha prisão. Pensava na pequena princesa. Eu sabia que vencera. Mas, em vez daquelas quatro horas, fiquei presa até as quatro da manhã. Eis como isso aconteceu.

Duas horas após a minha prisão, Madame Léotard soube que chegara à cidade a sua filha, residente em Moscou, que adoecera subitamente e queria vê-la. Madame Léotard saiu de casa, esquecendo-se de mim. A moça encarregada de cuidar de nós supôs provavelmente que eu já fora libertada. Kátia foi chamada para baixo e obrigada a ficar sentada no quarto da mãe, até as onze da noite. A moça despiu-a, deitou-a, mas a pequena princesa tinha as suas razões para não perguntar nada a meu respeito. Deitou-se e ficou à minha espera, certa de que me haviam prendido por quatro horas e supondo que seria levada pela nossa babá. Mas Nástia[17]

[17] Diminutivo de Nastássia (Anastacia). (N. do T.)

esquecera-me completamente, mesmo porque eu me despia sempre sozinha. Deste modo, passei a noite na prisão.

Às quatro, ouvi que alguém estava batendo na porta e que procurava forçá-la. Eu dormia, deitada de qualquer jeito no chão. Acordei e gritei de medo, mas logo percebi a voz de Kátia, ressoando mais que todas, e ainda a de Madame Léotard, depois a da assustada Nástia, e, em seguida, a da zeladora. Finalmente, abriram a porta e Madame Léotard abraçou-me, com lágrimas nos olhos, pedindo-me perdão por ter-se esquecido de mim. Coberta de lágrimas, atirei-me ao seu pescoço. Trêmula de frio, sentia doloridos todos os ossos, após ter ficado deitada sobre aquele chão frio. Procurei Kátia com os olhos, mas ela correu para o nosso quarto, pulou para a cama e, quando eu entrei, já estava dormindo ou fingia dormir. Esperando-me desde a hora em que se deitara, adormecera sem querer e dormira até as quatro. Mas, então, fizera algazarra e acordara Madame Léotard, que havia regressado, a babá e todas as moças, e fora libertar-me.

De manhã, todos em casa souberam da minha aventura; a própria princesa disse que se usara comigo de severidade excessiva. Quanto ao príncipe, foi a primeira vez em que o vi zangado. Às dez horas, muito perturbado, subiu para nos ver.

— Vejamos uma coisa — começou dizendo a Madame Léotard. — O que é que a senhora anda fazendo? Como foi que agiu assim com uma pobre criança? É um ato bárbaro, completamente bárbaro, uma ação digna dos citas! Uma criança fraca, doente, uma menina sonhadora e assustadiça, imaginativa, e encerrá-la num quarto escuro, por uma noite inteira! Isto significa destruí-la! A senhora não sabe a sua história? É o que lhe digo, senhora: trata-se de um ato bárbaro, desumano! E como se pode aplicar semelhante castigo? Quem inventou, quem podia ter inventado esse castigo?

A pobre Madame Léotard, perturbada, com lágrimas nos olhos, começou a explicar-lhe todo o caso, disse que me esquecera, que sua filha chegara de Moscou, que o castigo em si é coisa boa, se dura pouco, e que o próprio Jean-Jacques Rousseau dissera algo parecido.

— Jean-Jacques Rousseau, minha senhora! Mas Jean-Jacques não podia dizer isso. Jean-Jacques não é autoridade, Jean-Jacques Rousseau não devia ousar falar de educação, não tinha nenhum direito de falar disso. Jean-Jacques Rousseau renegou os próprios filhos, minha senhora! Jean-Jacques era um homem ruim, senhora!

— Jean-Jacques Rousseau! Jean-Jacques Rousseau, um homem ruim! Príncipe! Príncipe! O que está dizendo?

E Madame Léotard ficou toda vermelha.

Era uma mulher maravilhosa e, antes de tudo, não gostava de ficar magoada; mas tocar em alguns dos seus prediletos, inquietar a sombra clássica de Corneille, de Racine, ofender Voltaire, chamar Jean-Jacques Rousseau de homem ruim, um bárbaro, meu Deus! Lágrimas apareceram nos olhos de Madame Léotard; a velhinha tremia de perturbação.

— O senhor está perdendo o controle, príncipe! — disse finalmente, fora de si, tamanha era a sua perturbação.

O príncipe dominou-se no mesmo instante e pediu perdão, depois aproximou-se de mim, beijou-me com sentimento profundo, fez sobre mim o sinal da cruz e saiu do quarto.

— *Pauvre prince!* — disse Madame Léotard, comovida por sua vez. Em seguida, sentamo-nos à mesa de estudo.

Mas a pequena princesa estava muito distraída. Antes de nos dirigirmos para a mesa do jantar, chegou-se a mim, toda abrasada, parou à minha frente, com um riso nos lábios, agarrou-me pelos ombros e disse apressadamente, como se estivesse envergonhada de algo:

— E então? Ficaste ontem presa em meu lugar? Depois do jantar, vamos brincar na sala.

Alguém passou ao nosso lado, e a princesa, no mesmo instante, voltou o rosto noutra direção.

Depois do jantar, quando escurecia, descemos ambas

para a sala grande, de mãos agarradas. A pequena princesa estava profundamente perturbada e respirava com dificuldade. E eu, contente e feliz como nunca.

— Você quer jogar bola? — perguntou-me. — Fique parada aqui!

Colocou-me num dos cantos da sala, mas, em vez de se afastar e jogar-me a bola, deteve-se a três passos, lançou-me um olhar, ficou vermelha e deixou-se cair sobre o divã, escondendo o rosto entre as mãos. Fiz um movimento em sua direção; ela pensou que eu podia estar indo embora.

— Não vá, Niétotchka, fique comigo — disse. — Isto vai passar já.

Mas, no mesmo instante, ergueu-se de um salto e, completamente ruborizada, toda em lágrimas, atirou-se ao meu pescoço. Tinha as faces umedecidas, os lábios túmidos, como cerejinhas, os cachos do cabelo em desordem. Beijava-me como uma possessa, beijava-me o rosto, os olhos, os lábios, o pescoço, os braços; chorava, como se estivesse atacada de histerismo; apertei-me fortemente contra ela, e abraçamo-nos doce e alegremente, como amigas, como amantes, que se encontram após uma separação prolongada. O coração de Kátia batia com tamanha força que eu ouvia cada pancada.

Mas uma voz ressoou no quarto ao lado. Kátia era chamada para o quarto da princesa-mãe.

— Ah, Niétotchka! Bem, até de noite! Vá agora para cima e espere-me.

Beijou-me pela última vez, plácida e silenciosamente, mas com força, e afastou-se de mim correndo, para atender ao chamado de Nástia. Cheguei em cima correndo, como que ressuscitada, atirei-me sobre o divã, escondi a cabeça nas almofadas e chorei de exaltação. Meu coração martelava, como se quisesse furar-me o peito. Nem sei como pude suportar a espera até a chegada da noite. Finalmente, bateram as onze, e eu me deitei para dormir. A pequena princesa voltou somente à meia-noite; sorriu-me de longe, mas não disse palavra. Como que de propósito, Nástia começou a despi-la vagarosamente.

— Mais depressa, mais depressa, Nástia! — murmurou Kátia.

— Que é isso, princesa? Certamente correu pela escada. Por que seu coração palpita desse jeito?... — perguntou Nástia.

— Ah, meu Deus, Nástia! Como você é enjoada! Mais depressa, mais depressa! — E a princesa bateu o pezinho com despeito.

— Eh, que coraçãozinho! — disse Nástia, beijando o pezinho da princesa, que acabava de descalçar.

Finalmente, tudo terminado, a princesa deitou-se e Nástia saiu do quarto. Num átimo, Kátia ergueu-se da cama e atirou-se em minha direção. Recebi-a com um grito.

— Venha comigo, deite na minha cama! — disse ela, fazendo-me levantar do leito.

Um instante depois, já eu estava na sua cama; abraçamo-nos e apertamo-nos com ardor. A princesa beijava-me arrebatada.

— Lembro como você me beijou de noite! — disse, vermelha como uma papoula.

Eu chorava, soluçando.

— Niétotchka! — murmurou Kátia entre lágrimas. — Meu anjo, há tanto, tanto tempo que eu te amo! Sabe desde quando?

— Desde quando?

— Desde que papai me ordenou que te pedisse perdão, aquela vez em que você defendeu o teu papai, Niétotchka... Minha or-fã-zi-nha! — arrastou ela, cobrindo-me novamente de beijos. Ria e chorava ao mesmo tempo.

— Ah, Kátia!

— Ora, e então? E então?

— Por que nós, há tanto tempo... há tanto tempo... — e

Niétotchka Niezvânova   133

não cheguei a terminar a frase. Abraçamo-nos e, durante uns três minutos, não dissemos palavra.

— Escute, o que você pensou de mim? — perguntou a princesa.

— Ah, pensei tanta coisa, Kátia! Pensava tanto, pensava dia e noite.

— E, de noite, falava de mim, eu ouvi.

— É mesmo?

— Você chorou tantas vezes.

— Está vendo! E por que foi tão orgulhosa todo esse tempo?

— Fui estúpida, Niétotchka. Às vezes, isto me acontece, e está acabado. Andava irritada contigo.

— Por quê?

— Porque eu mesma era ruim. A princípio, porque você é melhor que eu; depois, porque papai te ama com mais força. E papai é um homem bom, Niétotchka! Sim?

— Ah, sim! — respondi chorando, ao lembrar-me do príncipe.

— Um homem bom — disse Kátia seriamente. — Mas que vou fazer com ele? É sempre assim... Bem, depois, fui pedir-te perdão e quase chorei, e, por isso, fiquei mais uma vez irritada.

— E eu vi, eu vi que você teve vontade de chorar.

— Ora, fique quieta, tolinha; você mesma não passa de uma chorona! — gritou-me Kátia, apertando-me a boca com a mão. — Escute, eu queria muito te amar, mas, de repente, me vinha também uma vontade de te odiar, e então eu odiava tanto, tanto!...

— Mas por quê?

— Eu estava zangada contigo. Não sei por quê! Mas, depois, vi que você não podia viver sem mim, e pensei: vou acabar de liquidá-la, essa malvada!

— Ah, Kátia!

— Queridinha! — disse Kátia, beijando-me a mão. —

Bem, e depois eu não quis falar contigo, não quis de modo nenhum. Lembras-te de quando com a mão fiz um carinho ao Falstafezinho?

— Ah, valentona!

— E que me... e... do eu ti... i... ve — arrastou a princesa. — Sabe por que fui procurá-lo?

— Por quê?

— Porque você estava olhando. Quando vi que estava olhando... ah! Seja o que for, pensei, e fui. Assustei-te, hem? Você teve medo por mim?

— Um horror!

— Eu vi. E fiquei tão contente porque Falstafezinho foi embora! Meu Deus, que medo eu tive, depois que ele foi embora, que mons... tro!

E a princesa soltou uma gargalhada nervosa; depois, soergueu de repente o rosto inflamado e pôs-se a olhar-me fixamente. Qual perolazinhas, lágrimas brilhavam-lhe nas longas pestanas.

— Bem, o que é que existe em você para que eu te ame assim? Hem? Palidazinha, o cabelo muito claro, tolinha e chorona desse jeito, olhinhos azuis, minha or... fã... zinha!!!

E Kátia reclinou-se novamente para me beijar, vezes sem conta. Algumas gotas de suas lágrimas caíram-me sobre as faces. Ela estava muito comovida.

— Como eu te amava! Mas pensava sempre: não e não! Não vou contar isso a ela! E como ficava teimosa! Tinha medo de quê? Envergonhava-me de ti por quê? Como vê, estamos bem agora!

— Kátia! Está me doendo tanto! — disse eu num transporte de alegria. — Está me doendo a alma!

— Sim, Niétotchka! Ouve mais... sim, escuta, quem te chamou de Niétotchka?

— Mamãe!

— Vais contar-me tudo sobre a mamãe?

— Tudo, tudo — respondi arrebatada.

— E onde você escondeu os meus dois lenços de renda? E por que me tirou a fita? Ah, sem-vergonha! Bem vê que eu sei.

Comecei a rir e enrubesci até as lágrimas.

— Não, pensei: vou judiar dela um pouco, que espere. E outras vezes pensava: eu não gosto mesmo dela, não a suporto. E você era sempre de gênio tão doce, minha ovelhinha! E como eu tinha medo de que me achasse estúpida! Você é inteligente, Niétotchka. Muito inteligente, não é?

— Ora, deixa disso, Kátia! — respondi, quase ofendida.

— Não, você é inteligente — disse Kátia com ar decidido e sério. — Eu sei. Uma vez, eu me levantei de manhã e te amei tanto, um horror! Sonhei contigo a noite inteira. Pensei: vou pedir a mamãe que me deixe ficar em seu quarto; irei morar lá. Não quero amá-la, não quero! E, na noite seguinte, adormeci pensando: se ela viesse como na noite passada... E você chegou mesmo! Ah, como fingi que estava dormindo... Ah, como somos sem-vergonha, Niétotchka!

— Mas, por que evitava, sempre, amar-me?

— Assim... Mas que estou dizendo? Sempre te amei! O tempo todo! Depois, não te suportava mais; pensava: vou beijá-la um dia tanto, ou beliscá-la toda, até que morra. Aí está, tolinha!

E a princesa me beliscou.

— E — lembra? — eu te amarrei o cordão do sapato.

— Lembro.

— Eu também me lembro; foi bom para você? Olhei-te: um amorzinho, pensei; vou amarrar-lhe o cordão do sapato; que pensará então? E eu também me senti tão bem. E, realmente, eu quis te beijar... e não beijei... E, depois, foi tão engraçado, tão engraçado! E, durante todo o caminho, enquanto passeávamos, vinha-me de repente uma vontade de rir às gargalhadas. Não podia olhar-te, tanta vontade eu tinha de rir. E como fiquei contente quando você foi para a "prisão". Ficou com medo?

— Um horror de medo.

— Fiquei contente não porque tivesse tomado para ti a culpa, mas porque você ia ficar presa em meu lugar! Pensei: ela está chorando agora, e eu a amo tanto! Amanhã, vou beijá-la tanto, tanto! E, realmente, não tive pena de ti, por Deus, não tive pena, apesar de ter chorado mesmo.

— E eu nem chorei, fiquei contente de propósito!

— Não chorou? Ah, malvada! — gritou a princesa, apertando os labiozinhos contra mim, com toda a força, numa sucção.

— Kátia, Kátia! Meu Deus, como você é bonitinha!

— Não é verdade? Bem, agora, faça comigo o que quiser. Judie de mim, belisque-me! Por favor, belisque-me! Belisque-me, queridinha!

— Brincalhona!

— Bem, o que mais?

— Bobinha...

— E que mais?

— Que mais? Beije-me outra vez.

E nós nos beijávamos, chorávamos, dávamos gargalhadas; nossos lábios ficaram inchados de tanto beijar.

— Niétotchka, de agora em diante, você virá sempre dormir comigo! Gosta de beijar? Pois iremos beijar-nos. Depois, não quero que você seja assim triste. Por que estava triste? Vai me contar isso, hem?

— Eu te contarei tudo; mas agora não estou mais triste, estou alegre!

— Não é preciso que você tenha faces coradas, como as minhas! Ah, tomara que o dia de amanhã chegue depressa! Está com sono, Niétotchka?

— Não.

— Então, vamos conversar.

E ainda tagarelamos por umas duas horas. Sabe Deus do que não falamos. Em primeiro lugar, a princesa comunicou-me todos os seus planos e o estado de coisas então. E eu soube que ela amava o pai mais que a todos, quase mais que a mim. Depois, decidimos que Madame Léotard era uma excelente mulher e nada severa. Inventamos o que iríamos fazer no dia seguinte e no outro, e, de modo geral, fizemos cálculos sobre a nossa vida para quase vinte anos. Kátia imaginou que viveríamos assim: um dia, ela me daria ordens, e eu obedeceria em tudo; no dia seguinte, seria o contrário: eu ordenaria, e ela obedeceria sem resmungar; depois, ambas daríamos ordens uma à outra, em condições de igualdade; mais tarde, uma das duas desobedeceria, propositadamente, e nós fingiríamos uma briga, e, depois, de algum modo, faríamos as pazes o quanto antes. Numa palavra, esperava-nos uma felicidade sem limites. Finalmente, cansamo-nos de tagarelar, os meus olhos estavam se fechando. Kátia caçoou de mim, chamou-me de dorminhoca; todavia, foi a primeira a dormir. De manhã, acordamos ao mesmo tempo, beijamo--nos apressadamente, pois alguém vinha entrando em nosso quarto; antes disso, todavia, tive tempo de chegar correndo à minha cama.

Era tal a nossa alegria que, durante o dia todo, nem sabíamos o que fazer uma com a outra. Escondíamos-nos e fugíamos de todos, temendo sobretudo os olhares alheios. Finalmente, comecei a contar minha história a Kátia. Ela impressionou-se até às lágrimas com o meu relato.

— Má, como és má! Por que, até agora, não me contaste tudo isso? Eu te amaria tanto, tanto! E doía quando os meninos te batiam na rua?

— Doía. Eu tinha medo deles!

— Uh, malvados! Sabes, Niétotchka, eu também vi um menino bater em outro, na rua. Amanhã vou, quietinha, apanhar o chicote de Falstaff, e, se encontrar um deles, vou bater-lhe tanto, tanto!

Os olhinhos cintilavam-lhe de indignação.

Ficávamos assustadas quando alguém entrava no quarto. Tínhamos medo de que nos surpreendessem quando nos beijávamos. E, naquele dia, beijamo-nos umas cem vezes pelo menos. Assim passou aquele dia e o seguinte. Eu temia morrer de júbilo, e a felicidade fazia-me perder o fôlego. Mas a nossa felicidade não durou muito.

Madame Léotard estava incumbida de comunicar todos os passos da pequena princesa. Passou três dias consecutivos a observar-nos, e, nesses três dias, acumulou muito o que contar. Finalmente, foi à presença da princesa e relatou-lhe tudo o que notara: estávamos ambas numa espécie de exaltação; havia três dias que não nos separávamos; beijávamo-nos a cada momento, chorávamos, soltávamos gargalhadas como duas possessas, e, como loucas, tagarelávamos sem cessar, e isso não acontecia antes; ela não sabia a que atribuir tudo aquilo, mas, segundo lhe parecia, a pequena princesa estava atravessando alguma crise doentia e, na sua opinião, seria preferível não andarmos tão unidas.

— Eu já pensei nisso há muito tempo — respondeu a princesa. — Já sabia que esta orfãzinha estranha nos daria muito trabalho. O que me contaram dela, sobre a sua vida anterior, é um horror, um verdadeiro horror! Ela exerce uma influência evidente sobre Kátia. A senhora diz que minha filha gosta muito dela?

— Imensamente.

A princesa ruborizou-se de despeito. Já estava com ciúmes da filha, por minha causa.

— Isso não é natural — disse. — Antes, elas eram tão estranhas uma à outra e, confesso, isso me deixava contente. Por menor que seja essa orfãzinha, eu não garanto nada. Está me compreendendo? Com o leite materno, ela absorveu a sua educação, os seus hábitos e, talvez, as suas regras de conduta. E eu não sei o que o príncipe vê nela. Mil vezes propus mandá-la para um internato.

Madame Léotard tentou a minha defesa, mas a princesa já decidira a nossa separação. Imediatamente, mandou-se chamar Kátia e, no andar térreo, declararam-lhe que não me veria até o domingo seguinte, isto é, durante toda uma semana.

Eu soube de tudo quase na hora de dormir e fiquei presa de horror; pensava em Kátia e tinha a impressão de que ela não suportaria a nossa separação. Fiquei completamente fora de mim, de angústia, de aflição, e, à noite, adoeci; de manhã, veio ver-me o príncipe e disse-me ao ouvido que tivesse esperança. Empenhou-se em que a princesa modificasse a sua decisão, mas foi tudo inútil. Pouco a pouco, comecei a ficar desesperada, e, de tristeza, chegava a perder o fôlego.

No terceiro dia, pela manhã, Nástia trouxe-me um bilhete de Kátia. Esta me escrevia a lápis, com umas garatujas horríveis, o seguinte:

"Eu te amo muito. Estou sentada com *maman* e não cesso de pensar como fugir para junto de ti. Mas vou fugir mesmo, eu já disse, e, por isso, não chores. Escreve-me como me amas. Sonhei a noite inteira que te abraçava, sofri muito, Niétotchka. Mando-te umas balas. Até a vista".

Respondi algo semelhante. Passei o dia todo chorando com aquele bilhete de Kátia. Madame Léotard atormentou-me ao extremo com os seus carinhos. Ao anoitecer, conforme eu soube, ela fora ver o príncipe e dissera-lhe que eu, sem dúvida alguma, iria adoecer pela terceira vez, se não tornasse a ver Kátia, e que ela estava arrependida de ter contado tudo à princesa. Perguntei a Nástia o que ocorria com Kátia. Ela me respondeu que a pequena princesa não chorava, mas estava terrivelmente pálida.

De manhã, Nástia me disse ao ouvido:

— Vá ao gabinete de Sua Alteza. Desça pela escada à direita.

Tudo em mim se animou, com um pressentimento. Ofegante de impaciência, corri para baixo e abri a porta do gabinete. Ela não estava lá. De repente, Kátia envolveu-me por trás com os braços e beijou-me com ardor. Risos, lágrimas...

Num instante, Kátia escapou dos meus braços, encarapitou-se sobre o pai, saltou-lhe sobre os ombros, como um esquilo, mas, perdendo o equilíbrio, pulou deles para o divã. Acompanhando-a, o príncipe também se deixou cair. A pequena princesa chorava de alegria.

— *Papa*, és um homem tão bom, *papa*!

— Vocês são umas traquinas! O que aconteceu com vocês? Que amizade é essa? Que amor é esse?

— Fica quieto, *papa*, tu não sabes das nossas coisas.

E atiramo-nos, mais uma vez, nos braços uma da outra.

Comecei a examiná-la mais de perto. Ela emagrecera naqueles três dias. O rubor de seu rostinho desbotara, e, em seu lugar, surgia certa palidez. Chorei de aflição.

Finalmente, Nástia bateu na porta. Era um sinal de que perceberam a ausência de Kátia e de que a estavam chamando. Kátia ficou pálida como a morte.

— Chega, crianças, Vamos reunir-nos assim todos os dias. Até logo, e que Deus as proteja! — disse o príncipe.

Olhando-nos, ficara comovido; no entanto, calculara muito mal. Ao anoitecer, chegou de Moscou a notícia de que o pequeno Sacha adoecera de repente e que estava à morte. A princesa decidiu partir para lá no dia seguinte. Tudo isso aconteceu tão depressa que eu nada sabia, até a hora de me despedir da pequena princesa. O próprio príncipe insistiu em que fosse feita aquela despedida, e a princesa, a muito custo, concordou. Kátia parecia morta. Corri para baixo, inteiramente fora de mim, e atirei-me ao seu pescoço. O carro de viagem já estava à entrada. Ela soltou uma exclamação, olhando-me, e perdeu os sentidos. Lancei-me em sua direção para beijá-la. A princesa procurou fazê-la voltar a si. Finalmente, ela recobrou o alento e tornou a abraçar-me.

— Adeus, Niétotchka! — disse-me de repente, rindo com um esgar inexplicável no rosto. — Não olhes para mim; isso não tem importância; não estou doente, voltarei dentro de um mês. Então, não nos separaremos mais.

— Chega — disse calmamente a princesa. — Vamos partir!

Mas a pequena princesa chegou-se novamente a mim. Apertou-me convulsivamente nos braços.

— Minha vida! — teve tempo de murmurar, abraçando--me. — Até a vista!

Beijamo-nos pela última vez, e a pequena princesa desapareceu por muito, muito tempo. Passaram-se oito anos, antes que nos encontrássemos de novo!

....

Foi intencionalmente que relatei, com tamanha minúcia, este episódio da minha infância — o primeiro aparecimento de Kátia em minha vida. Mas nossas duas histórias são inseparáveis. O seu romance é o meu romance também. Parecia ser meu destino encontrá-la de novo, e parecia ser destino dela encontrar-me também. Além disso, eu não podia recusar--me o prazer de, através da memória, mais uma vez transportar-me à minha infância... Agora, o meu relato vai decorrer mais rapidamente. Minha vida entrou, de chofre, numa espécie de quietação, e, quando completei dezesseis anos, foi como se eu tornasse a voltar a mim...

Mas eis algumas linhas sobre o que me sucedeu após a partida da família do príncipe para Moscou.

Fiquei com Madame Léotard.

Duas semanas depois, chegou um criado com o recado de que a volta da família a Petersburgo fora adiada por um prazo indeterminado. Visto que, em virtude de circunstâncias familiares, Madame Léotard não podia viajar para Moscou, seu emprego em casa do príncipe chegou ao fim; mas ela continuou ligada à família, passando a residir com a filha mais velha da princesa, Aleksandra Mikháilovna.

Ainda não contei nada sobre Aleksandra Mikháilovna e, ademais, vira-a até então uma única vez. Era filha da princesa, mas do primeiro matrimônio. A origem e o parentesco da princesa eram um tanto obscuros; o seu primeiro marido fora um arrendatário de terras. Quando a princesa se casou de novo, decididamente não sabia o que fazer com aquela filha. Não podia esperar um partido brilhante. Atribuíram-lhe um dote modesto, mas, finalmente, havia já quatro anos, conseguiram casá-la com um homem rico e altamente colocado. Aleksandra Mikháilovna ingressou numa sociedade diferente e viu em torno de si um outro mundo. A princesa visitava-a duas vezes por ano; o príncipe, seu padrasto, ia vê-la todas as semanas, acompanhado de Kátia. Mas, nos últimos tempos, a princesa não gostava de que ela visitasse a irmã, e o príncipe levava-a às escondidas. Kátia adorava-a. Todavia, contrastavam ao extremo quanto à índole. Aleksandra Mikháilovna era mulher de uns vinte e dois anos, de gênio doce, amorosa, terna; os belos traços de seu semblante apareciam ensombrados severamente por uma dor íntima, oculta. O ar sério e severo destoava, de certo modo, de seus traços angélicos, luminosos; parecia luto em uma criança. Não se podia lançar-lhe um olhar, sem sentir por ela uma simpatia profunda. Quando a vi pela primeira vez, ela era pálida e, segundo diziam, com propensão para a tísica. Vivia em grande solidão e não gostava de receber gente nem de fazer visitas — parecia uma freira. Não tinha filhos. Lembro-me de que ela foi visitar Madame Léotard, aproximou-se de mim e beijou-me com um sentimento profundo. Acompanhava-a um homem magro, bastante entrado em anos. Vendo-me, ele chegou a chorar. Era o violinista B. Aleksandra Mikháilovna abraçou-me e perguntou-me se eu queria morar com ela e ser sua filha. Reparando em seu rosto, reconheci a irmã de minha Kátia e abracei-a com uma dor surda no coração, e que se transmitiu a todo o meu peito... como se alguém, mais uma vez, tivesse dito a meu respeito: "Orfãzinha!". Aleksandra Mikháilovna mostrou-me então uma carta do príncipe. Havia nela algumas linhas para mim, e eu as li com soluços abafados. O príncipe abençoava-me, desejando-me felicidade e uma vida longa, e pedia-me que quisesse bem à sua outra filha. Kátia acrescentara também algumas linhas. Dizia que não se separava nunca da mãe!

E eis que, ao anoitecer, me encontrei numa nova família, de uma outra casa, entre outra gente, separando mais uma vez, à força, o coração de tudo o que se tornara tão querido, de tudo o que me era tão próximo. Cheguei à nova morada inteiramente presa de angústia e de íntima tortura... E aqui se inicia uma nova história.

SEIS

Minha nova vida decorreu tão quieta e sem tropeços como se eu tivesse ido morar entre anacoretas... Passei com os meus educadores mais de oito anos e não me lembro de, em todo esse tempo, além de umas poucas vezes, ter havido naquela casa uma ceia para convidados, um jantar, ou, por qualquer motivo, se terem reunido ali parentes, amigos e conhecidos. Ninguém aparecia em nossa casa, com exceção de duas ou três pessoas que ali surgiam raramente, do músico B., amigo da família, e daqueles que iam procurar o marido de Aleksandra Mikháilovna, quase sempre a negócios. Ele vivia continuamente ocupado com negócios e com o emprego, e somente de raro em raro podia conseguir algumas horas livres, que dividia, em partes iguais, entre a família e a vida social. Relações consideráveis, que era impossível desprezar, obrigavam-no, com bastante frequência, a fazer-se lembrado pela sociedade. Espalhara-se por quase toda a parte a notícia de sua ilimitada ambição; mas, como ele desfrutasse a reputação de homem sério, prático, ocupasse um cargo de bastante importância e a sorte e o êxito parecessem ir-lhe ao encontro, a opinião pública manifestava-lhe a sua simpatia. Melhor ainda: em relação a ele, todos se sentiam particularmente bem-dispostos, o que, em contrapartida, era recusado à sua mulher. Aleksandra Mikháilovna vivia em completa solidão; mas parecia até contente com isso. O seu gênio tranquilo tinha uma espécie de tendência inata para a reclusão.

Ligou-se a mim de toda a alma, amou-me como uma filha, e eu, com lágrimas ainda frescas, devido à minha separação de Kátia, e com o coração ainda dolorido, atirei-me avidamente nos braços maternais de minha benfeitora. A partir de então, não mais cessou o amor ardente que eu lhe dedicava. Era para mim a mãe, a irmã, a amiga; substituiu tudo o que eu tinha no mundo e acalentou-me a juventude. Além disso, em pouco tempo percebi, por instinto, por pressentimento, que o seu destino não era tão brilhante como poderia deixar supor à primeira vista sua existência serena, sua aparente liberdade e o seu sorriso plácido e luminoso, que com tanta frequência lhe iluminava o rosto. Assim, cada dia de minha formação ia me desvendando algo novo no destino de minha benfeitora, algo que o meu coração adivinhava torturada e lentamente, e, a par da consciência triste desse descobrimento, crescia e fortalecia-se cada vez mais a minha afeição por ela.

Era de índole tímida, fraca. Olhando para os traços claros e tranquilos do semblante, ninguém suporia, à primeira vista, que sobressalto algum fosse capaz de perturbar aquele coração reto. Era coisa inconcebível acreditar que ela pudesse não gostar de alguém; em sua alma, a compaixão vencia sempre a própria repugnância; e, no entanto, ela era afeiçoada a poucos amigos e vivia em completa solidão... Apaixonada e impressionável por natureza, parecia, ao mesmo tempo, temer as suas próprias impressões, e como que vigiava a cada instante o coração, não lhe permitindo um esquecimento nem mesmo em devaneio. Às vezes, de repente, no decorrer do mais feliz dos momentos, eu percebia-lhe lágrimas nos olhos: era como se a lembrança súbita e penosa de algo, que lhe atormentava terrivelmente o coração, se acendesse em sua alma; tinha-se a impressão de que alguma coisa lhe espreitava a felicidade e a perturbava como um inimigo. E, ao que parecia, quão mais feliz ela fosse, quão mais tranquilo e luminoso aquele instante de sua vida, tão mais próxima era a sua angústia e tão mais certo o súbito aparecimento da tristeza e das lágrimas: era como se fosse vítima de uma crise. Não me lembro de um único mês sossegado, em todos aqueles oito anos. O marido parecia amá-la muito; ela o adorava. Todavia, à primeira vista, davam a impressão de que havia entre eles algo que não fora de todo explicado. Existia, no destino dela, certo mistério; pelo menos, comecei a suspeitá-lo desde o primeiro instante...

O marido de Aleksandra Mikháilovna causou-me, desde o primeiro momento, uma impressão sombria. Foi uma impressão que me surgiu na infância e que nunca mais se apagou. Ele era um homem alto, magro, e parecia esconder intencionalmente o olhar sob uns grandes óculos verdes. Seco e nada comunicativo, aparentava, mesmo a sós com a mulher, não encontrar assunto para conversa. Parecia pesar-lhe a presença de outras pessoas. Não me prestava a menor atenção, e, cada vez que, ao anoitecer, nos reuníamos os três na sala de visitas de Aleksandra Mikháilovna, para tomar chá, eu ficava inteiramente constrangida na sua presença. Às escondidas, espiava Aleksandra Mikháilovna e percebia, com angústia, que também ela como que meditava antes de fazer o menor movimento, e empalidecia se notava que o marido se tornava particularmente sombrio e severo, ou ruborizava-se toda de repente, como se ouvisse ou adivinhasse alguma alusão em alguma palavra dele. Eu sentia que lhe era penoso viver ao lado do marido; no entanto, ela certamente não podia passar um instante sem ele. Surpreendia-me a extraordinária atenção que ela dava ao marido, a cada uma de suas palavras, a cada movimento seu; era como se quisesse, com todas as suas forças, agradar-lhe de algum modo, como se sentisse que não estava conseguindo satisfazer a sua própria intenção. Parecia implorar a aprovação dele: o menor sorriso que aparecesse no rosto do marido, a menor palavra de carinho, bastavam para torná-la feliz. Dir-se-ia estar nos primeiros momentos de um amor tímido, ainda sem esperança. Cuidava do marido como de um doente grave. Mas, quando este se retirava para seu escritório, após apertar a mão da mulher, a quem, segundo me parecia, olhava sempre com uma compaixão para ela penosa, Aleksandra Mikháilovna transformava-se completamente. Seus movimentos, o tom de sua voz, logo se tornavam mais alegres, mais livres. Todavia, certa perturbação ainda se conservava nela por muito tempo, depois de cada entrevista com o marido. Punha-se imediatamente a lembrar cada palavra que ele dissera, como se as estivesse pesando. Não raro, dirigia-se a mim, perguntando: ela ouvira certo, fora assim que Piotr Aleksândrovitch se expressara? — como se procurasse algum outro sentido no que ele dizia, e, somente uma hora depois, talvez, ficava de todo animada, como se se convencesse de que ele estava absolutamente satisfeito com ela, e de que eram vãos aqueles sobressaltos. Então, tornava-se de repente bondosa, alegre, beijava-me, ria comigo ou ia até o piano e passava duas horas improvisando. Mas, não raro, a sua alegria interrompia-se bruscamente: punha-se a chorar, e, quando eu olhava para ela, toda sobressaltada, presa de susto e perturbação, imediatamente procurava assegurar-me, num murmúrio, que as suas lágrimas eram sem motivo, que se sentia alegre, e que não havia razão para eu me atormentar. Na ausência do marido, acontecia-lhe, de repente, pôr-se sobressaltada, fazer perguntas sobre ele, ficar inquieta: mandava saber o que estava fazendo, interrogava a criada sobre o motivo por que mandara ele preparar os cavalos e aonde pretendia ir, se não estava doente, se parecia alegre ou triste, o que dissera etc. Era como se não ousasse interrogá-lo sobre os seus negócios e ocupações. Quando ele a aconselhava a respeito de algo ou lhe fazia um pedido, ela ouvia-o com tamanha submissão, ficava tão tímida, que era como se fosse uma escrava. Gostava muito de que ele elogiasse qualquer coisa dela, um livro, algum trabalho manual. Parecia envaidecer-se com isso e logo se tornava feliz. Mas a sua alegria não tinha limites se acaso ele (o que sucedia bem raramente) resolvia acarinhar os seus dois pequeninos filhos. O rosto dela transfigurava-se, iluminava-se de contentamento, e, nesses momentos, acontecia-lhe, até, deixar-se levar *demasiadamente* por sua alegria diante do marido. Por exemplo, ela ampliava a tal ponto a sua ousadia que, de repente, propunha-lhe, sem mais aquela, mas naturalmente com timidez e com voz trêmula, que ele ouvisse uma nova música, que ela acabava de receber, ou lhe dissesse a sua opinião sobre algum livro, ou mesmo permitisse ler para ele uma página ou duas de algum autor, que, naquele dia, lhe causara uma particular impressão. Por vezes, o marido satisfazia, com benevolência, todos os seus desejos e até lhe sorria de modo complacente, como se sorri a uma criança mimada, à qual não se quer responder com uma recusa, mesmo no caso de um capricho estranho, a fim de não perturbar, prematura e inamistosamente, a sua ingenuidade. Mas, não sei por quê, ofendiam-me até o fundo do meu ser aquele sorriso, aquela complacência altiva, aquela desigualdade entre eles; calava-me, dominava-me e apenas os vigiava, atenta, com uma curiosidade pueril, mas com pensamentos precocemente severos. Outras vezes, notava que ele parecia, de repente, sobressaltar-se, voltar a si; era como se, de súbito, além das suas forças e contra a sua vontade, se lembrasse de algo penoso, terrível, inevitável; num instante, o sorriso complacente desaparecia-lhe do rosto, e, de súbito, seus olhos se fixavam na esposa estupefata, com uma compaixão tão grande, que me fazia estremecer e que, percebo isso agora, se fosse dirigida a mim, levar-me-ia ao cúmulo do sofrimento. No mesmo instante, a alegria sumia do rosto de Aleksandra Mikháilovna. Música ou leitura se interrompiam. Ela empalidecia, mas dominava-se e ficava calada. Chegava um instante desagradável, um instante de angústia, que às vezes durava muito. Finalmente, o marido a interrompia. Erguia-se do lugar, como se abafasse em si, além de suas forças, o despeito e a perturbação, e, percorrendo algumas vezes a sala, num silêncio taciturno, apertava a mão da mulher, suspirava fundo e, evidentemente confuso, saía, depois de dizer algumas palavras entrecortadas em que transparecia um desejo de confortá-la; Aleksandra Mikháilovna prorrompia em lágrimas ou ficava imersa numa tristeza terrível, prolongada. Frequentemente, ele a abençoava e fazia sobre ela o sinal da cruz — como se faz quando nos despedimos de uma criança que se recolhe para dormir — e ela aceitava a sua bênção com lágrimas de agradecimento, com veneração. Mas eu não posso esquecer algumas tardes em nossa casa (houve duas ou três no máximo, em todos aqueles oito anos), quando Aleksandra Mikháilovna pareceu, de repente, transfigurar-se por completo. Certa ira, certa indignação, refletiam-se em seu rosto geralmente tranquilo, em lugar do autodomínio e da veneração habituais diante do marido. Às vezes, a tormenta levava toda uma hora armando-se; o marido tornava-se mais calado, mais severo e taciturno que de costume. Finalmente, o coração doente da pobre mulher parecia não suportar mais. Punha-se então a falar, a voz trêmula de emoção, a princípio entrecortadamente, de modo desordenado, e repassado de certas alusões e amargos subentendidos; depois, como se não suportasse a sua angústia, prorrompia de repente em lágrimas, em soluços, seguindo-se uma explosão de indignação, censuras, queixas e desespero: parecia presa de uma crise. Era preciso ver então com que paciência o marido suportava aquilo, com que expressão de simpatia procurava acalmá-la; beijava-lhe as mãos e, finalmente, punha-se até a chorar com ela; então, num átimo, Aleksandra Mikháilovna parecia voltar a si, como se a consciência a repreendesse com um grito e a surpreendesse em flagrante delito. As lágrimas do marido deixavam-na abalada, e ela torcia as mãos de desespero, soluçando convulsivamente; de joelhos, pedia-lhe perdão, o que lhe era imediatamente concedido. Mas os tormentos de sua consciência ainda se prolongavam por muito tempo, acompanhados de lágrimas e súplicas de perdão, e, durante meses inteiros, ela ficava ainda mais tímida, ainda mais trêmula diante dele. Eu não podia compreender nada daquelas queixas e recriminações; mandavam então retirar-me para fora da sala, e sempre de modo muito inábil. Não podiam, porém, ocultar-se de mim completamente. Eu observava, percebia, adivinhava, e, desde o início, penetrou em mim a suspeita sombria de que havia certo mistério em tudo aquilo, de que aquelas súbitas explosões de um coração magoado não eram uma simples crise nervosa, havia uma razão para que o marido estivesse sempre taciturno, uma razão para aquela espécie de compaixão de duplo sentido pela pobre esposa doente, para a timidez e os modos sempre trêmulos de Aleksandra Mikháilovna diante dele, para aquele amor humilde, estranho — que ela nem sequer ousava manifestar na presença dele — e, também, para aquela solidão, aquela vida monacal, aqueles rubores e aquela súbita palidez de morte no rosto dela, quando diante do marido.

Mas, visto que semelhantes cenas ocorriam muito raramente; visto que a nossa vida era muito monótona e eu já a observara detidamente e em demasia; visto que, além de tudo, eu me desenvolvia e estava crescendo muito depressa, e muita coisa nova começara já a despertar em mim, ainda que eu não tivesse consciência disso, e que me afastava de minhas observações, habituei-me afinal àquela vida, àqueles hábitos e à índole dos que me cercavam. Naturalmente, não podia, às vezes, deixar de ficar pensativa, olhando para Aleksandra Mikháilovna, mas os meus pensamentos não chegavam ainda a nenhuma conclusão. Eu já a amava intensamente, respeitava a sua angústia e, por isso, temia perturbar com a minha curiosidade o seu coração sensível. Ela me compreendia, e quantas vezes se mostrou pronta a agradecer-me a afeição que eu tinha por ela! Ora sorria, não raro através das lágrimas, observando os meus cuidados e gracejando sobre a frequência do seu pranto, ora se punha a contar-me que estava muito contente, muito feliz, pois todos a tratavam com tanta bondade, e todos aqueles que ela conhecera até então a amavam tanto, que ela se amargurava pelo fato de Piotr Aleksândro-vitch estar sempre angustiado por sua causa, preocupando--se com a sua tranquilidade íntima, quando ela, pelo contrário, era tão feliz, tão feliz!... Abraçava-me então com um sentimento tão profundo, o seu rosto iluminava-se com tamanho amor, que o meu coração, se podemos falar assim, doía de compaixão por ela.

Os traços do seu semblante jamais se apagarão de minha memória. Eram corretos, e a magreza e palidez pareciam exaltar ainda mais o severo encanto da sua beleza. Os cabelos negros e muito abundantes, alisados em direção da nuca, lançavam-lhe uma sombra severa e nítida sobre o contorno das faces; mas deixava uma impressão ainda mais terna o contraste entre o olhar carinhoso, os grandes olhos azuis claros, luminosos como os de uma criança, o sorriso tímido, e todo aquele rosto pálido, de expressão suave, sobre o qual se refletia às vezes algo de ingênuo e pouco ousado, algo de indefeso, como se ela temesse cada sensação, cada transporte do seu coração, quer se tratasse de uma alegria súbita, quer de sua tranquila e frequente tristeza. Mas, em certos momentos felizes, isentos de sobressalto, naquele seu olhar, que penetrava o coração, havia algo tão claro, luminoso como o dia, tinha tanto da tranquilidade dos justos, e aqueles seus olhos, de um azul-celeste, fulgiam com tamanho amor, tinham tão doce expressão, refletia-se neles sempre um sentimento tão profundo de simpatia por tudo o que houvesse de nobre, por tudo o que pedia amor e implorasse compaixão, que todo o nosso íntimo submetia-se, era impelido para ela involuntariamente e, segundo parecia, aceitava dela essa clareza, essa tranquilidade de espírito, essa paz interior, esse amor. Assim, por vezes, alguém olha para o céu azul-claro e sente que está pronto a passar horas inteiras em doce contemplação, e que, nesses momentos, a alma se torna mais livre, mais tranquila, como se a cúpula majestosa dos céus se refletisse nela, qual num quieto lençol de água. Mas quando — e isso ocorria com tanta frequência! — a animação íntima lhe tornava o rosto mais corado e o seu peito se agitava de perturbação, os olhos brilhavam-lhe como um raio, pareciam emitir chispas, como se toda a sua alma — que guardara castamente a chama pura do belo, que lhe comunicava agora semelhante animação — neles fosse habitar. Nesses momentos, ela parecia inspirada. E em tais acessos bruscos de transporte, em tais passagens de um estado de ânimo tranquilo, tímido, a uma animação luminosa, elevada, a um entusiasmo puro, severo, havia, ao mesmo tempo, tanta ingenuidade, tanta precipitação e fé infantis, que um pintor daria, provavelmente, metade da sua vida, para captar semelhante momento de luminosa exaltação e transferir para a tela aquele semblante inspirado.

Desde os primeiros dias que passei naquela casa, vi que Aleksandra Mikháilovna, em sua solidão, até se alegrara com a minha companhia. Tinha então apenas uma criança, e somente há um ano se tornara mãe. Mas eu vim a tornar-me também tão sua filha, que ela não podia fazer diferença entre mim e seus filhos. Com que ardor não se ocupou da minha educação! A princípio, dedicou-se a isso com tanta precipitação que fez Madame Léotard sorrir involuntariamente. De fato, ocupamo-nos, de súbito, de tudo ao mesmo tempo, de modo que nem nos compreendemos. Por exemplo, ela começou, de repente, a dar-me aulas sozinha, e sobre tantas matérias, mas tantas mesmo, que o resultado foi antes ardor febril e afetuosa impaciência da parte dela, do que proveito real para mim. A princípio, entristeceu-se com a sua incapacidade naquela situação; mas, depois de uma gargalhada, retomamos a tarefa, embora Aleksandra Mikháilovna, apesar do primeiro fracasso, se declarasse, corajosamente, contrária ao sistema de Madame Léotard. Elas discutiam, davam risada, mas a minha nova educadora manifestou-se abruptamente contra qualquer sistema, afirmando que haveria de encontrar comigo, tateando, o verdadeiro caminho, que não havia motivos para me forrar a cabeça com ensinamentos áridos, e que todo o êxito consistia em compreender as minhas aptidões naturais e na capacidade para despertar em mim a boa vontade; aliás, tinha razão, pois estava obtendo vitória completa. Em primeiro lugar, desde o início, desapareceram inteiramente as funções de aluna e preceptora. Estudávamos como duas amigas e, às vezes, tudo se dispunha de tal modo que era como se eu ensinasse a Aleksandra Mikháilovna; e eu nem chegava a perceber esse ardil. Assim, com frequência, surgiam discussões entre nós, e eu me exaltava, empenhava-me em demonstrar algo, do modo como o entendia, e Aleksandra Mikháilovna dirigia-me, imperceptivelmente, para o caminho autêntico. Mas, por fim, ao chegarmos à verdade, eu adivinhava tudo no mesmo instante, descobria o artifício de que ela se servira; eu, então, pondo no prato da balança todo o trabalho que ela tivera comigo, sacrificando assim muitas vezes horas inteiras em meu proveito, atirava-me ao seu pescoço e abraçava-a fortemente depois de cada aula. Minha sensibilidade surpreendia-a e comovia-a, até à perplexidade. Começava a interrogar-me com curiosidade sobre o meu passado, querendo ouvi-lo de mim, e, de cada vez, após os meus relatos, tornava-se mais terna e séria para comigo — mais séria, porque eu, com a minha infeliz infância, inspirava-lhe, a par de compaixão, uma espécie de respeito. Depois das minhas confissões, iniciávamos geralmente longas conversas, em que ela me explicava o meu próprio passado, de modo que eu realmente parecia sofrê-lo de novo e aprendia muito. Madame Léotard, frequentemente, considerava essas conversas demasiado sérias, e passava a julgá-las de todo inoportunas, depois de ver as minhas lágrimas involuntárias. Quanto a mim, pensava justamente o contrário, porque, depois dessas *lições*, eu sentia tanta leveza e doçura como se não tivesse havido nada de infeliz em meu destino. Sentia-me muito grata para com Aleksandra Mikháilovna pelo fato de que, dia a dia, ela me obrigava cada vez mais a amá-la. Madame Léotard não suspeitava sequer que, desse modo, pouco a pouco, se ia aplanando e atingindo uma elegante harmonia tudo o que antes, em meu íntimo, se erguia de modo incorreto, com uma impetuosidade prematura, tudo o que amargurava o meu coração infantil, tudo o que o ulcerava com uma dor lancinante, de modo que esse coração se tornava injustamente cruel e chorava com aquela dor, sem compreender de onde vinham semelhantes golpes.

Ao começar o dia, reuníamo-nos no quarto da criança, que acordávamos, vestíamos, arrumávamos, alimentávamos, divertíamos, e a quem ensinávamos a falar. Deixávamos depois a criança e nos sentávamos com as nossas ocupações. Estudávamos muita coisa, mas Deus sabe que estudo era aquele. Ali havia de tudo e, ao mesmo tempo, nada de definido. Líamos, contávamos uma à outra as nossas impressões, trocávamos depois a leitura pela música, e horas inteiras passavam imperceptivelmente. Muitas vezes, ao anoitecer, chegava B., amigo de Aleksandra Mikháilovna; Madame Léotard também vinha; frequentemente, iniciava-se a mais animada e ardorosa discussão sobre a arte, sobre a vida (que, em nosso círculo, conhecíamos apenas de outiva), sobre a realidade, os ideais, o passado e o futuro, e assim nos ocupávamos até depois de meia-noite. Eu ficava ouvindo com todas as minhas forças, inflamava-me com os demais, ria ou comovia-me, e, então, fiquei sabendo, com minúcias, tudo o que se referia a meu pai e à minha primeira infância. Entretanto, estava crescendo; contrataram-me professores, com os quais não teria aprendido nada se não fosse Aleksandra Mikháilovna. Com o professor de Geografia eu simplesmente teria ficado cega, à procura de cidades e rios no mapa. Em contrapartida, com Aleksandra Mikháilovna eu empreendia tais viagens, percorríamos ambas tais países, víamos maravilhas tais, passávamos tantas horas fantásticas, de entusiasmo, e era tão forte a nossa vontade mútua de aprender, que os livros que ela lera tornaram-se de todo insuficientes: tivemos que nos aplicar a livros novos. Em pouco tempo, tornei-me capaz de mostrar novidades ao meu professor de Geografia, embora, apesar de tudo, seja preciso render-lhe justiça: conservou sobre mim, até o fim, a superioridade de conhecer completamente, e com exatidão, a latitude e longitude a que ficava alguma cidadezinha, e os milhares, as centenas e mesmo as dezenas de seus habitantes. O professor de História, igualmente, recebia os honorários com extrema justiça; mas, depois que ele saía, Aleksandra Mikháilovna e eu nos púnhamos a estudar História a nosso modo: apanhávamos os livros e, às vezes, líamos até altas horas da noite, ou melhor, quem lia era Aleksandra Mikháilovna, porque ela efetuava também a censura. Nunca mais senti os transportes de alegria a que me conduziram aquelas leituras. Ficávamos ambas entusiasmadas, como se fôssemos os próprios heróis do livro. Está claro que se lia nas entrelinhas mais que no próprio texto; além disso, Aleksandra Mikháilovna contava tudo admiravelmente, como se tivesse acontecido com ela aquilo que estávamos lendo. Mas admitamos que seja ridículo o fato de nos termos inflamado assim, acordadas até depois de meia-noite, eu, uma criança, e ela, um coração ulcerado, que suportava tão penosamente a existência! Eu sabia que ela desfrutava, a meu lado, uma espécie de descanso. Lembro-me de que, às vezes, eu ficava estranhamente pensativa, olhando para ela; antes de começar a viver, já adivinhara muito da vida.

Finalmente, fiz treze anos. A saúde de Aleksandra Mikháilovna piorava dia a dia. Tornara-se mais irritadiça, ficaram mais agudos os acessos de sua inabalável tristeza, e eram mais frequentes as visitas do seu marido, que, ao seu lado, permanecia quase silencioso, como antes, sério, taciturno, mas cada vez se demorava mais. O destino dela começou a preocupar-me com redobrada intensidade. Eu saía da infância, já se formaram em mim inúmeras impressões novas, observações, afetos, suposições; está claro que o mistério existente naquela família passou a torturar-me cada vez mais. Havia momentos em que eu tinha a impressão de compreender algo naquele mistério. Outras vezes, caía na indiferença, na apatia, na amargura até, e esquecia a minha curiosidade, não encontrando resposta para nenhuma das minhas questões. Às vezes — e isso acontecia com frequência crescente — experimentava uma estranha necessidade de ficar sozinha e pensar, pensar sempre: eram momentos parecidos com os do tempo em que ainda morava em casa dos meus pais e em que, antes de me afeiçoar a meu pai, passara um ano inteiro pensando, considerando tudo, prestando atenção, do meu canto, ao mundo de Deus, de jeito que, por fim, tornara-me completamente selvagem, em meio aos espectros fantásticos, por mim mesma criados. A diferença estava em que havia agora mais impaciência, mais angústia, maior número de impulsos novos, inconscientes, maior sede de movimento, de exaltação, de modo que não conseguia mais concentrar a minha atenção num só objeto, como outrora. Por seu lado, Aleksandra Mikháilovna pareceu também afastar-se mais de mim. Nessa idade, eu quase não podia ser sua amiga. Não era criança, fazia-lhe perguntas em demasia, e, às vezes, olha-va-a de maneira tal que a obrigava a baixar os olhos. Havia momentos estranhos. Eu não podia ver suas lágrimas e, fre-quentemente, o pranto jorrava-me dos olhos, ao vê-la. Ati-rava-me ao seu pescoço e abraçava-a com ardor. Que podia ela responder-me? Eu sentia que me tornara para ela um far-do. Mas em outras ocasiões — e eram momentos bem tris-tes — ela própria, presa de certo desespero, abraçava-me convulsivamente, como se procurasse a minha simpatia, co-mo se não pudesse suportar a sua solidão, como se eu a com-preendesse já, como se sofrêssemos em comum. Mas, apesar de tudo, permanecia entre nós um mistério, era evidente, e eu mesma comecei a afastar-me dela em tais momentos. Era-me penosa a sua companhia. Além disso, já quase nada nos ligava, a não ser a música. Mas os médicos começaram a proibi-la. Os livros? Mas nisso estava a maior dificuldade. Ela não sabia absolutamente ler comigo. Teríamos, com certeza, parado na primeira página: cada palavra podia ser uma alusão, e cada frase insignificante, um enigma. Ambas fugíamos de uma conversa a sós, ardente, sincera.

E foi bem nessa época que o destino provocou, abrupta e inesperadamente, uma virada sobremaneira estranha em minha vida. Minha atenção, os meus sentimentos, o coração, o cérebro, tudo se orientou, ao mesmo tempo, com extrema tensão que chegava ao entusiasmo, para uma outra atividade, completamente inesperada, e eu própria, sem o perceber, transportei-me toda para um outro mundo; não tinha tempo para me voltar, olhar o que sucedia, refletir; podia perder-me e sentia-o até; mas a tentação era maior que o medo, e caminhei ao acaso, cerrando os olhos. E por muito tempo me afastei daquela realidade que estava começando a pesar-me tanto, e em que eu procurava, tão ávida e inutilmente, uma saída. Eis o que foi e como sucedeu.

A sala de jantar tinha três saídas: uma para os aposentos maiores, outra para o meu quarto e para os das crianças, e uma terceira para a biblioteca. Esta possuía mais uma saída, separada do meu quarto apenas por um gabinete de trabalho, em que ficava geralmente o ajudante que Piotr Aleksândrovitch mantinha para seus negócios; copista, era ao mesmo tempo secretário e factótum. Competia-lhe também guardar a chave dos armários e da biblioteca. De uma feita, depois do jantar, na sua ausência, achei aquela chave no chão. Fui tomada de curiosidade e, armando-me com o meu achado, entrei na biblioteca. Era uma sala bastante grande, muito clara, mobiliada com oito grandes armários, cheios de livros. Estes eram muito numerosos. A maior parte fora recebida por Piotr Aleksândrovitch de certo modo por herança, e os demais reunidos por Aleksandra Mikháilovna, que os comprava sem cessar. Até então, davam-me os livros com muita cautela, de modo que adivinhei sem esforço haver muita coisa que me era proibida e que continuava sendo um mistério para mim. Eis por que, presa de invencível curiosidade, num acesso de temor e alegria, e de um sentimento peculiar, impossível de precisar, abri o primeiro armário e tirei o primeiro livro. Naquele armário havia romances. Apanhei um deles, tranquei o armário e levei o livro para o meu quarto, com uma sensação tão estranha, com tantas batidas e desfalecimentos do coração, como se pressentisse uma grande reviravolta em minha vida. Entrando no quarto, tranquei a porta e abri o romance. Mas não conseguia ler; tinha outra preocupação: antes de tudo, precisava regularizar, firme e definitivamente, a posse da biblioteca, de modo que ninguém o soubesse e que existisse a possibilidade de eu dispor, a todo momento, de qualquer daqueles livros. Por isso, transferi o meu prazer para um momento mais conveniente, levei de volta o livro e escondi a chave. Era a primeira ação má de minha vida. Esperei as consequências; mas tudo se acomodou de modo extraordinariamente favorável: pondo uma vela acesa no chão, o secretário e ajudante de Piotr Aleksândrovitch procurou a chave, durante toda a tarde e parte da noite, e resolveu, de manhã, chamar o serralheiro, que escolheu uma nova chave do molho que trouxera. Assim terminou o caso, e ninguém mais ouviu falar no desaparecimento daquela chave; quanto a mim, tratei do caso com tanta cautela e malícia que fui para a biblioteca somente uma semana mais tarde, depois de me certificar plenamente de que estava em absoluta segurança em relação a todas as suspeitas. A princípio, escolhia as horas em que o secretário não estivesse em casa; depois, comecei a ir para a biblioteca regularmente, passando pela sala de jantar, pois o secretário de Piotr Aleksândrovitch, a não ser apenas a chave no bolso, não tinha qualquer outro tipo de relação com os livros, nem entrava na sala em que eles se encontravam.

Comecei a ler com avidez e, pouco depois, a leitura absorveu-me completamente. Todas as minhas novas necessidades, todos os anseios recentes, todos os impulsos ainda imprecisos da minha adolescência, e que se haviam erguido de modo tão inquieto e rebelde em minha alma, suscitados impacientemente por meu desenvolvimento demasiado precoce, tudo foi de repente desviado para outra solução; era como se, plenamente satisfeito com o novo alimento, tudo isso tivesse encontrado um caminho certo. Em pouco tempo, meu coração e meu cérebro ficaram de tal modo deslumbrados, e a minha imaginação desenvolveu-se com tal amplitude, que eu parecia ter esquecido todo o mundo que até então me rodeava. Parecia que o próprio destino me detivera no umbral de uma nova vida — que eu tanto ansiava penetrar, e dia e noite procurara adivinhar — e que, antes de me admitir nesse caminho desconhecido, me fizera galgar uma elevação, mostrando-me o futuro, num maravilhoso panorama, numa perspectiva brilhante, atraente. Eu estava destinada a viver todo esse futuro, lendo-o primeiramente nos livros, vivendo-o nos sonhos, nas esperanças, nos arroubos apaixonados, numa doce perturbação do meu espírito jovem. Iniciei a leitura pelo primeiro livro que me caiu nas mãos, mas o destino protegeu-me: o que eu conhecera e vivera até então fora tão nobre, tão severo, que não podia mais ser seduzida por alguma página maliciosa, impura. Estava protegida pelo meu instinto infantil, por minha pouca idade e por todo o meu passado. Agora, a consciência parecia ter-me iluminado de repente toda a minha vida pregressa. Com efeito, quase cada página que lia parecia-me já conhecida, como se eu tivesse vivido aquilo há muito; era como se todas aquelas paixões, todo aquele viver que aparecia diante de mim em formas tão inesperadas, em quadros tão maravilhosos, já tivessem sido experimentados por mim. E como podia eu deixar de ficar abismada, a ponto de chegar ao esquecimento da hora presente, ao alheamento quase completo da realidade, se, em cada livro lido por mim, se encarnavam as leis do mesmo destino, o mesmo espírito de aventura que reinava sobre a existência humana, mas derivava de certa lei essencial da própria vida, e era a condição da salvação, da segurança e da felicidade? E foi aquela lei, suspeitada por mim, que procurei adivinhar com todas as minhas forças, com todos os meus instintos, despertados em mim por um sentimento de autodefesa. Era como se alguém me informasse e prevenisse para o futuro. Algo parecia impelido de modo profético para o meu íntimo, e diariamente a esperança se fortalecia cada vez mais em minha alma, embora, ao mesmo tempo, fossem cada vez mais intensos os meus impulsos para aquele futuro, para aquela vida que dia a dia me impressionava em tudo o que eu lia, e impressionava-me com toda a intensidade própria da arte, com todas as seduções da poesia. Mas, conforme já contei, a minha imaginação sobrepujava demais a minha impaciência, e, para ser franca, eu era corajosa unicamente em sonhos, e na realidade, porém, intimidava-me instintivamente face ao futuro. E por isso, como se eu o tivesse combinado de antemão comigo mesma, decidi inconscientemente contentar-me por algum tempo com o mundo da fantasia, dos sonhos, em que só eu era soberana, e onde apenas existiam seduções e alegrias, e onde a própria infelicidade — embora fosse permitida a sua entrada — desempenhava um papel passivo, de transição, indispensável para os doces contrastes e para a súbita reviravolta do destino, no sentido do feliz desfecho dos meus romances mentais, repassados de entusiasmo. É assim que eu compreendo atualmente o meu estado de ânimo naquela época.

E semelhante vida, uma vida de fantasias, de um afastamento abrupto de tudo o que me rodeava, pôde durar três anos a fio!

Essa vida constituía o meu segredo, e, passados três anos, não sabia ainda se devia ou não temer a sua súbita divulgação. O que eu vivera naqueles três anos me era por demais próximo e querido. Em todas essas fantasias eu própria me refletia com demasiada intensidade, e a tal ponto que podia ficar perturbada e assustada com o olhar imprudente de alguém que tivesse espiado para o meu íntimo. Além disso, todos nós em casa vivíamos tão solitários, tão afastados da sociedade, numa quietude tão monástica, que, involuntariamente, devia desenvolver-se em cada um de nós a concentração em si mesmo, certa necessidade de autoenclausuramento. E foi isso o que se deu comigo. Naqueles três anos nada se transformara ao redor de mim, tudo permanecia como antes. Como outrora, prevalecia uma triste uniformidade, a qual — se eu não estivesse apaixonada pelo meu mistério, por minha atividade oculta — conforme penso agora, dilacerar-me-ia a alma e lançar-me-ia numa saída desconhecida, de rebeldia, para longe daquele círculo angustioso, de desânimo, uma saída talvez fatal. Madame Léotard envelhecera e vivia quase enclausurada em seu quarto; as crianças ainda eram demasiado pequenas; B. tinha um comportamento demasiado uniforme, e o marido de Aleksandra Mikháilovna apresentava-se invariavelmente com a mesma severidade e inacessibilidade, estava tão encerrado em si mesmo como antes. Entre ele e a mulher havia as mesmas relações misteriosas que me pareciam cada vez mais severas, implacáveis, e eu me assustava cada vez mais por Aleksandra Mikháilovna. A sua existência sem alegrias, incolor, ia-se apagando aos meus olhos. A saúde piorava-lhe quase diariamente. Certo desespero pareceu penetrar-lhe o íntimo; via-se que estava sob o jugo de algo desconhecido, indefinido, de que ela própria não conseguia dar-se conta, algo terrível e, ao mesmo tempo, incompreensível para ela mesma, e que no entanto aceitou como a cruz inevitável de sua vida condenada. Seu coração endurecia-se, por fim, nesse tormento abafado; mesmo a sua mente tomou uma outra direção, escura, triste. Impressionou-me sobremaneira a seguinte observação: parecia-me que ela, na medida em que eu me tornava mais adulta, ia se afastando mais de mim, de modo que a reserva que punha em seu trato comigo transformava-se até num sentimento de impaciência e despeito. Parecia mesmo haver momentos em que não me amava; era como se eu a atrapalhasse em algo. Já disse que havia começado a afastar-me dela intencionalmente e, tendo-me afastado uma vez, foi como se eu me tivesse contagiado com o que havia

Fiódor Dostoiévski

de misterioso no seu caráter. Por essa razão, tudo o que vi naqueles três anos, tudo o que se formou no meu íntimo — sonhos, conhecimentos, esperanças, apaixonados arroubos — tudo se conservou teimosamente em mim. Tendo-nos ocultado uma da outra, nunca mais nos aproximamos, embora, segundo me parece, eu a amasse cada vez mais. Não posso lembrar agora, sem chorar, a que ponto ela se afeiçoara a mim, a que ponto obrigara o próprio coração a prodigalizar-me todo o tesouro de amor nele encerrado, e cumprir até o fim a sua promessa de ser verdadeira mãe para mim. É verdade que a sua própria aflição a afastava, às vezes, por muito tempo de mim, e até parece que me esquecia, tanto mais que eu procurava também não lhe recordar a minha existência, de modo que os meus dezesseis anos chegaram como se ninguém tivesse notado isso. Mas, em seus momentos de consciência, lançando um olhar mais claro ao redor, Aleksandra Mikháilovna parecia começar de repente a inquietar-se por mim; chamava-me com impaciência para fora do meu quarto, fazia-me largar as lições e outras tarefas, cobria-me de perguntas, como se me experimentasse e sondasse, passando dias inteiros sem se separar de mim, adivinhava todos os meus impulsos, todos os desejos, preocupando-se evidentemente com a minha idade, com o instante que eu vivia, com o futuro, pronta a dar-me a sua ajuda, com um amor inesgotável, com uma espécie de veneração. Mas ela já se desacostumara muito de mim e, em consequência, agia às vezes com extrema ingenuidade, de modo que tudo isto me era demasiadamente claro e compreensível. Por exemplo — e o fato ocorreu quando eu tinha quinze anos — ela esquadrinhou os meus livros, interrogou-me sobre as minhas leituras e, verificando que eu ainda não saíra dos livros próprios para os doze anos, pareceu assustar-se de repente. Adivinhei do que se tratava e segui os seus movimentos com atenção. Durante duas semanas inteiras, como que me experimentou, para assegurar-se do grau de meu desenvolvimento e da minha capacidade mental. Finalmente, decidiu-se a orientar-me, e, sobre a nossa mesa, apareceu o *Ivanhoé* de Walter Scott, que eu já lera há muito, e pelo menos três vezes. A princípio, ficou acompanhando, numa espera tímida, as minhas impressões, como se as estivesse medindo e as temesse; mas não tardou a desaparecer aquela tensão entre nós, tão evidente para mim; ficamos ambas inflamadas, e me senti muito e muito contente, porque não precisava mais fingir perante ela! Terminada a leitura do romance, ela estava entusiasmada comigo. Era exata cada observação feita por mim durante a nossa leitura, e adequadas todas as minhas impressões. Aos seus olhos, eu já estava demasiadamente desenvolvida. Surpreendida com isso, e presa de entusiasmo por mim, começou novamente, com alegria, a acompanhar a minha educação; não queria mais separar-se de mim; no entanto, isso não dependia da sua vontade. Pouco depois, o destino tornou a separar-nos e prejudicou a nossa aproximação. Bastava uma crise de sua doença, um acesso de sua aflição de sempre, e lá vinham novamente o afastamento, os mistérios, as desconfianças, e talvez até a agressividade.

Mesmo naquelas ocasiões, porém, havia às vezes momentos que fugiam ao nosso controle. A leitura, algumas palavras de simpatia trocadas entre nós, a música, e nos esquecíamos de tudo, desabafávamos, por vezes até além da medida, para surgir logo, no entanto, um sentimento penoso. Após alguns momentos de reflexão, ficávamos olhando uma para a outra, como que assustadas, com uma curiosidade suspeita e com desconfiança. Cada uma de nós tinha o seu limite, até o qual podia ir a nossa aproximação; não ousávamos, porém, transpô-lo, mesmo que o quiséssemos.

Uma tarde, antes de anoitecer, eu estava lendo um livro, distraída, no escritório de Aleksandra Mikháilovna. Sentada ao piano, ela improvisava sobre um tema de música italiana, seu predileto. Quando passou, finalmente, à pura melodia da ária, eu, arrebatada pela música, que me penetrara no coração, comecei a cantarolar aquele motivo, timidamente, a meia-

-voz, para mim mesma. Pouco depois, de todo arrebatada, levantei-me e acerquei-me do piano; Aleksandra Mikháilovna, como se me tivesse compreendido, passou a tocar em acompanhamento e prestou atenção, amorosamente, a cada nota de minha voz. Parecia surpreendida com a riqueza desta. Até então, eu jamais cantara na sua presença, e nem mesmo sabia se tinha quaisquer possibilidades de cantar. Nessa ocasião, porém, ficamos ambas em êxtase. Eu erguia cada vez mais a voz; despertavam em mim uma energia e uma paixão, exaltadas ainda mais pela surpresa cheia de júbilo de Aleksandra Mikháilovna, e que eu adivinhava em cada acorde do seu acompanhamento. O canto terminou com tanto êxito, com tal arrebatamento, com tamanha intensidade, que ela me agarrou as mãos, entusiasmada, e olhou-me com alegria.

— Anieta! Tens uma voz maravilhosa — disse. — Meu Deus! Como foi que não o percebi antes!

— Eu mesma só reparei nisso agora — respondi, completamente transtornada de alegria.

— Que Deus te abençoe, minha querida, minha preciosa criatura. Agradece a Deus este dom. Quem sabe... Ah, meu Deus, meu Deus!

Ela estava tão comovida com aquele fato inesperado, num tal arroubo de alegria, que não sabia como falar comigo, de que modo me acarinhar. Era um daqueles momentos de fraqueza, de simpatia mútua, de aproximação, que há muito já não aconteciam conosco. Uma hora depois, uma festa parecia ter começado naquela casa. Imediatamente, mandou-se chamar B. Esperando-o, abrimos ao acaso outro caderno de música que me era mais conhecida, e iniciamos outra ária. Desta vez eu tremia, hesitante. Não queria anular, com um insucesso, a primeira impressão. Mas, pouco depois, a minha própria voz animou-me e deu-me apoio. Eu mesma me surpreendia, cada vez mais, com a sua força, e, nesta minha segunda experiência, ficou dissipada qualquer dúvida. No acesso de sua inquieta alegria, Aleksandra Mikháilovna mandou chamar as crianças, e até a babá de seus filhos, e, por fim, completamente arrebatada, procurou o marido, fê-lo sair do escritório, o que, em outra ocasião, nem sequer ousaria imaginar. Piotr Aleksândrovitch ouviu, benevolente, a notícia, felicitou-me e foi o primeiro a declarar que era preciso educar a minha voz. Feliz de gratidão, como se tivesse sido feito em seu benefício sabe Deus o quê, Aleksandra Mikháilovna pôs-se a beijar-lhe as mãos. Finalmente, apareceu B. O velho ficara contente. Tinha por mim grande afeição, recordou então o meu pai, o passado, e, depois que eu cantei para ele duas ou três vezes, declarou com um ar sério, preocupado e, mesmo, com certo mistério, que havia em mim possibilidades indiscutíveis, talvez mesmo talento, e que não podiam deixar de me ensinar música. No mesmo instante, porém, como se tanto ele como Aleksandra Mikháilovna estivessem arrependidos, resolveram que era perigoso elogiar-me em demasia desde o início, e eu percebi como piscaram um para o outro, combinando aquilo às escondidas, de modo que toda a sua conspiração contra mim saiu muito ingênua e desajeitada. Ri no íntimo, durante todas aquelas horas, vendo como, após nova canção, eles procuraram conter-se e, mesmo, observar intencionalmente, em voz alta, os meus defeitos. Mas não foi por muito tempo que eles se mantiveram nessa atitude forçada, e B. foi o primeiro a trair-se, novamente comovido de alegria. Nunca pensei que me amasse tanto. Houve, naquelas horas, a conversa mais amiga e afetuosa. B. contou a história de alguns cantores e atores famosos, e falava com o entusiasmo de um artista, com emoção e respeito. Em seguida, após uma referência a meu pai, a conversa passou a tratar de mim, da minha infância, de toda a família do príncipe, sobre a qual eu ouvira tão pouco desde a nossa separação. Mas a própria Aleksandra Mikháilovna também sabia pouco a respeito disso. Quem mais sabia era B., pois viajava de vez em quando para Moscou. Mas, nesse ponto, a conversa tomou um sentido misterioso, enigmático para mim, e dois ou três fatos, referentes sobretudo ao príncipe, pareciam-me completamente incompreensíveis. Aleksandra Mikháilovna aludiu a Kátia, mas B. não pôde dizer nada de especial a respeito dela, e pareceu também ter a intenção de manter silêncio sobre o assunto. Isto me surpreendeu. Eu não esquecera Kátia, nem se calara em mim o meu amor por ela; ao contrário, não pensara uma vez sequer que pudesse ter ocorrido com ela qualquer espécie de transformação. Até então, tudo escapara às minhas cogitações — a nossa separação, todos aqueles longos anos que passamos afastadas uma da outra sem nos escrevermos, bem como as diferenças de educação e de gênio. Além disso, em pensamento, Kátia nunca me abandonava: era como se continuasse a viver comigo; sobretudo em todos os meus sonhos, em todos os meus romances e aventuras fantásticas, andávamos sempre de mãos dadas. Identificando-me sempre com a heroína do romance lido, eu imediatamente colocava a meu lado a pequena princesa, minha amiga, e separava o romance em duas partes, uma das quais, naturalmente, criada por mim, embora eu plagiasse implacavelmente os meus autores prediletos. Finalmente, o nosso conselho de família decidiu contratar para mim um professor de canto. B. recomendou o melhor e mais famoso. No dia seguinte mesmo, veio à nossa casa o italiano D., que me ouviu, confirmou a opinião de B., de quem era amigo, mas disse imediatamente que seria muito mais proveitoso para mim ir ter aulas em casa dele, com outras alunas suas, pois, nesse caso, o desenvolvimento da minha voz seria favorecido pela competição, pela assimilação das demais alunas e pela riqueza de meios que eu teria à mão. Aleksandra Mikháilovna concordou; e, a partir de então, eu saía para o conservatório três vezes por semana, às oito da manhã, em companhia de uma criada.

Vou contar agora uma aventura estranha, que teve sobre mim uma influência demasiado intensa e que deu início, com uma brusca reviravolta, à minha nova existência. Acabara eu de completar dezesseis anos e, ao mesmo tempo, certa apatia incompreensível surgiu, de repente, em meu íntimo; fui invadida por uma calmaria intolerável, angustiosa, incompreensível. Calaram-se de súbito todos os meus devaneios, todos os meus arroubos, e a própria capacidade de sonhar desapareceu, como se me dominasse uma espécie de debilidade. Uma fria indiferença substituiu o ardor íntimo e inexperiente. Até os meus dons artísticos, que despertaram tamanho entusiasmo em todos aqueles que eu amava, perderam a minha simpatia e eu os desprezei com insensibilidade. Nada me divertia, e até por Aleksandra Mikháilovna eu já sentia certa indiferença fria, de que eu própria me acusava, pois não podia deixar de ter consciência dela. A minha apatia era interrompida por uma tristeza sem motivo e por súbitas lágrimas. Buscava a solidão. Naquele momento singular, um caso estranho abalou até os alicerces todo o meu íntimo e transformou aquela calmaria numa verdadeira tempestade. Meu coração ficou ulcerado... Eis como isso aconteceu.

SETE

Entrei na biblioteca (esse momento ficará para sempre na minha memória) e apanhei o romance de Walter Scott *Águas de Saint-Ronan*, o único ainda não lido. Lembro-me de que uma angústia penetrante, sem objeto, torturava-me como um pressentimento. Tinha vontade de chorar. O quarto estava iluminado com intensidade pelos derradeiros raios oblíquos do poente, que penetravam densos pelas janelas altas, caindo sobre o parquete luzidio; tudo estava quieto; em volta, nos quartos vizinhos, também não havia vivalma. Piotr Aleksândrovitch não estava em casa, e Aleksandra Mikháilovna, doente, permanecia acamada. Eu chorava de verdade e, tendo aberto a segunda parte do romance, folheei-a ao acaso, procurando adivinhar algum sentido nas frases soltas, que lia de quando em quando. Era como se quisesse adivinhar o futuro, abrindo o livro ao acaso. Há momentos em que todas as forças da mente e da alma, numa tensão doentia, como que se inflamam com a chama brilhante da consciência, e então algo profético surge em sonho à alma abalada, que parece enlanguescida com o pressentimento do futuro, experimentando-o antecipadamente. E há uma grande vontade de viver, todo o nosso ser pede para viver, e, inflamado com a esperança mais ardente, mais cega, o nosso coração parece desafiar o futuro, com todo o seu mistério, com todo o desconhecido, ainda que em tempestades e tormentas, contanto que isso seja vida. O meu momento foi exatamente dessa natureza.

Lembro-me de que fechei o livro, para abri-lo depois ao acaso, procurando adivinhar o meu futuro, ler a página em que a sorte recaíra. Mas, ao abri-lo, vi uma folha escrita de papel de carta, dobrada em quatro e tão achatada e comprimida como se tivesse sido colocada naquele livro alguns anos antes, e esquecida ali. Comecei a examinar, com extrema curiosidade, o meu achado. Era uma carta sem endereço, assinada com as iniciais S. O. A minha atenção redobrou; desdobrei o papel, que ficara quase colado e, devido à prolongada permanência entre aquelas páginas, deixara nelas, em toda a extensão, certa mancha clara. As dobras da carta estavam completamente gastas; via-se que, outrora, alguém a relia com frequência e guardava-a como uma preciosidade. A tinta desbotara, passando a azul — decorrera tempo demasiado desde que fora escrita! Algumas palavras apareceram-me por acaso ante os olhos, e meu coração pôs-se a bater de expectativa. Perturbada, fiquei revirando nas mãos a carta, como se retardasse intencionalmente o momento da leitura. Aproximei-a casualmente da luz: sim! havia gotas de lágrimas secas sobre aquelas linhas; as manchas conservaram-se sobre o papel; em alguns lugares, letras inteiras foram lavadas pelas lágrimas. De quem seriam? Finalmente, petrificada pela espera, li metade da primeira página, e um grito de surpresa escapou-me do peito. Tranquei o armário, coloquei o livro no lugar e, escondendo a carta sob o lenço da cabeça, corri para o meu quarto, passei a chave na porta e comecei a reler tudo, desde o início. Mas o meu coração batucava tanto que as palavras e as letras saltavam ante os meus olhos. Por muito tempo, não compreendi nada. Na carta, havia uma revelação, o começo de um mistério; ela atingiu-me como um raio, pois adivinhei a quem se dirigia aquela carta. Sabia que, lendo-a, estava cometendo quase um crime; mas aquele momento era mais forte que eu! A carta era dirigida a Aleksandra Mikháilovna.

Vou transcrevê-la. Compreendi vagamente o conteúdo, e, depois, por muito tempo, não me abandonaram as tentativas de explicação e pensamentos penosos. A partir de então, a minha vida pareceu esfacelada. O meu coração ficou abalado e indignado, quase para sempre, pois aquela carta trouxe muitas consequências. Eu adivinhei com segurança o futuro.

Era uma carta de despedida, terrível, derradeira; depois que a li, senti um aperto doloroso no coração, como se eu própria tivesse perdido para sempre tudo, mesmo sonhos e esperanças, como se nada me restasse, além de uma vida desnecessária. Quem era, porém, aquele que escrevera a carta? Qual teria sido, depois, a vida dela? Havia tantas alusões, tantos dados, que era impossível alguém enganar-se, mas a par de tantos enigmas, que era igualmente impossível a gente não se perder em conjeturas. Todavia, eu quase não me enganara; ademais, o próprio estilo da carta, sugerindo muita coisa, fazia compreender todo o caráter daquela ligação, que deixara esmagados dois corações. Apareciam com evidência as ideias e sentimentos de quem escrevia. Eram demasiado peculiares e, como já disse, conjeturando-se sobre eles, davam margem a demasiadas suposições. Mas eis a carta, que eu copio literalmente:

"Não me esquecerás, disseste; eu creio em ti, e eis que, a partir de hoje, toda a minha vida estará nessas tuas palavras. Temos que nos separar, soou a nossa hora! Eu já o sabia há muito, minha doce, minha triste beldade, mas foi somente agora que o compreendi. Durante todo esse tempo que foi nosso, desde que começaste a me amar, meu coração viveu confrangido pelo nosso amor e — acreditas? — sinto-me agora aliviado! Eu sabia, há muito, que isso teria semelhante fim, e assim estava determinado desde o começo! É o destino! Ouve-me, Aleksandra: nós não éramos *iguais*; e eu sempre, *sempre*, senti isto. Era indigno de ti, e eu, somente eu, devia suportar o castigo da minha felicidade! Diga-me: o que era eu, comparado a ti, antes da época em que me conheceste? Meu Deus! Já se passaram dois anos, e, até agora, parece que estou fora de mim; ainda não consigo compreender como pudeste amar-*me*! Não compreendo como as coisas se acomodaram assim entre nós, e como teve início o nosso amor. Estás lembrada do que eu era em comparação contigo? Era acaso digno de ti, ganhei-te com o quê, em que me destacava particularmente?! Antes que aparecesses, eu era simples e rude, e o meu aspecto, triste e sombrio. Não desejava outra existência, não pensava nela, não a invocava e nem queria fazê-lo. Tudo em mim estava de certo modo comprimido, e eu não conhecia nada mais importante no mundo do que o meu trabalho cotidiano e urgente. Tinha uma única preocupação: o dia de amanhã; e, mesmo em relação a esse amanhã, eu era indiferente. Outrora, e isso foi há muito, sonhei algo e fiquei imerso em devaneios, como um estúpido. Mas, desde então, decorreu muito, muito tempo, e eu comecei a viver solitário, severa e tranquilamente, não percebendo sequer o frio que me congelava o coração. E ele adormeceu. Eu sabia e decidira que, para mim, jamais se ergueria outro sol, acreditava nisso, e não me queixava de nada, porque sabia que *assim devia ser*. Quando passavas por mim, eu, realmente, não compreendia que podia ousar erguer os olhos para ti. Era como um escravo. Meu coração não estremecia ao teu lado, não se confrangia, não me profetizava nada a teu respeito: ele estava tranquilo. Minha alma não reconhecia a tua, embora se iluminasse junto à sua bela irmã. Sei disso; sentia-o de modo abafado. Podia senti-lo, pois mesmo a menor haste de erva é inundada pela luz de Deus, que a aquece e acarinha, tal como à flor magnífica, ao lado da qual ela permanece, humildemente, transida de frio. Mas quando eu soube de tudo — deves estar lembrada, foi depois daquela noite, daquelas palavras, que me abalaram a alma, até os alicerces — fiquei como cego, transtornado, turvou-se tudo em mim e — sabes? — foi tamanha a surpresa, a tal ponto não acreditei em mim, que não te compreendi! Nunca te falei sobre isso. Não sabias de nada; anteriormente, eu não era tal como me conheceste. Se eu pudesse, se ousasse falar, há muito te haveria confessado tudo. Mas eu me calava, e agora vou dizer tudo, para que saibas a quem estás abandonando, de que tipo de pessoa te separas! Sabes como te compreendi a princípio? A paixão envolveu-me como uma chama, instilou-se qual peçonha em meu sangue; ela perturbou todas as minhas ideias e sentimentos, eu estava ébrio, numa espécie de alheamento, e respondia ao teu amor puro, *compassivo*, não de igual para igual, não como alguém digno do teu amor puro, mas sem consciência, sem coração. Não te reconheci. Respondia-te como àquela que, aos meus olhos, *se esquecia de si mesma, descendo até mim*; não àquela que me queria elevar até si. Sabes do que te suspeitava, o que significava este: *esquecia-se, descendo até mim*? Mas não, eu não te ofenderei com a minha confissão; vou dizer-te apenas: tu te enganaste amargamente a meu respeito! Jamais, jamais eu poderia elevar-me até onde estavas. Podia apenas contemplar-te, de modo inacessível, em meu amor ilimitado, quando te compreendi, mas, com isso, não anulei a minha culpa. A minha paixão, que tu elevaste, não era amor — o amor eu o temia; não ousava amar-te; no amor há reciprocidade, igualdade, e eu era indigno delas... Nem sei o que sucedeu comigo! Oh, como contar-te isso, como tornar-me compreensível?!... A princípio, não acreditei... Oh, estás lembrada?! Quando sossegou a minha primeira perturbação, e o meu olhar se iluminou, quando me ficou apenas um único sentimento, o mais puro, o mais isento de vício, então, o meu primeiro movimento foi de surpresa, perturbação, medo e — lembras-te? — atirei-me, de repente, chorando, a teus pés? Recordas-te de como, perturbada, assustada, com lágrimas, me perguntaste o que eu tinha? Calei-me, não podia responder-te; mas eu estava com a alma dilacerada, a felicidade comprimia-me como uma carga insuportável, e os meus soluços falavam em mim: "Por que recebi isso? Por que foi que o mereci? Por que merecia eu essa ventura? Irmã, minha irmã! Oh, quantas vezes — não o sabias — quantas vezes beijei o teu vestido, às ocultas, por saber que era indigno de ti! Eu perdia então o alento, e o coração batia-me devagar e intensamente, como se quisesse deter-se e petrificar-se para sempre. Quando eu te segurava a mão, ficava todo trêmulo e pálido; perturbavas-me com a pureza da tua alma. Oh, não sei expressar-te tudo o que se acumulou em meu íntimo, e que tem uma vontade tão intensa de se expressar. Sabes acaso que, em certos momentos, era-me penosa, torturante, a tua constante e compassiva ternura? Quando me beijaste (isso aconteceu uma vez, e nunca hei de esquecê-lo), um nevoeiro parou-me nos olhos e todo o meu fôlego se esvaiu num instante. Por que não morri a teus pés, naquele momento? E eis que te escrevo tratando-te por *tu*, pela primeira vez, embora me tivesses ordenado isso há muito. Compreenderás o que eu quero dizer? Quero dizer-te *tudo*, e direi o seguinte: sim, tu me amas muito, amaste-me como uma irmã ama o irmão; amaste-me como tua obra, porque ressuscitaste o meu coração, porque despertaste a minha razão do seu torpor e introduziste-me no peito uma doce esperança; mas eu não podia, não ousava; nunca, até hoje, te chamei de minha irmã, pois não podia ser teu irmão, não éramos iguais e tu te enganaste a meu respeito!

Como vês, não cesso de escrever sobre mim; mesmo agora, neste momento de terrível provação, é apenas em mim próprio que penso, embora conheça a tua tortura. Oh, não te tortures por mim, minha querida amiga! Sabes como estou diminuído agora aos meus próprios olhos?! Descobriu-se tudo isso, houve tanto barulho! Vão repelir-te por minha causa, cobrir-te de desprezo, de escárnio, porque eu valho tão pouco aos olhos deles! Oh, como sou culpado de ter sido indigno de ti! Se eu tivesse alguma importância, uma parcela de valor na opinião deles, se lhes inspirasse mais respeito, eles te perdoariam! Mas eu sou ignóbil, insignificante, ridículo, e não pode haver nada pior que o ridículo. E, afinal, *quem* está gritando? E foi porque *esses* já começaram a gritar que eu perdi o ânimo; sempre fui fraco. Sabes em que situação me encontro agora: eu mesmo estou rindo de mim, e tenho a impressão de que dizem a verdade, porque, aos meus próprios olhos, sou também ridículo e odioso. Sinto isso; odeio o meu próprio rosto, a minha figura, todos os meus hábitos, todas as minhas maneiras ignóbeis; sempre os odiei! Oh, perdoa-me este meu rude desespero! Tu mesma me ensinaste a tudo dizer-te. Eu te aniquilei, fiz convergir sobre ti o ódio e o escárnio, porque era indigno de ti.

E este pensamento, justamente, é que me tortura; fica batendo sem cessar dentro da minha cabeça, dilacera e ulcera-me o coração. E sempre me parece que não amaste senão aquele homem que pensavas ver em mim, que te enganaste a meu respeito. Eis o que me magoa, eis o que me tortura neste momento, e há de me torturar até a morte, se é que não perderei o juízo!

Mas adeus, adeus! Agora, depois que se descobriu tudo, depois que ressoaram os gritos deles, os comentários (e eu os ouvi!), depois que me diminuí e rebaixei aos meus próprios olhos, sentindo vergonha por mim, e mesmo por ti, por tua escolha, depois que me amaldiçoei, preciso correr, desaparecer, para que tenhas tranquilidade. Assim me foi exigido, e nunca, nunca mais hás de me ver! Assim é preciso, está fadado! Recebi demais; o destino enganou-se; agora, ele está corrigindo o erro e tira-me tudo. Conhecemo-nos e agora nos separamos, até outro encontro! Onde será? Quando? Oh, diga-me, querida minha, onde nos encontraremos, onde poderei encontrar-te, como reconhecer-te, e se também me reconhecerás então! Toda a minha alma está repleta de ti. Oh, por quê, por que isso nos coube? Por que nos separamos? Ensina-me — pois não compreendo isso, não o compreenderei de modo algum — ensina-me a romper a vida em duas metades, a arrancar do peito o coração e viver sem ele! Oh, quando me lembro de que nunca mais vou te ver, nunca, nunca mais!...

Meu Deus, a grita que eles ergueram! Como eu temo agora por ti! Acabo de encontrar o teu marido: somos ambos indignos dele, apesar de estarmos sem pecado. Ele sabe tudo e nos vê; compreende tudo, e antes, também, tudo lhe aparecia claro como o dia. Ele defendeu-te heroicamente; há de salvar-te; vai defender-te desses comentários e gritos; não têm limites o seu amor e respeito por ti; é o teu salvador, enquanto eu estou fugindo!... Lancei-me em direção a ele, quis beijar-lhe a mão!... Disse-me que partisse imediatamente. Está resolvido! Conta-se que, por tua causa, brigou com todos eles; lá, todos estão contra ti! Censuram-lhe a indulgência e a franqueza. Meu Deus, o que não dirão de ti?! Eles não sabem, *não podem, não têm capacidade de compreender*! Perdoa, perdoa-lhes, minha pobre querida, como eu lhes perdoo; e eles me despojaram mais do que a ti!

Estou fora de mim, não sei mais o que te escrevo. De que te falei ontem, por ocasião da despedida? Na realidade, já esqueci tudo. Estava fora de mim, tu choravas... Perdoa-me essas lágrimas! Sou tão fraco, tão covarde!

Queria dizer-te algo mais... Oh, se eu pudesse cobrir uma vez mais as tuas mãos de lágrimas, como agora cubro de lágrimas a minha carta! Estar mais uma vez a teus pés! Se *eles* ao menos soubessem como era belo o teu sentimento! Mas são cegos; têm coração orgulhoso, altivo; não o veem e não o verão jamais, porque lhes falta *aquilo com que* se vê! Não acreditariam que és inocente, mesmo segundo os seus critérios, ainda que tudo sobre a terra lhes jurasse isso. Como podem compreendê-lo?! Mas, como hão de erguer contra ti uma pedra? Que mão será a primeira? Oh, eles não se perturbarão, hão de erguer milhares de pedras! Ousarão erguê-las, pois sabem fazê-lo. Levantarão tudo de uma vez e dirão que estão sem pecado, mas farão realmente recaí-lo sobre si! Oh, se soubessem o que fazem! Se, ao menos, fosse possível contar-lhes tudo, sem ocultar nada, para que vissem, ouvissem, compreendessem e se convencessem! Mas não, eles não são assim maus... Estou em desespero e talvez os calunie!

Talvez eu te esteja assustando com o meu medo! Não temas, não os temas, querida minha! Hão de compreender-te; afinal, já houve um que te compreendeu — o teu marido. Não desesperes, pois!

Adeus, adeus! *Não te agradeço!* Adeus para sempre!

S. O."

Tamanha foi a minha perturbação que, durante muito tempo, não pude compreender o que me sucedera. Estava abalada, assustada. A realidade sacudira-me de chofre, em meio à vida suave de devaneios, que levava havia três anos. Assustada, sentia que tinha nas mãos um grande segredo, e que este me tolhia toda a existência... De que modo? Eu mesma ainda não o sabia. Percebia que a partir daquele instante começava para mim um novo futuro. Desde então tornara-me, sem querer, participante demasiado próxima na vida e nas relações daquelas pessoas que, até então, constituíam todo o mundo que me rodeava, e tomei-me de medo. Por que hei de penetrar na vida deles, eu, que não fui chamada a isso, eu, que lhes sou estranha? Que lhes poderei oferecer? De que modo se desatarão esses liames, que tão repentinamente me ligaram a um segredo alheio? Como sabê-lo? Talvez o meu novo papel seja tão torturante para mim como para eles. Mas eu não podia calar-me, deixar de aceitar esse papel e dar por findo, irrevogavelmente, aquilo que eu conhecera em meu coração. Mas o que será de mim, de que modo há de se processar tudo? O que vou fazer? E o que foi, afinal, que eu soube? Milhares de interrogações, ainda confusas, erguiam-se diante de mim e comprimiam-me de modo intolerável o coração. Estava como alguém desorientado.

Depois, lembro-me, vinham outros momentos, em que havia impressões estranhas, ainda não experimentadas por mim. Sentia como se algo se tivesse dissolvido em meu peito, como se uma angústia antiga, num átimo, tivesse largado o meu coração e algo novo começasse a enchê-lo, algo de que eu ainda não sabia se devia entristecer-me ou alegrar-me. Aquele instante meu parecia-se com o de uma pessoa que deixa para sempre a sua casa, uma existência até então tranquila, sem sobressaltos, em troca de um caminho longo, desconhecido, e, pela última vez, olha ao redor de si, despedindo-se em pensamento do seu passado, e, ao mesmo tempo, sente uma amargura no coração, devido a um angustiado pressentimento de todo o futuro ainda desconhecido, talvez severo, hostil, que a espera naquela nova estrada. Finalmente, soluços convulsivos irromperam-me do peito e fizeram-me desabafar o coração numa crise doentia. Eu tinha necessidade de ver, de ouvir alguém, de abraçá-lo com muita, muita força. Não podia, não queria ficar sozinha; lancei-me na direção de Aleksandra Mikháilovna e fiquei com ela até a hora de dormir. Estávamos a sós. Pedi-lhe que não tocasse piano e recusei-me a cantar, apesar dos seus rogos. Tudo se tornou, de repente, penoso para mim, e não conseguia deter-me em nada. Parece que ambas choramos. Lembro-me apenas de que a deixei completamente assustada. Ela procurou convencer-me que devia acalmar-me, não me agitar. Prestou atenção em mim, assustada, assegurando-me que eu estava doente, que não me cuidava. Por fim, deixei-a, inteiramente torturada; achava-me numa espécie de delírio e deitei-me febril.

Passaram-se alguns dias, até que pude voltar a mim e examinar mais claramente a minha situação. Naquele tempo, vivíamos ambas em completa solidão. Piotr Aleksândrovitch viajara. Fora tratar de certos negócios em Moscou e passou lá três semanas. Apesar do curto período de separação, Aleksandra Mikháilovna caíra num estado de angústia terrível. Às vezes, ficava mais tranquila, mas isolava-se no quarto, e a minha companhia era-lhe igualmente penosa. Além disso, eu também buscava a solidão. Minha mente trabalhava numa tensão doentia; eu vivia numa espécie de embriaguez. Às vezes, durante longas horas, ficava imersa em pensamentos que me torturavam sem cessar; sonhava então que era como se alguém risse de mim baixinho, como se em mim se tivesse introduzido algo que me perturbava e envenenava cada um dos meus pensamentos. Não podia separar-me das imagens torturantes que apareciam diante de mim a cada instante e não me davam sossego. Imaginava um sofrimento prolongado, sem solução, um martírio, um sacrifício, feito de modo submisso, resignado e inútil. Tinha a impressão de que aquele por quem se realizara tal sacrifício desprezava-a e zombava dela. Parecia-me ver um criminoso que perdoava pecados a um justo, e meu coração ficava despedaçado! Ao mesmo tempo, queria, com todas as forças, livrar-me da minha desconfiança; amaldiçoava-o e odiava-me, porque todas as minhas convicções não eram, na realidade, convicções, mas apenas pressentimentos, porque eu não podia aprovar as minhas impressões perante mim mesma.

Fiquei examinando depois, mentalmente, aquelas frases, aqueles gritos derradeiros, da terrível despedida. Imaginava aquele homem, *que não era seu igual*; procurei adivinhar todo o sentido torturante da expressão "não ser igual". Abalava-me de modo angustioso aquela despedida desesperada: "Sou ridículo, e eu próprio me envergonho da tua escolha". O que era aquilo? Que gente era aquela? Com o que se angustiavam, o que os torturava, o que haviam perdido? Depois de me dominar, fiquei relendo novamente, com esforço, aquela carta, em que havia tanto desespero torturante, mas cujo sentido me era tão estranho, tão insolúvel. A carta caía-me, porém, das mãos, enquanto o meu coração ficava cada vez mais oprimido por um certo alvoroço e perturbação... Afinal, tudo isso devia resolver-se de algum modo, mas eu não via uma saída, ou temia-a!

Estava quase doente, quando, um dia, ressoou no pátio de nossa casa a carruagem de Piotr Aleksândrovitch, que voltava de Moscou. Aleksandra Mikháilovna soltou um grito de alegria e lançou-se ao encontro do marido, mas eu me detive, como que acorrentada. Lembro-me de que eu própria estava surpreendida, a ponto de sentir-me assustada, com a minha súbita perturbação. Não me contive e corri para o meu quarto. Não compreendia o que me assustara assim, de chofre, mas temia este susto. Um quarto de hora depois, chamaram-me e entregaram-me uma carta do príncipe. Na sala de visitas, encontrei um desconhecido, que viera com Piotr Aleksândrovitch de Moscou, e por algumas palavras, que me foi dado perceber, fiquei sabendo que ele pretendia morar conosco muito tempo. Era um procurador do príncipe; viera a Petersburgo tratar de certos negócios importantes da família deste e que há muito estavam sob os cuidados de Piotr Aleksândrovitch. Entregou-me a carta do príncipe e acrescentou que a pequena princesa também queria escrever-me, e até o último instante afirmava que ia escrever aquela carta sem falta, mas depois deixou-o partir, de mãos abanando, pedindo transmitir-me que não tinha absolutamente nada para me escrever, que não se consegue escrever nada numa carta, que ela estragara cinco folhas inteiras e depois rasgara tudo em pedacinhos, e que, enfim, para manter correspondência, era preciso travar relações novamente. Em seguida, encarregou-o de assegurar-me que nos veríamos em breve. Aquele senhor desconhecido respondeu, às minhas perguntas impacientes, que a notícia sobre um encontro em breve era efetivamente certa, e que toda a família se preparava para vir muito em breve a Petersburgo. Com esta notícia, fiquei sem saber o que fazer, tal era a minha alegria, fui depressa para o meu quarto, tranquei-me nele e, coberta de lágrimas, abri a carta do príncipe. Este prometia-me para breve um encontro com ele e com Kátia, e, profundamente comovido, felicitava-me pelo meu talento; por fim, abençoava-me para o futuro e prometia acomodá-lo. Chorei, lendo aquela carta; mas as doces lágrimas eram acrescidas de uma tristeza tão insuportável que, lembro-me, fiquei assustada por mim; eu mesma não sabia o que estava acontecendo comigo.

Passaram-se alguns dias. No quarto ao lado do meu, e onde trabalhava o secretário de Piotr Aleksândrovitch, trabalhava agora o recém-chegado, todas as manhãs, e, muitas vezes, até depois da meia-noite. Frequentemente, ele trancava-se com Piotr Aleksândrovitch, no escritório deste, e ficavam ambos trabalhando. Uma vez, depois do jantar, Aleksandra Mikháilovna pediu-me que fosse perguntar ao marido, em seu escritório, se iria tomar chá conosco. Não encontrando ninguém no escritório, e supondo que Piotr Aleksândrovitch entraria pouco depois, detive-me à espera. Havia um retrato seu na parede. Lembro que, de súbito, estremeci, vendo aquele retrato, e comecei a examiná-lo detidamente, presa de uma perturbação incompreensível para mim mesma. Ele ficava a uma altura considerável; além disso, estava bastante escuro, e, procurando examiná-lo melhor, encostei à parede uma cadeira, e fiquei sobre ela de pé. Queria encontrar algo, como se esperasse achar a solução das minhas dúvidas, e, lembro-me, o que mais me impressionou no retrato foram os olhos. Impressionou-me, naquele instante, o fato de eu não ter visto quase nunca os olhos daquele homem: ele ocultava-os sempre por trás dos óculos.

Já desde criança eu não gostava do olhar dele, em consequência de uma prevenção incompreensível e estranha; todavia, tal prevenção parecia encontrar a sua justificativa naquele instante. A minha imaginação tomava um rumo determinado. De repente, pareceu-me que os olhos do retrato se desviavam, confusos, a fim de fugir do meu olhar penetrante e inquiridor, que se esforçavam por evitá-lo, que havia mentira naqueles olhos; senti que tinha adivinhado com exatidão, e não compreendo a alegria secreta que, de repente, ressoou em resposta à minha intuição. Um grito ligeiro escapou-me do peito. Naquele momento, ouvi um ruído abafado atrás de mim. Lancei um olhar ao redor: Piotr Aleksândrovitch estava diante de mim e olhava-me atento. Tive a impressão de que ele enrubescera de repente. Fiquei abrasada e desci da cadeira num salto.

— O que está fazendo aqui? — perguntou com voz severa. — Por que está aqui?

Não sabia o que responder. Voltando um pouco a mim, transmiti como pude o recado de sua esposa. Não me lembro o que ele respondeu, não me lembro também de como saí do escritório; mas, em presença de Aleksandra Mikháilovna, esqueci completamente a resposta que ela esperava, e disse-lhe ao acaso que o marido viria.

— Mas o que tens, Niétotchka? — perguntou ela. — Estás completamente vermelha; olha-te num espelho. O que há contigo?

— Não sei... vim muito depressa... — respondi.

— O que foi que Piotr Aleksândrovitch te disse? — interrompeu-me ela, perturbada.

Não respondi. Naquele instante, ouviram-se os passos de Piotr Aleksândrovitch e, no mesmo instante, saí da sala.

Fiquei esperando duas horas a fio, profundamente angustiada. Foram chamar-me para junto de Aleksandra Mikháilovna. Esta permanecia silenciosa e preocupada. Quando entrei, lançou-me um olhar rápido e interrogador, e baixou os olhos. Tive a impressão de que se refletia em seu rosto uma espécie de perturbação. Pouco depois, notei que ela estava mal-humorada, falava pouco, evitava olhar-me frente a frente, e, em resposta às perguntas preocupadas de B., queixava-se de dor de cabeça. Piotr Aleksândrovitch parecia mais loquaz que de costume, mas conversava unicamente com B.

Aleksandra Mikháilovna aproximou-se, distraída, do piano.

— Cante-nos alguma coisa — disse B., dirigindo-se a mim.

— Sim, Anieta, canta a tua nova ária — disse Aleksandra Mikháilovna, como se estivesse contente com aquele pretexto.

Lancei-lhe um olhar; ela me olhava, numa expectativa inquieta.

Mas eu não conseguia dominar-me. Em lugar de aproximar-me do piano e cantar de qualquer modo, fiquei perturbada, confusa, não sabendo como evitar aquilo; finalmente, invadiu-me o despeito, e eu me recusei decididamente a cantar.

— Mas por que não queres? — disse Aleksandra Mikháilovna, olhando-me de modo significativo e, ao mesmo tempo, de passagem, para o marido.

Esses dois olhares fizeram-me perder a paciência. Levantei-me da mesa, profundamente exaltada, todavia sem ocultar isso já. Toda eu tremia, com impaciência e amargura, e repeti com ardor que não queria e não podia, que estava doente. Dizendo-o, olhava a todos nos olhos, mas Deus sabe como eu gostaria, naquele momento, de estar no meu quarto, escondida.

B. estava surpreendido, e Aleksandra Mikháilovna, visivelmente angustiada, não dizia palavra. Mas Piotr Aleksândrovitch ergueu-se de repente da cadeira e disse que havia esquecido um negócio de que precisava tratar, e, evidentemente aborrecido por haver deixado passar um tempo tão precioso, saiu apressado da sala, informando que, possivelmente, chegaria mais tarde; em todo caso, apertou a mão de B., em sinal de despedida.

— Sim, estou muito indisposta — respondi com impaciência.

— Realmente, estás pálida, e, ainda há pouco, estavas tão vermelha — observou Aleksandra Mikháilovna e, de repente, deteve-se.

— Basta! — disse eu, indo até bem perto dela e olhando-a fixamente nos olhos. A coitada não suportou o meu olhar, baixou os olhos, como uma pessoa culpada, e um ligeiro rubor espraiou-se pelas faces pálidas. Tomei-lhe a mão e beijei-a. Aleksandra Mikháilovna olhou-me com uma alegria não fingida, ingênua.

— Desculpe-me por ter sido hoje uma criança tão perversa, tão má — disse-lhe eu comovida. — Mas, de fato, estou doente. Não fique zangada e deixe-me ir...

— Somos todos crianças — disse ela com um sorriso tímido — e eu também sou criança, pior, muito pior que tu — acrescentou-me ao ouvido: — Até logo, fica boa. Mas, pelo amor de Deus, não te zangues comigo.

— Por quê? — perguntei, profundamente surpreendida com uma confissão tão ingênua.

— Por quê? — repetiu ela, terrivelmente perturbada, parecendo até assustada consigo mesma. — Por quê? Veja como eu sou, Niétotchka! O que foi que eu te disse? Até logo! És mais inteligente que eu... E eu sou pior que uma criança.

— Bem, chega — respondi, profundamente comovida, não sabendo o que lhe dizer. Depois de beijá-la mais uma vez, saí apressadamente da sala.

Sentia uma tristeza e uma amargura terríveis. Além disso, estava irritada comigo mesma, percebendo que eu era imprudente e não sabia comportar-me. Envergonhava-me de algo, até às lágrimas, e adormeci presa de profunda angústia. Quando acordei, de manhã, o meu primeiro pensamento foi de que tudo o que sucedera na noite anterior fora apenas uma miragem, que nós simplesmente nos mistificamos, nos precipitamos, demos aspecto de verdadeira aventura a umas bobagens, e que tudo acontecera por inexperiência, pela nossa falta de hábito de receber impressões do exterior. Eu sentia que a culpa de tudo cabia àquela carta, que ela me perturbava demais, que eu estava com a imaginação em desordem, e então decidi que o melhor, dali por diante, era não pensar em nada. Tendo encontrado com tão extraordinária facilidade uma solução para toda a minha angústia, e plenamente convicta de que haveria de executar isso com a mesma facilidade com que o decidira, fiquei mais calma e fui à aula de canto, já completamente alegre. O ar matinal acabou por refrescar-me a cabeça. Eu gostava muito daquelas caminhadas matinais à casa do meu professor. Dava tanta alegria atravessar a cidade, que, antes da nove, já estava tomada de completa animação, e dava zelosamente início à sua existência cotidiana. Passávamos geralmente pelas ruas mais animadas, mais cheias de ocupação, e eu gostava muito daquele ambiente, no início da minha vida artística, daquele contraste entre as insignificâncias cotidianas, a preocupação miúda mas viva, e a arte que me aguardava a dois passos daquela vida, no terceiro andar de um edifício imenso, repleto de cima a baixo de inquilinos que, parecia-me, nada tinham a ver com nenhuma arte. Caminhava entre aqueles transeuntes atarefados, zangados, e levava um caderno debaixo do braço; a velha Natália, que me acompanhava e, a cada momento, sem sabê-lo, fazia surgir diante de mim o problema: em que pensa ela, principalmente? — depois, o meu professor, meio italiano, meio francês, um excêntrico, em certos momentos um entusiasta autêntico, com mais frequência um pedante e, sobretudo, um avarento — tudo isso me divertia, obrigava-me a rir ou ficar pensativa. Além disso, ainda que timidamente, amava a minha arte com uma esperança apaixonada, construía castelos no ar, moldava para mim mesma o futuro mais maravilhoso, e, não raro, voltando para casa, parecia inflamada com as minhas fantasias. Em suma, nessas horas, eu era quase feliz.

Achava-me exatamente num momento assim, também daquela vez, ao regressar, às dez horas, da aula para casa. Eu esquecera tudo e, lembro-me, perdera-me alegremente em devaneios. Mas, de repente, começando a subir a escada, estremeci, como se alguém me tivesse queimado. Ressoara em cima a voz de Piotr Aleksândrovitch, que estava descendo a escada. O sentimento desagradável, que se apoderou de mim, era tão grande, a lembrança da véspera impressionara-me de modo tão hostil, que eu não pude de modo algum ocultar a minha angústia. Inclinei-me ligeiramente na direção dele, mas, provavelmente, o meu rosto era tão expressivo naquele momento que ele se deteve diante de mim, surpreendido. Percebendo o seu movimento, corei e subi depressa a escada. Ele murmurou algo e prosseguiu em seu caminho.

Estava prestes a chorar de despeito e não podia compreender o que sucedia. Durante a manhã inteira, fiquei completamente fora de mim e não sabia que decisão tomar, para acabar e livrar-me de tudo aquilo o quanto antes. Mil vezes jurei a mim mesma tornar-me mais sensata e, mil vezes também, assaltou-me o medo. Percebia que odiava o marido de Aleksandra Mikháilovna e, ao mesmo tempo, sentia-me desesperada com isso. Dessa vez, em consequência da inquietação incessante, adoeci realmente, e já não podia de modo algum controlar-me. Estava despeitada contra todos; passei a manhã inteira sentada no meu quarto e nem fui falar com Aleksandra Mikháilovna. Ela mesma veio ver-me. Olhando-me, quase soltou um grito. Eu estava tão pálida que, vendo-me ao espelho, assustei-me também. Aleksandra Mikháilovna passou uma hora inteira sentada ao meu lado, cuidando de mim como se eu fosse uma criança.

Senti, porém, tamanha tristeza em consequência da atenção dela, os seus carinhos infundiram-me um sentimento tão penoso, era tão torturante olhar para ela, que eu lhe pedi, afinal, que me deixasse sozinha. Ela saiu do quarto muito inquieta com o meu estado. A minha angústia culminou em lágrimas e numa crise. Ao anoitecer, eu me senti aliviada...

Aliviada porque decidira procurá-la. Resolvi ajoelhar-me a seus pés, devolver-lhe a carta que ela perdera e confessar-lhe tudo: todos os sofrimentos que eu suportara, todas as minhas dúvidas, e, com todo o ilimitado amor que ardia por ela em mim, pela minha sofredora, abraçá-la, dizer-lhe que eu era sua filha e sua amiga, pedir-lhe que reparasse no coração, que eu lhe abria, e visse quanto sentimento, do mais ardente, do mais inabalável, ele continha, suscitado por ela. Meu Deus! Eu sabia, sentia ser a última pessoa diante de quem ela podia abrir o coração, mas, parecia-me, quanto mais certa era a salvação, tanto mais poderosa seria a minha palavra... Ainda que de modo obscuro, pouco nítido, eu compreendia a sua dor, e o coração fervia-me de indignação com o pensamento de que ela pudesse corar na minha presença, perante o meu julgamento... Minha pobre, minha pobre querida, és acaso a pecadora que julgas ser? Eis o que eu lhe diria, chorando a seus pés. O sentimento de justiça revoltou-se dentro de mim, e eu sentia-me arrebatada. Nem sei o que iria fazer; somente depois é que voltei a mim, quando um fato inesperado nos salvou a ambas do aniquilamento, detendo-me quase no meu primeiro passo. Invadiu-me o horror. O seu torturado coração podia, acaso, despertar para a esperança? Eu a teria morto com um só golpe!

Eis o que sucedeu: faltava-me apenas passar por dois quartos para chegar até o escritório de Aleksandra Mikháilovna, quando Piotr Aleksândrovitch entrou por uma porta lateral, passando por mim, sem me notar. Ia também falar com ela. Parei, petrificada; ele era a última pessoa que eu devia encontrar naquele momento. Quis sair dali, mas a curiosidade acorrentou-me.

Deteve-se por um instante frente ao espelho, ajeitou o cabelo, e, para minha grande surpresa, ouvi de repente que estava trauteando certa canção. No mesmo instante, uma lembrança obscura, distante, da minha infância, ressuscitou-me na memória. Para que se compreenda a minha estranha sensação naquele momento, vou relatar essa recordação. Ainda no primeiro ano de minha residência naquela casa, eu ficara profundamente impressionada com um fato, que somente naquele instante me iluminou a consciência, pois só então compreendi a origem da minha antipatia inexplicável por aquele homem! Já disse que, mesmo naquele tempo, eu sempre sentia algo penoso em sua presença. Já contei também que angustiosa impressão me dava o seu ar taciturno, preocupado, e a expressão do seu rosto, não raro triste, abatido; e falei do sentimento penoso que eu tinha, depois das horas que passávamos juntos, à mesinha de chá de Aleksandra Mikháilovna, e, finalmente, que angústia e tortura me oprimiam o coração, quando, umas duas ou três vezes, me fora dado ser quase testemunha ocular daquelas cenas sombrias a que já me referi. Acontecera então encontrar-me com ele, do mesmo modo, na mesma sala, à mesma hora, no momento em que se encaminhava, tal como eu, para ir ao encontro de Aleksandra Mikháilovna. Vendo-me a sós com ele, eu sentia uma timidez puramente infantil, e, por isso, encolhera-me num canto, como se fosse culpada, implorando ao destino que ele não me notasse. Exatamente como agora, ele detivera-se diante do espelho, e eu estremecera, com um sentimento indefinido, que nada tinha de infantil. A impressão que tive, então, foi a de que ele mudava de semblante. Pelo menos, eu via-lhe claramente o sorriso no rosto, antes que ele se aproximasse do espelho; um riso até, coisa que jamais lhe notara antes, pois (lembro-me de que isso me impressionou mais que tudo) ele nunca ria em presença de Aleksandra Mikháilovna. De súbito, mal olhou para o espelho, o seu rosto modificou-se completamente. O sorriso desapareceu, como se obedecesse a uma ordem, e, em lugar dele, apareceu uma expressão amarga, como se esta, até então, estivesse forçando a saída de dentro do seu coração, uma expressão que nenhuma força humana seria capaz de ocultar, apesar de todos os esforços que se fizessem por magnanimidade de caráter; aquela expressão entortou-lhe os lábios, uma dor convulsiva fez com que lhe surgissem rugas sobre a testa, contraindo-lhe as sobrancelhas. O seu olhar ocultou-se sombriamente sob os óculos; em suma, num átimo, como que obedecendo a uma ordem de comando, Piotr Aleksândrovitch tornou-se uma pessoa completamente diversa. Lembro-me de que, criança, comecei a tremer de medo, temendo compreender aquilo que estava vendo, e, desde então, uma impressão penosa, desagradável, encerrou-se em meu coração. Depois de se olhar por alguns instantes no espelho, deixou pender a cabeça, encurvou-se, assumiu um ar resignado — o mesmo com o qual costumava aparecer diante de Aleksandra Mikháilovna — e foi para o escritório dela, na ponta dos pés. Era esta a lembrança que me impressionara.

Então, como agora, ele pensava estar sozinho e detivera-se diante do mesmo espelho. Do mesmo modo que daquela vez, eu me achei perto dele, presa de um sentimento hostil, desagradável. Mas, após ouvir-lhe aquele canto (era tão impossível ouvir, partindo dele, algo no gênero), que me impressionou por seu caráter inesperado, fiquei no mesmo lugar, como que acorrentada, quando, instantaneamente, a semelhança da situação lembrou-me um momento quase igual da minha infância, e eu sou incapaz de transmitir a impressão ulcerante que me pungiu o coração. Todos os meus nervos estremeceram, e, em resposta a essa infeliz canção, rompi num riso tal que o pobre cantor soltou um grito, afastou-se bruscamente uns dois passos do espelho, e, pálido como a morte, como alguém apanhado vergonhosamente no ato de furtar, olhou-me, tomado de horror, surpresa e raiva. O seu olhar teve sobre mim uma ação doentia. Respondi com um riso nervoso, histérico, e olhando-o bem nos olhos, passei por ele rindo e entrei, sem parar de rir, no escritório de Aleksandra Mikháilovna. Eu sabia que ele estava parado atrás do reposteiro, que talvez vacilasse, sem saber se devia entrar ou não, que a raiva e a covardia acorrentavam-no ao lugar em que se achava, e, com uma impaciência irritada, provocante, fiquei esperando o que ele iria fazer; seria capaz de jurar que ele não entraria, e assim aconteceu. Só entrou meia hora mais tarde. Aleksandra Mikháilovna passou muito tempo olhando-me, extremamente surpresa. Interrogou-me minuciosamente sobre o que eu tinha. Não pude responder, faltava-me o alento. Finalmente, ela compreendeu que eu estava numa crise nervosa, e pôs-se a olhar-me, inquieta. Depois de descansar, tomei-lhe as mãos e comecei a beijá-las. Só então mudei de pensamento e me apercebi de que a mataria, não fosse aquele encontro com o marido. Olhava-a como se visse uma ressuscitada.

Piotr Aleksandrovitch entrou no escritório.

Dirigi-lhe um olhar rápido: agia como se nada tivesse acontecido entre nós, isto é, vinha com a expressão severa e taciturna de sempre. Mas, pelo seu rosto pálido e pelas dobras dos lábios que estremeciam ligeiramente, percebi que mal podia ocultar a perturbação. Saudou Aleksandra Mikháilovna friamente e sentou-se em silêncio. A mão tremeu-lhe ao apanhar a xícara de chá. Eu esperava uma explosão, e um medo inconsciente apoderou-se de mim. Quis sair dali, mas não me decidia a deixar Aleksandra Mikháilovna, cujo rosto mudou de expressão depois que olhou para o marido. Ela pressentiu também algo mau. Finalmente, aconteceu aquilo que eu esperava com tanto temor.

Em meio a um silêncio profundo, ergui os olhos e encontrei os óculos de Piotr Aleksândrovitch assestados bem em minha direção. Aquilo era tão inesperado, que eu estremeci, quase soltei um grito e baixei os olhos. Aleksandra Mikháilovna percebeu aquele movimento.

— O que tem? Por que ficou vermelha? — ressoou a voz rude e cortante de Piotr Aleksândrovitch.

Calei-me; o coração batia-me de tal modo que eu não podia proferir palavra.

— Por que ela corou? Por que está sempre corando? — perguntou ele dirigindo-se a Aleksandra Mikháilovna e apontando-me com impertinência.

A indignação tirou-me o alento. Lancei para Aleksandra Mikháilovna um olhar súplice. Ela compreendeu-me. As suas faces pálidas inflamaram-se.

— Anieta — disse-me com uma voz firme que eu de modo nenhum podia esperar dela — vai para o teu quarto; daqui a um instante, irei até lá: vamos passar a tarde juntas...

— Acabo de fazer-lhe uma pergunta: ouviu-me ou não? — interrogou Piotr Aleksândrovitch, erguendo ainda mais a voz e parecendo não ter ouvido o que dissera a esposa. — Por que fica vermelha quando me encontra? Responda!

— Porque a obriga, bem como a mim, a ficarmos vermelhas — respondeu Aleksandra Mikháilovna, a voz entrecortada de emoção.

Olhei surpreendida para Aleksandra Mikháilovna. A impetuosidade da sua réplica foi, a princípio, completamente incompreensível para mim.

— *Eu* obrigo-a a corar, *eu*? — retrucou-lhe Piotr Aleksândrovitch, parecendo também fora de si com o inesperado, e acentuando fortemente a palavra *eu*. — Você corou *por minha causa*? Mas posso acaso fazê-la corar? É *você* e não *eu* que deve ficar vermelha, não acha?

Esta frase me era tão compreensível, fora dita com um sarcasmo tão cruel, tão pungente, que soltei um grito de horror e atirei-me na direção de Aleksandra Mikháilovna. No rosto dela, que adquirira uma palidez mortal, expressavam-se a surpresa, o sofrimento, a censura, o horror. Juntei as mãos em súplica e lancei um olhar para Piotr Aleksândrovitch. Ele parecia ter voltado a si; no entanto, o furor, que lhe arrancara aquela frase, ainda não passara. Todavia, percebendo a minha súplica muda, ficou perturbado. O meu gesto significava claramente que eu sabia muito daquilo que, até então, fora segredo entre eles, e que eu compreendera bem as palavras dele.

— Anieta, vá para o seu quarto — repetiu Aleksandra Mikháilovna, com uma voz fraca, mas firme, erguendo-se da cadeira. — Preciso muito falar com Piotr Aleksândrovitch...

Ela parecia tranquila; mas eu temia essa tranquilidade mais que qualquer nervosismo. Como se não tivesse ouvido as suas palavras, permaneci no mesmo lugar, petrificada. Concentrei todas as minhas forças, a fim de ler-lhe no rosto tudo o que se passava naquele instante em seu espírito. Tive a impressão de que ela não compreendera o meu gesto, nem a minha exclamação.

— Eis o que fez, senhora! — exclamou Piotr Aleksândrovitch, tomando-me as mãos e indicando a esposa.

Fiódor Dostoiévski

Meu Deus! Nunca vi desespero igual ao que li então em seu rosto abatido, e que parecia o de um morto. Pela mão, conduziu-me para fora do quarto. Lancei-lhes um último olhar. Aleksandra Mikháilovna estava de pé, debruçada sobre a lareira e apertando a cabeça fortemente, com ambas as mãos. Toda a posição do seu corpo refletia um sofrimento intolerável. Agarrei a mão de Piotr Aleksândrovitch e apertei-a com ardor.

— Pelo amor de Deus! Pelo amor de Deus! — disse com voz entrecortada. — Tenha pena!

— Não tenha medo, não tenha medo! — disse ele, olhando-me de modo estranho. — Isto não é nada, é uma crise. Saia daqui, vá.

Ao entrar no meu quarto, atirei-me sobre o sofá e escondi o rosto entre as mãos. Fiquei três horas inteiras naquela posição e foi um verdadeiro inferno que então se passou em mim. Finalmente, não me contive e mandei perguntar se podia ir para junto de Aleksandra Mikháilovna. Foi Madame Léotard quem veio com a resposta. Piotr Aleksândrovitch mandava dizer que a crise passara e não havia mais perigo, mas que Aleksandra Mikháilovna precisava de repouso. Só me deitei depois das três, e fiquei o tempo todo pensativa, caminhando de um a outro lado do quarto. Aquela minha situação era mais enigmática que em qualquer outra época, mas eu me sentia de certo modo mais tranquila, talvez porque me julgasse a mais culpada de todos. Deitei-me para dormir, esperando com impaciência a manhã seguinte.

Mas, nesse dia, com amarga surpresa, notei certa frieza inexplicável por parte de Aleksandra Mikháilovna. A princípio, tive a impressão de que era penoso a esse coração puro e nobre ficar em minha companhia, depois da cena da véspera com o marido, e da qual eu fora testemunha involuntária. Eu sabia que aquela criança era capaz de corar diante de mim e pedir-me perdão pelo fato de que a cena infeliz talvez tivesse ofendido, na véspera, o meu coração. Mas, pouco depois, notei nela uma outra preocupação e amargura, que se manifestavam de modo extremamente desajeitado: ora me respondia fria e secamente, ora percebia-se em suas palavras um sentido particular, ora tornava-se muito carinhosa para comigo, como se se arrependesse daquela severidade, que não podia existir em seu coração, e as suas palavras doces, carinhosas, pareciam soar então com um tom de censura. Finalmente, perguntei-lhe sem rebuços o que tinha ela e se não havia algo que me quisesse dizer. Ficou um pouco perturbada com aquela minha pergunta brusca, mas logo, erguendo para mim os olhos grandes e plácidos, e olhando-me com um sorriso terno, disse:

— Não é nada, Niétotchka; mas — sabes? — quando me perguntaste isso, assim bruscamente, fiquei um pouco perturbada. Foi porque perguntaste tão bruscamente... asseguro-te. Mas ouça, diga-me a verdade, minha filha: tens em teu coração algo que te deixaria também tão perturbada, se alguém te perguntasse isso de modo tão rápido e inesperado?

— Não — respondi, olhando-a francamente.

— Neste caso, está muito bem! Se soubesses, minha amiga, como eu te fico agradecida por esta bela resposta. Não é que eu possa suspeitar em ti algo mau — nunca! Eu não me perdoaria sequer um pensamento desses. Mas escuta: eu te recolhi menina, e agora estás com dezessete anos. Tu mesma viste; sou doente, pareço uma criança, alguém tem que cuidar de mim. Não pude substituir para ti, plenamente, a tua mãe, embora o meu coração tivesse para isso amor até em demasia. E se, agora, a preocupação me atormenta assim, está claro que não é tua culpa, e sim minha. Perdoa-me, pois, aquela pergunta e também o fato de eu talvez não ter, involuntariamente, cumprido todas as minhas promessas, que fiz a ti e a meu pai, quando te retirei da casa dele. Isso inquieta-me muito e, no passado, também me inquietou com frequência, minha amiga.

Abracei-a e pus-me a chorar.

— Oh, agradeço-lhe, agradeço-lhe tudo! — disse, cobrindo-lhe as mãos de lágrimas. — Não me fale assim, não me parta o coração. A senhora foi mais que mãe para mim; e que Deus os abençoe a ambos, pelo que fizeram, a senhora e o príncipe, por mim, pobre, abandonada! Minha pobre querida!

— Basta, Niétotchka, basta! Abraça-me melhor; assim, mais forte, mais forte! Sabes de uma coisa? Deus sabe por que, mas tenho a impressão de que me abraças pela última vez.

— Não, não — disse eu, chorando como uma criança. — Não, isso não acontecerá! A senhora será feliz!... Ainda há muita vida pela frente. Creia-me, seremos felizes.

— Obrigada, obrigada, por me amares assim. Agora, há pouca gente perto de mim; todos me abandonaram!

— Quem foi que a abandonou? Quem são eles?

— Antes, havia também outras pessoas em volta de mim; tu não sabes, Niétotchka. Abandonaram-me todos, foram todos embora, eram como espectros. E eu os esperei tanto, esperei a vida inteira; Deus que lhes perdoe! Olha, Niétotchka: vês como está avançado o outono; em breve cairá neve: e, com as primeiras neves, eu morrerei; sim, mas não me entristeço. Adeus!

Seu rosto estava magro e pálido e ardia-lhe em cada face mancha sanguínea e sinistra; os lábios tremiam e estavam queimados pela febre interior.

Acercou-se do piano e iniciou alguns acordes; naquele instante, uma corda rebentou, fazendo um estalido, e ressoou tristemente, com um som prolongado e trêmulo...

— Estás ouvindo, Niétotchka, estás ouvindo? — disse ela de repente, com uma voz inspirada, apontando o piano. — Esta corda foi distendida demais, demais; ela não suportou e morreu. Ouves com que dolência está morrendo o som?!

Falava com dificuldade. Um abafado sofrimento interior refletiu-se no seu rosto, e os seus olhos marejaram-se de lágrimas.

— Bem, chega disso, Niétotchka, amiga minha; basta; traga-me as crianças.

Levei-as para junto dela, que pareceu descansar, vendo--as; uma hora depois, deixou-as partir.

— Quando eu morrer, não as abandones, sim, Anieta? — disse-me ela depois, num murmúrio, como se temesse que alguém nos pudesse ouvir.

— Basta, a senhora me mata! — mal pude responder--lhe.

— Eu estive brincando — disse ela, depois de uma pausa, e tendo sorrido. — E tu acreditaste? Às vezes, eu falo Deus sabe o quê. Sou agora como uma criança; é preciso desculpar-me tudo.

Olhou-me com timidez, como se temesse deixar escapar algo. Eu estava à espera.

— Cuidado, não o assustes — disse ela finalmente, baixando os olhos, o rosto ligeiramente corado, e tão baixinho que mal se ouvia.

— A quem? — perguntei surpresa.

— O meu marido. És capaz de contar-lhe tudo, às escondidas.

— Mas para quê, para quê? — repeti, cada vez mais surpreendida.

— Bem, talvez não o contes, como saber?! — respondeu, procurando olhar-me do modo mais ladino, embora o mesmo sorriso de simplicidade e franqueza ainda lhe brilhasse nos lábios, e o seu rosto ficasse cada vez mais corado. — Chega de falar nisso; eu continuo brincando.

Meu coração crispava-se de modo cada vez mais doloroso.

— Escuta uma coisa, tu vais amá-los, depois que eu morrer, sim? — acrescentou com ar sério e, novamente, com uma expressão algo misteriosa. — Do mesmo modo como amarias os teus próprios filhos, sim? Lembra-te: sempre te considerei minha filha e não fazia diferença entre ti e os meus.

— Sim, sim — respondi, não sabendo o que dizia, e sufocando de lágrimas e perturbação.

Um beijo ardente queimou-me a mão, antes que eu tivesse tempo de retirá-la. A perplexidade imobilizou-me a língua.

"O que tem ela? O que está pensando? O que sucedeu ontem entre eles?" — passou-me pela mente.

Um pouco depois, ela começou a queixar-se de cansaço.

— Já faz muito tempo que estou doente, apenas não queria assustar vocês dois — disse ela. — Vocês dois me amam, sim?... Até logo, Niétotchka; deixa-me agora, mas vem ver-me à noitinha, sem falta. Virás?

Prometi fazê-lo; mas fiquei contente de sair dali. Não podia mais suportar aquilo.

Infeliz, infeliz! Que desconfiança te acompanha ao túmulo? — exclamava eu, entre soluços. — Que nova aflição te amargura e ulcera o coração, e mal te atreves a pronunciar uma palavra? Meu Deus! Aquele sofrimento contínuo, que eu agora conhecia inteiramente, aquela vida sem um vislumbre de luz, aquele amor tímido, que não exigia nada, e, ainda assim, naquele instante, quase em seu leito de morte, quando o coração, cheio de dor, se partia ao meio, ela, como uma criminosa, temia a menor censura ou queixa e, imaginando, inventando uma nova aflição, já se submetia a esta, já se conformava com ela!...

Ao escurecer, aproveitei a ausência de Ovróv (que viera de Moscou), passei à biblioteca, abri um armário e comecei a mexer entre os livros, a fim de escolher um para lê-lo a Aleksandra Mikháilovna. Queria distraí-la dos seus pensamentos sombrios e escolher algo leve, alegre... Passei muito tempo separando os livros, distraída. As trevas adensavam-se; e, com elas, crescia a minha angústia. Tinha novamente nas mãos aquele livro, aberto na mesma página, e onde eu via agora os vestígios da carta, que desde então eu trazia junto ao peito — o mistério com o qual parecia ter-se rompido e reiniciado a minha existência, e que tanto fizera soprar sobre mim o frio, o desconhecido, o misterioso, o intratável, e que mesmo agora me ameaçava tão severamente, de longe... "O que será de nós?" — pensei. — O cantinho em que me senti tão agasalhada e tão bem está se esvaziando! O espírito puro, luminoso, que me protegeu a juventude, me abandona. Que virá pela frente?" Eu achava-me numa espécie de esquecimento, em relação ao meu passado, que me era querido como agora, e parecia esforçar-me por adivinhar o que estava pela frente, o desconhecido, que me ameaçava... Lembro-me daquele instante, pareço sofrê-lo novamente, tal a intensidade com que se gravou na minha memória.

Tinha nas mãos uma carta e um livro aberto; o meu rosto estava inundado de lágrimas. De repente, estremeci de susto: ressoara sobre mim uma voz conhecida. No mesmo instante, senti que alguém me arrancava a carta das mãos. Soltei um grito e olhei para trás: junto de mim estava Piotr Aleksândrovitch. Agarrou-me a mão e detinha-me à força no lugar; com a mão direita, aproximava a carta da luz e esforçava-se por decifrar as primeiras linhas... Pus-me a gritar; preferia morrer a deixar aquela carta nas mãos dele. Pelo seu sorriso triunfal, percebi que ele conseguira decifrar as primeiras linhas. Eu perdia a cabeça...

Um instante depois, lancei-me na direção dele, quase não sabendo o que fazia, e arranquei-lhe a carta das mãos. Tudo isso aconteceu tão rapidamente, que eu mesma não compreendi como a carta ficou de novo em meu poder. Mas, percebendo que ele queria arrebatá-la mais uma vez de minhas mãos, escondi-a rapidamente sobre o seio e recuei três passos.

Encaramo-nos em silêncio, durante meio minuto. Eu ainda tremia de susto; pálido, de lábios trêmulos, azulados de furor, ele foi o primeiro a romper o silêncio.

— Basta! — disse, com uma voz enfraquecida pela perturbação. — Você com certeza não quer que eu use a força; portanto, entregue-me voluntariamente a carta.

Somente naquele instante voltei a mim, e a ofensa, a vergonha, a indignação contra um ato de força bruta me fizeram perder o alento. Lágrimas ardentes escorreram-me pelas faces em fogo. Toda trêmula de perturbação, por algum tempo não tive força de dizer palavra.

— Ouviu? — disse ele, dando dois passos na minha direção...

— Deixe-me, deixe-me! — gritei, afastando-me. — O senhor agiu de modo vil, ignóbil. O senhor perdeu o controle!... Deixe-me passar!...

— Como? O que isso significa? E ainda se atreve a falar num tom assim... depois que... Devolva-me a carta, eu lhe digo!

Deu mais um passo na minha direção, mas, lançando-me um olhar, viu nos meus olhos tamanha decisão que estacou e pareceu pensativo.

— Está bem! — disse afinal, secamente, como se se detivesse numa decisão, mas ainda se dominasse à força. — Isso virá por sua vez, mas, em primeiro lugar...

Lançou um olhar em volta.

— Você... quem a deixou entrar na biblioteca? Por que este armário está aberto? Onde apanhou a chave?

— Não lhe vou responder — disse eu. — Não posso falar com o senhor. Deixe-me passar, deixe-me!

Caminhei para a porta.

— Pois bem — disse ele, segurando-me a mão. — Você não sairá daqui assim!

Em silêncio, retirei à força a minha mão, e novamente fiz um movimento em direção da porta.

— Está bem. Mas eu não posso, realmente, permitir-lhe que receba cartas dos seus amantes em minha casa...

Soltei um grito de susto e olhei para ele, como uma possessa...

— É que...

— Pare! — gritei. — Como é que o senhor pode? Como pôde dizer isso?... Meu Deus! Meu Deus!

— O quê? O quê! E ainda me ameaça?

Mas eu olhava para ele, pálida, abatida pelo desespero. A cena entre nós atingira o último grau do ódio, e eu não podia compreender isso. Implorava-lhe com o olhar que não prosseguisse com aquilo. Estava pronta a perdoar-lhe a ofensa, contanto que se detivesse. Ele olhava-me fixamente e parecia vacilar.

— Não me leve a uma solução extrema — murmurei horrorizada.

— Não, é preciso acabar com isso! — disse ele finalmente, como se mudasse de intenção. — Confesso que cheguei a vacilar, por causa desse olhar — acrescentou com um sorriso estranho. — Mas, infelizmente, o caso é muito claro. Tive tempo de ler o início da carta. É uma carta de amor. Não me fará mudar de opinião! Não, tire isso da cabeça! E, se eu duvidei por um instante, isso demonstra apenas que, a todas as suas belas qualidade, devo acrescentar a capacidade de mentir admiravelmente, e, por isso, repito...

À medida que ele falava, o seu rosto ia se deformando cada vez mais pela raiva. Empalidecia; seus lábios torciam-se e tremiam, de modo que foi com dificuldade que proferiu as últimas palavras. Escurecia. Estava sozinha, indefesa, diante daquele homem capaz de ofender uma mulher. Afinal, todas as evidências estavam contra mim; eu sofria de vergonha, ficava perplexa, não podia compreender o rancor daquele homem. Sem lhe responder, transtornada pelo horror, atirei-me para fora do quarto e, quando dei conta de mim, estava à entrada do escritório de Aleksandra Mikháilovna. Naquele instante, ouviram-se os passos dele; já me preparava para entrar quando, de repente, me detive, como fulminada por um raio.

"Que será dela? — passou-me pela cabeça. — Esta carta!... Não, é preferível tudo no mundo a este último golpe sobre o seu coração" — e lancei-me para trás. Já era tarde, porém: ele estava a meu lado.

— Vamos para onde quiser, mas não aqui, não aqui! — murmurei, agarrando a mão dele. — Poupe-a! Irei de novo para a biblioteca ou... para onde quiser! O senhor vai matá-la!

— Você é que vai matá-la! — respondeu, afastando-me.

Esvaíram-se todas as minhas esperanças. Senti que ele queria, justamente, transferir toda aquela cena para o quarto de Aleksandra Mikháilovna.

— Pelo amor de Deus! — disse eu, procurando detê-lo, com todas as minhas forças.

Mas, naquele instante, ergueu-se o reposteiro, e ela apareceu diante de nós. Olhava-nos surpreendida. O seu rosto estava mais pálido que de costume. Mal se mantinha sobre as pernas. Via-se que lhe custara grande esforço chegar até nós, quando ouvira as nossas vozes.

— Quem está aqui? De que estavam falando? — perguntou, olhando-nos, extremamente surpreendida.

O silêncio durou alguns instantes, e ela ficou pálida como um lenço. Atirei-me na sua direção, abracei-a com força e conduzi-a de volta ao escritório. Piotr Aleksândrovitch entrou logo depois de mim. Escondi o rosto sobre seu peito e, petrificada, fiquei abraçando-a com força crescente.

— O que tens? O que têm vocês? — perguntou mais uma vez Aleksandra Mikháilovna.

— Pergunte a ela. Ainda ontem, você a defendeu tanto — disse Piotr Aleksândrovitch, deixando-se cair pesadamente na poltrona.

Eu a apertava com força cada vez maior em meus braços.

— Mas, meu Deus, o que é isto? — disse Aleksandra Mikháilovna, presa de grande espanto. — Vejo você tão irritado; ela está assustada, chorando. Anieta, conta-me tudo o que aconteceu entre vocês.

— Não, deixe que eu comece — disse Piotr Aleksândrovitch, acercando-se de nós, tomando-me a mão e puxando-me para longe de Aleksandra Mikháilovna. — Fique parada aí — disse apontando para o centro do quarto. — Quero julgá-la diante daquela que, para você, substituiu a sua própria mãe. E você, acalme-se, sente-se — acrescentou, ajudando Aleksandra Mikháilovna a sentar-se na poltrona. — É penoso para mim não ter conseguido livrá-la desta desagradável explicação; mas ela é indispensável.

— Meu Deus! O que vai ser agora? — disse Aleksandra Mikháilovna, profundamente angustiada, dirigindo o olhar, sucessivamente, para mim e para o marido. Eu torcia as mãos, pressentindo o instante fatal. Não esperava contemplação alguma por parte de Piotr Aleksândrovitch.

— Numa palavra — prosseguiu ele — eu gostaria que você julgasse o caso comigo. Sempre (e não compreendo por quê, isso constitui uma das suas fantasias), sempre — ainda ontem, por exemplo — você pensava, afirmava... mas eu não sei como dizê-lo; fico vermelho, com as suposições... Numa palavra, você a defendeu, você me atacou, censurando-me a severidade *inoportuna*; você aludia ainda a não sei que *outro sentimento* capaz de me levar a essa severidade *fora de propósito*; você... mas eu não compreendo por que não consigo dominar a minha perturbação, este rubor no rosto, que me vem com a lembrança das suas suposições; por que não posso falar delas em voz alta, francamente, diante dela... Numa palavra, você...

— Oh, você não vai fazer isto! Não, você não vai dizê-lo! — exclamou Aleksandra Mikháilovna, completamente perturbada, abrasada de vergonha. — Não, vai poupá-la. Fui eu, eu que inventei tudo! Não tenho agora nenhuma suspeita. Perdoe-me, perdoe-me. Estou doente, é preciso perdoar-me, mas não lhe diga isso, não... Anieta — disse, acercando-se de mim — Anieta, sai daqui, o quanto antes, o quanto antes! Ele estava brincando; eu é que sou culpada de tudo; é uma brincadeira inoportuna...

— Numa palavra, você tinha ciúme de mim por causa dela — disse Piotr Aleksândrovitch, atirando impiedosamente aquelas palavras, em resposta à angustiosa expectativa de Aleksandra Mikháilovna. Ela soltou um grito, empalideceu e apoiou-se numa poltrona, mal se mantendo de pé.

— Deus que lhe perdoe! — disse finalmente, com uma voz fraca. — Perdoa-me, em lugar dele, Niétotchka, perdoa; eu é que fui culpada de tudo. Eu estava doente, eu...

— Mas isto é uma tirania, uma vergonha, uma baixeza! — gritei, fora de mim, compreendendo finalmente tudo, e o motivo por que ele queria condenar-me aos olhos da esposa. — Isso merece desprezo; o senhor...

— Anieta! — gritou Aleksandra Mikháilovna, agarrando-me as mãos, horrorizada.

— Uma comédia! Uma comédia, e nada mais! — disse Piotr Aleksândrovitch, aproximando-se de nós, numa perturbação indescritível. — Uma comédia, digo a vocês — prosseguiu, olhando para a mulher, fixamente e com um sorriso sinistro. — E somente você que foi enganada em toda esta comédia. Acredite que nós — disse, perdendo o fôlego e apontando-me — não temos medo de semelhantes explicações; acredite que nós já não somos tão virtuosos a ponto de nos ofendermos, corarmos e taparmos os ouvidos, quando nos falam de semelhantes assuntos. Desculpe, expresso-me simplesmente, diretamente, talvez com rudeza, mas assim é preciso. Está acaso segura, senhora minha, do bom comportamento desta... moça?

— Meu Deus! O que tem você? Perdeu o controle! — disse Aleksandra Mikháilovna, petrificada de susto.

— Por favor, nada de frases solenes! — interrompeu-a Piotr Aleksândrovitch com desprezo. — Não gosto disso. Trata-se de um caso simples, direto, o que pode haver de mais vulgar. Pergunto-lhe sobre o comportamento dela; sabe você acaso...

Mas eu não deixei que terminasse a frase e, agarrando-lhe as mãos, puxei-o com força para o lado. Mais um instante, e tudo podia estar perdido.

— Não fale sobre a carta — disse eu depressa, num murmúrio. — O senhor vai matá-la aqui mesmo. Uma censura a mim será, ao mesmo tempo, censura a ela. Ela não me pode julgar, porque eu sei de tudo... compreende? Sei *tudo*! — Olhou-me fixamente, com uma curiosidade estranha, e ficou perturbado; o sangue subiu-lhe às faces. — Sei *tudo, tudo*! — repeti. Ele vacilava ainda. Uma interrogação tremia-lhe nos lábios. Evitei o pior. — Eis o que sucedeu — disse eu em voz alta, dirigindo-me apressadamente a Aleksandra Mikháilovna, que nos olhava com uma surpresa tímida, angustiosa. — Sou culpada de tudo. Faz quatro anos que os engano a ambos. Apanhei a chave da biblioteca e há quatro anos leio livros às escondidas. Piotr Aleksândrovitch surpreendeu-me com um livro desses que... não podia, não devia estar nas minhas mãos. Assustado por minha causa, ele exagerou o perigo aos olhos da senhora!... Mas eu não me defendo (apressei-me a acrescentar, vendo um sorriso zombeteiro nos lábios dele): sou culpada de tudo. A tentação foi mais forte e, tendo pecado uma vez, eu me envergonhava de confessar a minha falta... Eis tudo, ou quase tudo, que aconteceu entre nós...

— Que habilidade, hem! — murmurou ao meu lado Piotr Aleksândrovitch.

Aleksandra Mikháilovna ouviu-me com profunda atenção; mas em seu rosto refletia-se evidentemente uma desconfiança. Olhava alternadamente para mim e para o marido. Seguiu-se um silêncio. Eu mal cobrava alento. Ela baixou a cabeça sobre o peito e tapou os olhos com a mão, refletindo e, evidentemente, pesando cada uma das palavras que eu dissera. Enfim, ergueu a cabeça e olhou-me fixamente.

— Niétotchka, minha filha, eu sei que és incapaz de mentir — disse. — Isso foi tudo que aconteceu, absolutamente tudo?

— Tudo — respondi.

— Tudo mesmo? — perguntou, dirigindo-se ao marido.

— Sim, tudo — respondeu ele com esforço. — Tudo!

Fiquei aliviada.

— Tu me dás a tua palavra, Niétotchka?

— Sim — respondi sem vacilar.

Não me contive, porém, e lancei um olhar para Piotr Aleksândrovitch. Ele ria, ouvindo-me dar a palavra. Fiquei abrasada e a minha perturbação não escapou à pobre Aleksandra Mikháilovna. Refletiu-se em seu rosto uma angústia arrasadora, torturante.

— Basta — disse ela tristemente. — Acredito em vocês. Não posso deixar de acreditar.

— Penso que é suficiente semelhante confissão — disse Piotr Aleksândrovitch. — Você ouviu? O que quer que a gente pense sobre isso?

Aleksandra Mikháilovna não respondeu. A cena tornava-se cada vez mais penosa.

— Amanhã mesmo vou examinar todos os livros — prosseguiu Piotr Aleksândrovitch. — Não sei o que mais havia lá; mas...

— E que livro ela estava lendo? — perguntou Aleksandra Mikháilovna.

— O livro? Responda você — disse ele, dirigindo-se a mim. — Sabe melhor que eu *explicar o caso* — acrescentou, com uma zombaria oculta.

Fiquei perturbada e não pude dizer palavra. Aleksandra Mikháilovna corou e baixou os olhos. Seguiu-se uma pausa prolongada. Piotr Aleksândrovitch, despeitado, caminhava de um lado a outro do quarto.

— Não sei o que sucedeu entre vocês — começou finalmente Aleksandra Mikháilovna, pronunciando timidamente cada palavra. — Mas se aconteceu *apenas isso* — prosseguiu, esforçando-se em dar sentido particular às suas palavras, e ficando perturbada com o olhar imóvel do marido, embora se esforçasse em não olhar para ele — se foi *apenas isso*, eu não sei por que ficarmos todos tristes e nos desesperarmos assim. Sou a mais culpada de todos, eu sozinha, e isto me atormenta muito. Relaxei a educação dela, e devo responder por tudo. Ela tem que me perdoar, e eu não posso, não ouso condená-la. No entanto, mais uma vez, para que nos desesperarmos? O perigo passou. Olhe para ela — disse, cada vez mais excitada e lançando um olhar interrogador para o marido. — Olhe para ela: será que o seu ato descuidado deixou quaisquer consequências? Será que não a conheço, a minha criança, a minha filha querida? Não sei, acaso, que o seu coração é puro e nobre, e que nessa bonita cabecinha — prosseguiu, acarinhando-me e atraindo-me para si — há uma inteligência clara, luminosa, e uma consciência que teme o embuste... Basta, queridos meus! Paremos com isso! Certamente, algo diverso está oculto em nossa angústia; talvez somente de passagem uma sombra hostil nos tenha coberto. Mas nós havemos de dissipá-la por meio do amor, da concórdia, e venceremos a nossa perplexidade. Quiçá haja muito que deixou de ser dito entre nós, e eu sou a primeira a reconhecer a minha culpa. Fui a primeira a ocultar-me de vocês, e a primeira em quem nasceram sabe Deus que suspeitas, das quais é culpada a minha cabeça doente. No entanto... no entanto, se já nos expressamos parcialmente, ambos vocês devem perdoar-me, porque... porque, afinal, não existe grande pecado no fato de eu ter suspeitado...

Depois de dizer isso, olhou para a marido com timidez e corando, e esperou angustiada que falasse. À medida que ele a ouvia, um zombeteiro sorriso aparecia-lhe nos lábios. Deixou de andar e parou bem diante dela, os braços atirados para trás. Parecia estar examinando a perturbação de Aleksandra Mikháilovna, observando-a, extasiando-se com isso; sentindo sobre si o olhar fixo do marido, ela ficou perturbada. Ele esperou um instante, como se aguardasse algo mais. A perturbação dela duplicou. Finalmente, ele interrompeu a cena penosa com um riso quieto, prolongado, mau:

— Estou com pena de você, pobre mulher! — disse, tendo deixado de rir e num tom amargo e sério. — Tomou para si um papel que está acima das suas forças. O que queria? Pretendia provocar uma resposta minha, inflamar-me com novas suspeitas, ou, dizendo melhor, com uma velha suspeita, que mal ocultou em suas palavras? O sentido das palavras que disse está em que não havia motivo para nos zangarmos com ela, que é boa, mesmo após a leitura de livros inconvenientes, cuja moral — digo-o por minha conta — parece ter trazido já alguns resultados, e que, finalmente, você mesma responde por ela; não é mesmo? Bem, depois de explicar isso, você alude a algo mais; tem a impressão de que as minhas suspeitas e perseguições provenham de um outro sentimento. Deu-me até a entender ontem — por favor, não me detenha, eu gosto de falar francamente — deu até a entender que, em algumas pessoas (lembro-me de que, segundo a sua observação, trata-se mais frequentemente de gente morigerada, severa, franca, inteligente, forte, e Deus sabe que outras definições deu, num acesso de generosidade!), que, em algumas pessoas, repito, o amor (e Deus sabe por que Deus inventou isso!) não se pode manifestar senão de modo severo, ardente, abrupto, muitas vezes na forma de desconfianças e perseguições. Agora, não estou bem lembrado se foi exatamente assim que se expressou ontem... Por favor, não me interrompa; conheço bem a sua educanda; ela pode ouvir tudo, tudo, repito pela centésima vez, tudo. Você foi enganada. Não sei, porém, por que lhe agrada insistir tanto em que sou exatamente um homem assim! Deus sabe por que tem vontade de me fantasiar com esta camisa de palhaço. Não condiz com a minha idade um amor por esta moça; sim, afinal, creia-me, senhora, *conheço as minhas obrigações*, e por mais que me queira desculpar generosamente, vou dizer o mesmo que antes, isto é, que o *crime será sempre crime, que o pecado permanecerá pecado, vergonhoso, vil, ignóbil, seja qual for a escala de grandeza a que a senhora eleve o sentimento vicioso*! Mas basta! Basta! E que eu não ouça mais nada sobre essas torpezas!

Aleksandra Mikháilovna chorava.

— Bem, que eu carregue isto, que isto me caiba! — disse por fim, soluçando e abraçando-me. — Admitamos que fossem vergonhosas as minhas suspeitas — o senhor já zombou delas com severidade! Mas tu, minha pobre, por que estás condenada a ouvir semelhantes ofensas? E eu não posso te defender! Estou sem voz! Meu Deus! Todavia, não posso calar-me, senhor! Não poderei suportar isso... A sua conduta é de louco!...

— Basta, basta! — murmurei, procurando acalmar a perturbação dela, temendo que as censuras violentas fizessem com que ele perdesse a paciência. Eu ainda tremia de medo por ela.

— Mas, ó mulher cega! — gritou ele — então não sabe, então não vê... — Deteve-se por um instante. — Para longe dela! — disse, dirigindo-se a mim e arrancando a minha mão das mãos de Aleksandra Mikháilovna. — Não lhe permitirei tocar em minha mulher; você a está sujando; ofende-a com a sua presença! Mas... mas o que me obriga a calar-me, quando é preciso, quando é indispensável falar? — gritou, batendo o pé. — E vou falar, vou dizer tudo. Não sei o que *sabe*, senhora, e com o que me queria ameaçar, e nem quero saber. Ouça! — prosseguiu, dirigindo-se a Aleksandra Mikháilovna. — Ouça mesmo.

— Cale-se! — gritei, lançando-me para frente. — Cale-se, nem uma só palavra!

— Ouça...

— Cale-se, em nome...

— Em nome do quê, senhora? — interrompeu ele, olhando-me nos olhos, rápida e penetrantemente. — Em nome do quê? Pois saiba que lhe arranquei das mãos uma carta do seu amante! Eis o que está acontecendo em nossa casa! Eis o que está acontecendo ao seu lado! Eis o que não viu, não percebeu!

Mal pude conter-me no lugar. Aleksandra Mikháilovna ficou pálida como a morte.

— Isso não pode ser — murmurou, com voz quase imperceptível.

— Vi essa carta, senhora; tive-a nas mãos; li as primeiras linhas e não me enganei: era a carta de um amante. Ela arrancou-a das minhas mãos. Está agora com ela; isto é claro, é assim mesmo, não há nenhuma dúvida; e, se duvida ainda, olhe para ela e experimente, depois disso, ter sequer esperança numa sombra de dúvida.

— Niétotchka! — gritou Aleksandra Mikháilovna, atirando-se na minha direção. — Mas não, não fales, não fales! Eu não sei o que foi que aconteceu, e como aconteceu... meu Deus, meu Deus! — E pôs-se a soluçar, escondendo o rosto entre as mãos. — Mas não! Isso não pode ser! — gritou novamente. — Está enganado. Isso... isso eu sei o que significa! — disse, olhando fixamente para o marido. — Você... eu... não podia, tu não me enganarás, tu não podes enganar-me! Conta-me tudo, tudo, sem esconder nada; ele se enganou? Ele viu outra coisa, algo o deixou cego, não é verdade? Não é verdade? Escuta: por que não me dizer tudo, Anieta, filha minha, querida filha minha?

— Responda, responda depressa! — ressoou sobre mim a voz de Piotr Aleksândrovitch. — Responda: eu vi ou não vi aquela carta nas suas mãos?

— Sim! — respondi, ofegando de perturbação.

— E essa carta era do seu amante?

— Sim! — respondi.

— Com o qual mantém relações mesmo agora?

— Sim, sim, sim! — disse eu, completamente transtornada, respondendo afirmativamente a todas as perguntas, no afã de pôr um fim ao nosso sofrimento.

— Você ouviu. Bem, e o que vai dizer agora? Creia-me, coração bondoso e demasiado confiante — acrescentou, tomando a mão da mulher — creia-me e desilluda-se de tudo o que foi criado por sua imaginação doentia. Estás vendo agora quem é esta... moça. Eu quis apenas reduzir ao absurdo as suas suspeitas. Foi há muito que notei tudo isso, e estou contente por tê-la desmascarado afinal perante você. Era-me penoso vê-la ao seu lado, em seus braços, à mesa conosco, em nossa casa, enfim. Indignava-me com a cegueira que você manifestava. Por isso, e unicamente por isso, eu prestava atenção nela, vigiava-a; e foi dessa atenção que você se apercebeu, e, tomando como ponto inicial sabe Deus que suspeita, começou a bordar no seu bastidor sabe Deus o quê. Mas, agora, a situação está resolvida, está eliminada qualquer dúvida, e amanhã mesmo, senhora, amanhã mesmo, não estará mais em minha casa! — concluiu ele, dirigindo-se a mim.

— Pare com isso! — disse Aleksandra Mikháilovna, soerguendo-se na cadeira. — Eu não acredito em toda esta cena. Não me olhe dessa maneira terrível, não zombe de mim. E agora, ouça o meu julgamento. Anieta, filha minha, aproxima-te de mim, dá-me a tua mão, assim. Somos todos pecadores! — disse, a voz trêmula de pranto, e olhou humildemente para o marido. — E qual de nós pode repelir a mão de quem quer que seja? Dá-me a tua mão, Anieta, querida filha minha; não sou mais digna nem melhor que tu; não podes ofender-me com a tua presença, porque também eu, *também eu sou pecadora.*

— Senhora! — gritou Piotr Aleksândrovitch, perplexo. — Senhora! Controle-se! Não se esqueça!...

— Não esqueço nada. Mas não me interrompa e deixe-me dizer tudo. Viu nas mãos dela uma carta; chegou mesmo a lê-la; você diz e ela... confessou que a carta é daquele a quem ela ama. Mas, isso demonstra acaso que é criminosa? Isso autoriza-o, porventura, a tratá-la desse modo, ofendendo-a assim aos olhos da sua esposa? Sim, meu senhor, aos olhos da sua esposa. Porventura julgou bem este caso? Tem conhecimento de como tudo se passou?

— Quer dizer que só me resta ir correndo pedir-lhe desculpas? Era isso que você queria? — gritou Piotr Aleksândrovitch. — Perdi a paciência, ouvindo-a! Há de lembrar-se do que está dizendo! Sabe do que está falando? Sabe acaso a *quem* está defendendo, e o quê? Mas eu estou vendo completamente tudo...

— Não vê sequer o mais importante, porque o furor e o orgulho impedem-no de ver. Não está vendo aquilo que defendo e do que lhe quero falar. Não é o vício que eu defendo. Mas refletiu acaso — e há de vê-lo claramente, se refletir nisso — refletiu acaso em que talvez, sendo criança, ela é inocente! Sim, não defendo o vício! Apresso-me a fazer uma confissão, se isto lhe for muito agradável. Sim; se ela fosse esposa, mãe, e esquecesse os seu deveres, oh, então eu concordaria com você... Como vê, confessei. Compreenda-o e não me censure! Mas, se ela recebeu essa carta sem conhecer o mal? E se ela se deixou embair por um sentimento inexperiente, e não havia ninguém que a contivesse? Se eu sou a maior culpada, porque não vigiei o seu coração? Se esta carta é a primeira? Se você ofendeu, com as suas rudes suspeitas, o seu sentimento puro, virginal? Se poluiu a sua imaginação com aqueles comentários cínicos sobre a carta? Se não viu este pudor virtuoso, virginal, que brilha em seu rosto, puro como a inocência, que eu vejo agora, e que vi quando ela, perplexa, torturada, não sabendo o que dizer, e dilacerada de angústia, respondia com uma confissão a todas as suas perguntas desumanas? Sim, sim! Isto é desumano, cruel; não o reconheço mais; nunca lhe perdoarei isto, nunca!

— Mas poupe-me, poupe-me! — gritei, apertando-a nos braços. — Poupe-me, acredite, não me afaste...

Caí de joelhos diante dela.

— E se, além disso — prosseguiu com voz sufocada — e se, além disso, eu não estivesse ao lado, e você a assustasse com as suas palavras, e a infeliz se convencesse sozinha de que era culpada, se você confundisse a sua consciência, a sua alma, e destruísse o sossego do seu coração?... meu Deus! Quis expulsá-la de casa! Mas sabe com quem isto se faz?

Sabe acaso que, se a expulsar, vai expulsar-me com ela? Ouviu-me, senhor?

Os seus olhos cintilavam; o peito agitava-se; a sua tensão doentia atingira a última crise.

— Já ouvi demais, senhora! — gritou finalmente Piotr Aleksândrovitch. — Basta disso! Sei que existem paixões platônicas, e eu o conheço para minha desgraça — está ouvindo, senhora? — para minha desgraça. Mas não posso me conformar, senhora, com o vício em moldura dourada! Não o compreendo. Lancemos fora os enfeites! E se sente culpa, se sabe de algo que tenha feito (não me cabe lembrar-lhe isto, senhora), se lhe agrada, além do mais, a ideia de abandonar a minha casa... só me resta dizer-lhe, lembrar-lhe que, lamentavelmente, se esqueceu de cumprir essa intenção quando ainda era tempo para fazê-lo, anos atrás... se já se esqueceu, vou lembrar-lhe...

Lancei um olhar para Aleksandra Mikháilovna. Ela apoiava-se convulsivamente em mim, esgotando-se em angústia íntima, os olhos semicerrados, num tormento inextinguível. Mais um instante, e iria cair.

— Oh, pelo amor de Deus, poupe-a pelo menos desta vez! Não diga a última palavra — gritei, atirando-me de joelhos aos pés de Piotr Aleksândrovitch, sem perceber que estava me atraiçoando. Mas já era tarde. Um grito fraco ressoou em resposta às minhas palavras, e a infeliz caiu sem sentidos.

— Está acabado! O senhor matou-a! — disse eu. — Chame alguém, procure salvá-la! Vou esperá-lo no seu escritório. Preciso falar com o senhor; vou contar-lhe tudo...

— Mas o quê? O quê?

— Mais tarde!

O desmaio e as crises duraram duas horas. Em casa, todos estavam sobressaltados. O médico meneou a cabeça, com ar de dúvida. Duas horas depois, entrei no escritório de Piotr Aleksândrovitch. Ele acabara de deixar a esposa e passeava pelo aposento, mordendo as unhas até fazer sangue, pálido, desorientado. Nunca o vira em semelhante estado.

— O que pretende dizer-me? — perguntou com voz severa e rude. — Queria dizer-me algo?

— Eis a carta que chegou a arrancar-me. Reconhece-a?

— Sim.

— Tome-a.

Apanhou a carta e aproximou-a da luz. Eu acompanhava-lhe os gestos com atenção. Minutos depois, virou rapidamente a terceira página e leu a assinatura. Vi como o sangue lhe afluiu à cabeça.

— O que é isto? — perguntou, petrificado e perplexo.

— Faz três anos que encontrei esta carta num livro. Adivinhei que fora esquecida naquele lugar, li-a e soube de tudo. Desde então, ela ficou comigo, porque eu não tinha a quem entregá-la. Não podia dá-la a Aleksandra Mikháilovna. Ao senhor? Mas o senhor não podia deixar de conhecer o conteúdo dessa carta, e nela está esse triste romance... Para que está fingindo, não sei. Por enquanto, isso me é obscuro. Não posso ainda penetrar claramente em sua alma sombria. O senhor quis manter a primazia sobre ela e conseguiu. Mas para quê? Para triunfar sobre um espectro, sobre a imaginação desorientada de uma doente, para demonstrar-lhe que ela estava enganada e que o senhor *tinha menos pecado* que ela! E alcançou o seu objetivo, porque esta suspeita de Aleksandra Mikháilovna, esta ideia fixa de um espírito que se extingue, talvez seja a última queixa de um coração dilacerado contra a injustiça do julgamento humano, com o qual o senhor estava de acordo. "Que mal havia no fato de se ter apaixonado por mim?" Eis o que ela dizia, e o que lhe queria demonstrar. O orgulho do senhor, o seu egoísmo ciumento, eram impiedosos. Adeus! Não há necessidade de explicações! Mas, veja bem, eu o conheço perfeitamente, não se esqueça disso!

Entrei no meu quarto, mal percebendo o que sucedia comigo. À porta, fui detida por Ovróv, o secretário de Piotr Aleksândrovitch.

— Gostaria de falar com a senhora — disse, inclinando respeitosamente a cabeça.

Olhava-o, mal compreendendo o que me dissera.

— Mais tarde, desculpe-me, estou adoentada — respondi finalmente, passando por ele.

— Neste caso, amanhã — disse, inclinando-se novamente, com certo sorriso ambíguo.

Mas talvez fosse apenas uma impressão. Tudo aquilo parecia ter-me perpassado pelos olhos.

UM GRANDE ROMANCE TRUNCADO

Boris Schnaiderman

Niétotchka Niezvânova é o romance que Dostoiévski estava escrevendo quando foi preso em 1849. Tudo faz crer que ele pretendia criar uma vasta obra, como os grandes romances que foi elaborando a partir da década de 1860. Mas, depois de passar dez anos na Sibéria, inclusive quatro em trabalhos forçados, certamente tinha outros projetos, de modo que apenas refundiu o texto já elaborado, boa parte do qual saíra numa revista (a última dessas publicações só foi autorizada com a omissão do nome do autor).[1]

Na excelente edição das *Obras completas* de Dostoiévski em trinta volumes, promovida pela Academia de Ciências da U.R.S.S. e publicada em 1972-1990, aparece numa nota: "*Niétotchka Niezvânova* é um romance inacabado, que o autor transformou depois numa novela". No entanto, por mais que se evitem delimitações muito rígidas em termos de gêneros ou subgêneros literários, não há como considerar esse texto uma novela. Ocorre ali uma brusca interrupção do

---

[1] Embora estivesse em desfavor com a crítica, na maior parte decepcionada com os contos e novelas que se seguiram ao êxito estrondoso do primeiro romance, *Gente pobre*, os comentaristas certamente continuavam acompanhando com interesse os escritos de Dostoiévski. Tanto isto é verdade que a primeira publicação, em revista, já suscitou diferentes reações. Por exemplo, um crítico deu sugestões sobre correções estilísticas, que Dostoiévski aproveitaria na redação final, enquanto outro afirmava que o desenvolvimento da ação fora prejudicado pela preocupação do autor com o acabamento formal.

Posfácio

enredo, a ação se suspende e resta ao leitor conjeturar sobre o que fariam as personagens se o romance fosse continuado. Isto se torna mais evidente ainda quando se pensa na relação desse texto com o romance-folhetim.

Se a obra se constrói em três episódios bem delimitados, e que na versão de 1849 se denominavam "Infância", "Vida nova" e "O mistério", subtítulos depois suprimidos, o terceiro é o que mais se aproxima de uma construção folhetinesca, procedimento que se acentuaria no romance *Humilhados e ofendidos*, ligeiramente posterior, isto é, publicado em 1861. Esta marca do romance-folhetim em Dostoiévski aparece mesmo nos seus grandes romances (não se deve esquecer que, antes de estrear como romancista, ele pretendia realizar com seu irmão Mikhail e um amigo a tradução do romance *Matilde*, de Eugène de Sue), mas ela é mais evidente sobretudo em *Humilhados e ofendidos* e no terceiro episódio de *Niétotchka Niezvânova* (vejam-se os lances melodramáticos, com algo de ultrarromantismo), onde se trata da carta encontrada casualmente por Niétotchka na biblioteca de seus benfeitores.[2]

Nesta parte mais folhetinesca, a escrita da narradora (isto é, a própria Niétotchka) torna-se menos coerente do ponto de vista da construção do enredo. Assim, por ocasião da revisão das provas para esta edição, Alexandre Barbosa de Souza e Cide Piquet chamaram minha atenção para o fato de que, no capítulo 5, diz-se da personagem Aleksandra Mikháilovna que ela não tinha filhos, mas, no capítulo 6, vai aparecer com dois (não seria uma distração do romancista? Mesmo que seja esse o caso, porém, ela contribui para o tom frenético do relato).

[2] Existe uma vasta bibliografia sobre a relação de Dostoiévski com o romance-folhetim, bem como a marca deixada no texto pela literatura da época. Veja-se, por exemplo, sobre aquela relação, o que diz Joseph Frank em *Dostoiévski: as sementes da revolta* (Edusp, 1999, tradução de Vera Pereira, o primeiro volume de uma obra em cinco, pp. 176 e seguintes e nota 3 na p. 457).

Aliás, a terceira parte deveria constituir um só episódio com a quarta e a quinta, que ele insistia em que fossem incluídas num mesmo número da revista. O romancista escrevia ao editor desta, em 31/3/1849: "Mesmo agora estou arrancando os cabelos porque o episódio não foi dado em sua totalidade e sim dividido em três partes. Nada foi concluído e apenas se provocou a curiosidade. E a curiosidade provocada no começo de um mês, no meu entender, já não é a mesma no final do mês; ela esfria, e as melhores obras perdem muito".

Esta preocupação com a expectativa do leitor de uma revista mensal pode ser constatada no modo de encerrar os capítulos. Veja-se, neste sentido, a passagem do capítulo 6 ao 7.

Mas, se Dostoiévski estava realmente marcado pelas formas de expressão de seu tempo, sua obra ia muito além, a tal ponto que alguns de seus aspectos mais impressionantes para nós outros passavam despercebidos pelos leitores seus contemporâneos.

Em nosso meio, foi João Alexandre Barbosa quem, na base da minha primeira tradução deste romance (digo isto porque a reelaborei completamente), chamou a atenção para o que havia nele de prenúncio da teorização freudiana.[3]

Realmente, parece incrível que Dostoiévski tenha podido construir aquele terrível romance familiar que se desenvolve sobretudo no segundo capítulo, onde Niétotchka aparece fascinada pelo padrasto (que ela acaba chamando de pai), "um amor estranho que não parecia infantil", a ponto de querer a morte da mãe. "Até hoje, a lembrança de tudo isso tortura-me profunda e amargamente", lembra Niétotchka já adulta, ao escrever suas reminiscências. O que pode haver de mais freudiano para nós outros (a ponto de já ser um lugar-comum) do que estas marcas deixadas por um trauma de infância?

[3] João Alexandre Barbosa, "O dentro e o fora: a dimensão intervalar da literatura", *in A leitura do intervalo*, São Paulo, Iluminuras/Secretaria de Estado da Cultura, 1990, pp. 27-31.

Posfácio

A tragédia daquele violinista frustrado ganha uma cor ainda mais trágica, visto pela menina por ele apaixonada.

A seguir, Dostoiévski aparece em toda a sua genialidade no episódio do convívio erótico entre Niétotchka e Kátia, a filha do benfeitor da primeira, após a morte trágica de seus pais. Os pormenores deste convívio vão num crescendo, aquele "pequeno romance", como o define a narradora, adquire tal intensidade que se torna surpreendente a circunstância de ter sido escrito entre 1846 e 1849. E o mais inesperado, certamente, é o fato de semelhantes episódios aparecerem numa literatura que era então extremamente pudica em relação a sexo (apesar de já contar com as ousadias extremas de Púchkin).

Se tudo se desenvolve num clima de paroxismo, marcado estilisticamente pelo uso de períodos bem mais curtos e pela abundância dos pontos de exclamação, ao mesmo tempo o episódio é narrado como algo natural, não há qualquer alusão a anomalia.

Ora, isto contrasta não só com o que se esperava então de um romance russo, mas também com o modo como se encarava na época, pelo menos no mundo ocidental, o erotismo infantil e uma atração homossexual. Neste sentido, torna-se muito elucidativo o que Michel Foucault escreveu sobre o predomínio, naquela época, de uma concepção que relegava essas realidades à patologia.[4]

Não deixam de ser muito interessantes, também, as observações sobre os métodos pedagógicos empregados na formação de Niétotchka, onde há evidentemente uma crítica aos usos correntes na relação com os jovens e uma discussão das ideias de Jean-Jacques Rousseau sobre o assunto.

É notável, igualmente, o desmentido que Dostoiévski dá sobre a infância como "idade feliz" e "idade da inocência".

---

[4] Michel Foucault, *La volonté de savoir*, 1º volume de *Histoire de la sexualité*, Paris, Gallimard, 1976, sobretudo as páginas 71 e seguintes.

Veja-se, por exemplo, o episódio em que um garoto bate com uma chave na cabeça da menina, então em meio de uma crise de desespero.

É verdade que o texto que lemos hoje é apenas uma parte do que Dostoiévski pretendia elaborar. Ademais, na revisão a que o submeteu para a publicação em livro em 1860, o romancista eliminou episódios plenamente realizados, mas onde apareciam personagens que ele queria desenvolver muito mais e a quem pretendia atribuir papel mais relevante. É o caso sobretudo do menino Lária ou Lárienka (diminutivos de Ilarion, o segundo mais carinhoso), órfão criado igualmente em casa do príncipe e de quem Niétotchka diz, narrando o seu encontro com ele: "... uma criatura que se escondia de mim, assustada, e que por pouco não gritou quando me aproximei dele. Era um menino de uns onze anos, pálido, magricela, ruivinho, que se pôs de cócoras e tremia com todos os membros". Tem-se nele certamente uma das figuras mais impressionantes da galeria de crianças infelizes, sufocadas pela miséria nos grandes centros urbanos, tão frequentes na obra de Dostoiévski. Lendo as páginas em que ele aparece, naquele episódio suprimido, vem logo à mente a imagem da menina de seis anos, não mais, andrajosa e macilenta, que o romancista encontrou em Londres e que se agarrou convulsivamente à moedinha que recebeu dele, conforme se lê em *Notas de inverno sobre impressões de verão*.[5]

Enfim, este romance cortado abruptamente, a par da decepção que suscita, como toda obra inacabada, é um texto importante para se penetrar no mundo atormentado de Dostoiévski, inclusive pelo que o escritor deixou de incluir em sua redação final.

---

[5] Fiódor Dostoiévski, *O crocodilo e Notas de inverno sobre impressões de verão*, São Paulo, Editora 34, 2000, tradução de Boris Schnaiderman, pp. 118-9.

SOBRE O AUTOR

Fiódor Mikháilovitch Dostoiévski nasceu em Moscou a 30 de outubro de 1821, num hospital para indigentes onde seu pai trabalhava eomo médico. Em 1838, um ano depois da morte da mãe por tuberculose, ingressa na Escola de Engenharia Militar de São Petersburgo. Ali aprofunda seu conhecimento das literaturas russa, francesa e outras. No ano seguinte, o pai é assassinado pelos servos de sua pequena propriedade rural.

Só e sem recursos, em 1844 Dostoiévski decide dar livre curso à sua vocação de escritor: abandona a carreira militar e escreve seu primeiro romance, *Gente pobre*, publicado dois anos mais tarde, com calorosa recepção da crítica. Passa a frequentar círculos revolucionários de Petersburgo e em 1849 é preso e condenado à morte. No derradeiro minuto, tem a pena comutada para quatro anos de trabalhos forçados, seguidos por prestação de serviços como soldado na Sibéria — experiência que será retratada em *Escritos da casa morta*, livro que começou a ser publicado em 1860, um ano antes de *Humilhados e ofendidos*.

Em 1857 casa-se com Maria Dmitrievna e, três anos depois, volta a Petersburgo, onde funda, com o irmão Mikhail, a revista literária *O Tempo*, fechada pela censura em 1863. Em 1864 lança outra revista, *A Época*, onde imprime a primeira parte de *Memórias do subsolo*. Nesse ano, perde a mulher e o irmão. Em 1866, publica *Crime e castigo* e conhece Anna Grigórievna, estenógrafa que o ajuda a terminar o livro *Um jogador*, e será sua companheira até o fim da vida. Em 1867, o casal, acossado por dívidas, embarca para a Europa, fugindo dos credores. Nesse período, ele escreve *O idiota* (1869) e *O eterno marido* (1870). De volta a Petersburgo, publica *Os demônios* (1872), *O adolescente* (1875) e inicia a edição do *Diário de um escritor* (1873-1881).

Em 1878, após a morte do filho Aleksiêi, de três anos, começa a escrever *Os irmãos Karamázov*, que será publicado em fins de 1880. Reconhecido pela crítica e por milhares de leitores como um dos maiores autores russos de todos os tempos, Dostoiévski morre em 28 de janeiro de 1881, deixando vários projetos inconclusos, entre eles a continuação de *Os irmãos Karamázov*, talvez sua obra mais ambiciosa.

SOBRE O TRADUTOR

Boris Schnaiderman nasceu em Úman, na Ucrânia, em 1917. Em 1925, aos oito anos de idade, veio com os pais para o Brasil, formando-se posteriormente na Escola Nacional de Agronomia do Rio de Janeiro. Naturalizou-se brasileiro nos anos 1940, tendo sido convocado a lutar na Segunda Guerra Mundial como sargento de artilharia da Força Expedicionária Brasileira — experiência que seria registrada em seu livro de ficção *Guerra em surdina* (escrito no calor da hora, mas finalizado somente em 1964) e no relato autobiográfico *Caderno italiano* (Perspectiva, 2015). Começou a publicar traduções de autores russos em 1944 e a colaborar na imprensa brasileira a partir de 1957. Mesmo sem ter feito formalmente um curso de Letras, foi escolhido para iniciar o curso de Língua e Literatura Russa da Universidade de São Paulo em 1960, instituição onde permaneceu até sua aposentadoria, em 1979, e na qual recebeu o título de Professor Emérito, em 2001.

É considerado um dos maiores tradutores do russo em nossa língua, tanto por suas versões de Dostoiévski — publicadas originalmente nas *Obras completas* do autor lançadas pela José Olympio nos anos 1940, 50 e 60 —, Tolstói, Tchekhov, Púchkin, Górki e outros, quanto pelas traduções de poesia realizadas em parceria com Augusto e Haroldo de Campos (*Maiakóvski: poemas*, 1967, *Poesia russa moderna*, 1968) e Nelson Ascher (*A dama de espadas: prosa e poesia*, de Púchkin, 1999, Prêmio Jabuti de tradução). Publicou também diversos livros de ensaios: *A poética de Maiakóvski através de sua prosa* (Perspectiva, 1971, originalmente sua tese de doutoramento), *Projeções: Rússia/Brasil/Itália* (Perspectiva, 1978), *Dostoiévski prosa poesia* (Perspectiva, 1982, Prêmio Jabuti de ensaio), *Turbilhão e semente: ensaios sobre Dostoiévski e Bakhtin* (Duas Cidades, 1983), *Tolstói: antiarte e rebeldia* (Brasiliense, 1983), *Os escombros e o mito: a cultura e o fim da União Soviética* (Companhia das Letras, 1997) e *Tradução, ato desmedido* (Perspectiva, 2011). Recebeu em 2003 o Prêmio de Tradução da Academia Brasileira de Letras, concedido então pela primeira vez, e em 2007 foi agraciado pelo governo da Rússia com a Medalha Púchkin, em reconhecimento por sua contribuição na divulgação da cultura russa no exterior.

Faleceu em São Paulo, em 2016, aos 99 anos de idade.

ESTE LIVRO FOI COMPOSTO EM SABON,
PELA BRACHER & MALTA, COM CTP DA
NEW PRINT E IMPRESSÃO DA GRAPHIUM
EM PAPEL PÓLEN NATURAL 80 G/M^2 DA
CIA. SUZANO DE PAPEL E CELULOSE PARA
A EDITORA 34, EM ABRIL DE 2025.